OS 39 DEGRAUS

COPYRIGHT © 2015 BY EDITORA LANDMARK LTDA.

TODOS OS DIREITOS RESERVADOS À EDITORA LANDMARK LTDA.
TEXTO ADAPTADO À NOVA ORTOGRAFIA DA LÍNGUA PORTUGUESA DECRETO Nº 6.583, DE 29 DE SETEMBRO DE 2008

PRIMEIRA EDIÇÃO DE "THE THIRTY-NINE STEPS": WILLIAM BLACKWOOD AND SONS, EDINBURGH AND LONDON, 19 DE OUTUBRO DE 1915

DIRETOR EDITORIAL: FABIO PEDRO-CYRINO
TRADUÇÃO E NOTAS: DORIS GOETTEMS
REVISÃO: FRANCISCO DE FREITAS

DIAGRAMAÇÃO E CAPA: ARQUÉTIPO DESIGN+COMUNICAÇÃO
IMPRESSÃO E ACABAMENTO: ASSOCIAÇÃO RELIGIOSA E GRÁFICA IMPRENSA DA FÉ.

DADOS INTERNACIONAIS DE CATALOGAÇÃO NA PUBLICAÇÃO (CIP)
(CÂMARA BRASILEIRA DO LIVRO, CBL, SÃO PAULO, BRASIL)

BUCHAN, JOHN (1875-1940)
OS 39 DEGRAUS = THE THIRTY-NINE STEPS / JOHN BUCHAN; {TRADUÇÃO E NOTAS DORIS GOETTEMS} - - SÃO PAULO : EDITORA LANDMARK, 2015.

TÍTULO ORIGINAL: THE THIRTY-NINE STEPS
EDIÇÃO BILÍNGUE : PORTUGUÊS / INGLÊS

ISBN 978-85-8070-052-7

1. FICÇÃO INGLESA. I. TÍTULO. II. TÍTULO : THE THIRTY-NINE STEPS

15-07420   CDD: 823

ÍNDICES PARA CATÁLOGO SISTEMÁTICO:

1. FICÇÃO INGLESA: LITERATURA INGLESA   823

TEXTOS ORIGINAIS EM INGLÊS DE DOMÍNIO PÚBLICO.
RESERVADOS TODOS OS DIREITOS DESTA TRADUÇÃO E PRODUÇÃO.
NENHUMA PARTE DESTA OBRA PODERÁ SER REPRODUZIDA ATRAVÉS DE QUALQUER MÉTODO, NEM SER DISTRIBUÍDA E/OU ARMAZENADA EM SEU TODO OU EM PARTES ATRAVÉS DE MEIOS ELETRÔNICOS SEM PERMISSÃO EXPRESSA DA EDITORA LANDMARK LTDA, CONFORME LEI N° 9610, DE 19/02/1998

EDITORA LANDMARK

RUA ALFREDO PUJOL, 285 - 12° ANDAR - SANTANA
02017-010 - SÃO PAULO - SP
TEL.: +55 (11) 2711-2566 / 2950-9095
E-MAIL: EDITORA@EDITORALANDMARK.COM.BR

WWW.EDITORALANDMARK.COM.BR

IMPRESSO NO BRASIL
PRINTED IN BRAZIL
2015

JOHN BUCHAN

OS 39 DEGRAUS

EDIÇÃO BILÍNGUE PORTUGUÊS / INGLÊS

THE THIRTY-NINE STEPS

TRADUÇÃO
DORIS GOETTEMS

SÃO PAULO - SP - BRASIL
2015

JOHN BUCHAN

John Buchan, 1º Barão Tweedsmuir, nascido em 26 de agosto de 1875, na cidade de Perth, Escócia, foi um romancista, mais conhecido pelo seu romance "Os 39 Degraus". Buchan iniciou sua carreira como advogado em 1901, mas quase imediatamente partiu para a política, sendo nomeado secretário privado do administrador das colônias britânicas Alfred Milner, alto comissário para África do Sul e governador da Colônia do Cabo. Em função de suas constantes viagens pelas regiões coloniais do sul do continente africano, John Buchan viria a adquirir larga experiência com as regiões que povoariam a sua produção literária.

Durante a Primeira Guerra Mundial, escreveu para o Departamento de Propaganda de Guerra e foi correspondente para o jornal The Times, em França. Em 1915, publicou seu livro mais famoso, "Os 39 Degraus" (The Thirty-Nine Steps), um thriller de espionagem ambientado justamente antes do começo da Primeira Guerra Mundial, no qual aparece seu herói Richard Hannay, baseado em um amigo de sua época na África do Sul, Edmund Ironside. No ano seguinte, publicou uma continuação, "Greenmantle".

Depois da guerra, começou também a escrever sobre temas históricos sem contudo abandonar os thrillers e novelas históricas. Sua produção literária inclui cerca de 30 novelas e sete coleções de relatos. Também escreveu biografias, mas seus livros mais conhecidos são os thrillers de espionagem e provavelmente são por estes que atualmente é mais celebrado.

Em 1935, foi nomeado governador-geral do Canadá e recebe o título de Barão Tweedsmuir de Elsfield. Buchan continuou escrevendo inclusive depois de sua nomeação e seus livros posteriores incluem novelas, histórias e suas crônicas sobre o Canadá. Além disso, escreveu uma autobiografia, "Memory Hold-the-Door", ainda como governador-geral, e que viria a ser o livro favorito do presidente norte-americano John F. Kennedy. Sendo um narrador extremamente atraente, o tempo tratou bem a sua produção literária e sua popularidade está experimentando um amplo ressurgimento nos dias de hoje.

Ao se barbear em 6 de fevereiro de 1940, sofreu um acidente vascular, ferindo-se gravemente na cabeça durante a queda. Viria a falecer cinco dias depois, na cidade de Montreal, Canadá.

6

TO

THOMAS ARTHUR NELSON

(LOTHIAN AND BORDER HORSE)

My Dear Tommy,

You and I have long cherished an affection for that elemental type of tale which Americans call the 'dime novel' and which we know as the 'shocker' – the romance where the incidents defy the probabilities, and march just inside the borders of the possible. During an illness last winter I exhausted my store of those aids to cheerfulness, and was driven to write one for myself. This little volume is the result, and I should like to put your name on it in memory of our long friendship, in the days when the wildest fictions are so much less improbable than the facts.

J. B.

PARA 7

THOMAS ARTHUR NELSON[1]

(LOTHIAN AND BORDER HORSE)[2]

Meu Caro Tommy,

Você e eu há muito cultivamos uma afeição por esse tipo simples de conto que os americanos chamam de 'novela barata' e que conhecemos como 'história fantástica' – o romance em que os incidentes desafiam as probabilidades, e mal se mantém dentro das fronteiras do possível. Durante uma doença no último inverno, esgotei meu estoque dessas muletas para manter o bom humor, e fui levado a escrever uma para mim mesmo. O resultado é esse pequeno volume, e gostaria de pôr seu nome nele em memória de nossa longa amizade, em um tempo em que as ficções mais extravagantes são muito menos improváveis do que os fatos.

J. B.

---

1   Thomas Arthur Nelson (1877-1917), editor, foi um dos grandes amigos de Buchan. Os dois se conheceram na University College, de Oxford. Ele se tornou o chefe editora Thomas Nelson and Sons, de propriedade de sua família, que empregava Buchan como conselheiro literário. Foi morto na Primeira Guerra Mundial na batalha de Arras, enquanto servia como capitão do regimento *Lothian and Border Horse.*

2   *The Lothian and Border Horse* era uma força de cavalaria originária da pequena burguesia rural e pertencente ao Exército Britânico, criada em 1797, e que teve grande desempenho nas principais batalhas das Grandes Guerras Mundiais no século XX.

CHAPTER ONE

THE MAN WHO DIED

I returned from the City about three o'clock on that May afternoon pretty well disgusted with life. I had been three months in the Old Country, and was fed up with it. If anyone had told me a year ago that I would have been feeling like that I should have laughed at him; but there was the fact. The weather made me liverish, the talk of the ordinary Englishman made me sick. I couldn't get enough exercise, and the amusements of London seemed as flat as soda-water that has been standing in the sun. "Richard Hannay", I kept telling myself, "you have got into the wrong ditch, my friend, and you had better climb out."

It made me bite my lips to think of the plans I had been building up those last years in Bulawayo. I had got my pile – not one of the big ones, but good enough for me; and I had figured out all kinds of ways of enjoying myself. My father had brought me out from Scotland at the age of six, and I had never been home since; so England was a sort of Arabian Nights to me, and I counted on stopping there for the rest of my days.

But from the first I was disappointed with it. In about a week I was tired of seeing sights, and in less than a month I had had enough of restaurants and theatres and race-meetings. I had no real pal to go about with, which probably explains things. Plenty of people invited me to their houses, but they didn't seem much interested in me. They would fling me a question or two about South Africa, and then get on their own affairs. A lot of Imperialist ladies asked me to tea to meet schoolmasters from New Zealand and editors from Vancouver, and that was the dismalest business of all. Here was I, thirty-seven years old, sound in wind and limb, with enough money to have a good time, yawning my head off all day. I had just about settled to clear out and get back to the veld, for I was the best bored man in the United Kingdom.

That afternoon I had been worrying my brokers about investments to give my mind something to work on, and on my way home I turned into my club – rather

CAPÍTULO UM

O HOMEM QUE MORREU

Eu voltava da City em torno das três horas daquela tarde de maio, bastante desgostoso com a vida. Estava há três meses no Velho País, e já estava farto disso. Se alguém tivesse me dito um ano atrás que eu me sentiria assim, eu teria rido na sua cara; mas o fato era esse. O clima me deixava irritado, a conversa dos ingleses comuns me dava enjoo. Não conseguia me exercitar o bastante, e os divertimentos de Londres pareciam tão insípidos quanto água gasosa deixada ao sol. "Richard Hannay", eu vivia dizendo para mim mesmo, "você caiu num buraco, meu amigo, e é melhor pular fora."

Eu me controlava e tentava pensar nos planos que vinha fazendo nesses últimos anos em Bulawayo[3]. Havia feito fortuna – não era das maiores, mas era o bastante para mim; e tinha imaginado todos os modos de me divertir. Meu pai me tirara da Escócia quando eu tinha seis anos, e desde então nunca voltara à minha terra natal; de modo que a Inglaterra para mim era uma espécie de Mil e Uma Noites, e eu contava ficar ali pelo resto da minha vida.

Mas desde o início fiquei desapontado. Em uma semana, estava cansado de visitar lugares, e em menos de um mês já estava farto de restaurantes e teatros e corridas. Não tinha um verdadeiro amigo com quem andar por aí, o que provavelmente explica as coisas. Muitas pessoas me convidavam para ir às suas casas, mas não pareciam muito interessadas em mim. Lançavam-me uma ou duas perguntas sobre a África do Sul, e depois voltavam às suas ocupações. Diversas damas imperialistas me convidavam para o chá, para conhecer professores da Nova Zelândia e editores de Vancouver, e esse negócio era o mais funesto de todos. Aqui estava eu, aos 37 anos de idade, perfeitamente saudável, com dinheiro bastante para me divertir, e bocejando o dia inteiro. Eu acabara de decidir que me mudaria de vez e voltaria para a savana, pois era o homem mais entediado do Reino Unido.

Naquela tarde estivera atormentando meus corretores a respeito de investimentos, para dar à minha mente algo em que pensar, e a caminho de casa passei no

---

3   Cidade do Zimbábue (país africano) com status de província. Foi fundada pelos britânicos em 1893, e é a segunda cidade mais populosa do país.

a pot-house, which took in Colonial members. I had a long drink, and read the evening papers. They were full of the row in the Near East, and there was an article about Karolides, the Greek Premier. I rather fancied the chap. From all accounts he seemed the one big man in the show; and he played a straight game too, which was more than could be said for most of them. I gathered that they hated him pretty blackly in Berlin and Vienna, but that we were going to stick by him, and one paper said that he was the only barrier between Europe and Armageddon. I remember wondering if I could get a job in those parts. It struck me that Albania was the sort of place that might keep a man from yawning.

About six o'clock I went home, dressed, dined at the Cafe Royal, and turned into a music-hall. It was a silly show, all capering women and monkey-faced men, and I did not stay long. The night was fine and clear as I walked back to the flat I had hired near Portland Place. The crowd surged past me on the pavements, busy and chattering, and I envied the people for having something to do. These shop-girls and clerks and dandies and policemen had some interest in life that kept them going. I gave half-a-crown to a beggar because I saw him yawn; he was a fellow-sufferer. At Oxford Circus I looked up into the spring sky and I made a vow. I would give the Old Country another day to fit me into something; if nothing happened, I would take the next boat for the Cape.

My flat was the first floor in a new block behind Langham Place. There was a common staircase, with a porter and a liftman at the entrance, but there was no restaurant or anything of that sort, and each flat was quite shut off from the others. I hate servants on the premises, so I had a fellow to look after me who came in by the day. He arrived before eight o'clock every morning and used to depart at seven, for I never dined at home.

I was just fitting my key into the door when I noticed a man at my elbow. I had not seen him approach, and the sudden appearance made me start. He was a slim man, with a short brown beard and small, gimlety blue eyes. I recognized him as the occupant of a flat on the top floor, with whom I had passed the time of day on the stairs.

"Can I speak to you?" he said. "May I come in for a minute?" He was steadying his voice with an effort, and his hand was pawing my arm.

I got my door open and motioned him in. No sooner was he over the threshold than he made a dash for my back room, where I used to smoke and write my letters. Then he bolted back.

"Is the door locked?" he asked feverishly, and he fastened the chain with his own hand.

"I'm very sorry", he said humbly. "It's a mighty liberty, but you looked the kind of man who would understand. I've had you in my mind all this week when things got troublesome. Say, will you do me a good turn?"

"I'll listen to you", I said. "That's all I'll promise". I was getting worried by the antics of this nervous little chap.

meu clube – era mais uma taberna que aceitava gente das Colônias. Tomei uma bebida, e li os jornais da tarde. Traziam muita coisa sobre o motim no Oriente Próximo, e havia um artigo sobre Karolides, o Premiê grego. Até simpatizava com o camarada. Por tudo que se dizia, parecia o único grande homem na parada; e também jogava pelas regras, o que era mais do que se poderia dizer da maioria deles. Entendi que o odiavam até a morte em Berlim e Viena, mas que nos manteríamos fiéis a ele, e um dos jornais dizia que ele era a única barreira entre a Europa e o Armagedom. Lembro-me de pensar se poderia conseguir um trabalho num desses lugares. Ocorreu-me que a Albânia era o tipo de lugar que poderia evitar que um homem bocejasse.

Perto das seis horas fui para casa, vesti-me, jantei no Café Royal e entrei num teatro de variedades. Era um espetáculo tolo, só mulheres extravagantes e homens com cara de macaco, e não fiquei muito tempo. A noite estava limpa e bonita, enquanto eu caminhava de volta ao apartamento que alugara perto de Portland Place. A multidão passava por mim nas ruas, agitada, tagarelando, e invejei as pessoas por terem algo a fazer. Essas vendedoras, escriturários, dândis e policiais tinham algum interesse na vida que os levava em frente. Dei meia coroa para um mendigo pois o vi bocejar; era um companheiro de sofrimento. Em Oxford Circus, ergui os olhos para o céu de primavera e fiz uma promessa. Daria ao Velho País outro dia para me providenciar algo; se nada acontecesse, pegaria o próximo barco para o Cabo.

Meu apartamento ocupava o primeiro andar de um prédio novo atrás de Langham Place. Havia uma escadaria comum, com um porteiro e um ascensorista na entrada, mas não havia nenhum restaurante ou qualquer coisa do tipo, e cada apartamento era totalmente isolado dos outros. Eu odeio criados em casa, então tinha um homem para me atender que vinha durante o dia. Ele chegava antes das oito horas toda manhã, e costumava sair as sete, pois eu nunca jantava em casa.

Eu acabara de pôr a chave na porta quando notei um homem ao meu lado. Eu não o tinha visto aproximar-se, e sua aparição súbita me assustou. Era um homem esbelto, com uma curta barba castanha e olhos azuis pequenos e penetrantes. Eu o reconheci como o morador de um apartamento na cobertura, com quem eu cruzava durante o dia nas escadas.

"Eu poderia falar com o senhor?", disse ele. "Posso entrar por um momento?" Ele se esforçava para manter a voz firme, e sua mão estava tocando meu braço.

Eu mantive a porta aberta e lhe fiz um sinal de cabeça para que entrasse. Ele mal cruzara o limiar da porta quando se precipitou para a minha sala dos fundos, onde eu costumava fumar e escrever minhas cartas. Então correu de volta.

"A porta está trancada?", ele perguntou febrilmente, e prendeu a corrente com as próprias mãos.

"Sinto muito", disse ele humildemente. "Tomo muita liberdade, mas me pareceu o tipo de homem que entenderia. Tenho pensado no senhor durante toda esta semana quando as coisas ficaram problemáticas. Diga-me, far-me-ia um favor?"

"Eu o escutarei", disse. "É tudo o que posso prometer". Estava ficando preocupado com as bizarrices daquele camaradinha nervoso.

There was a tray of drinks on a table beside him, from which he filled himself a stiff whisky-and-soda. He drank it off in three gulps, and cracked the glass as he set it down.

"Pardon", he said, "I'm a bit rattled tonight. You see, I happen at this moment to be dead."

I sat down in an armchair and lit my pipe.

"What does it feel like?" I asked. I was pretty certain that I had to deal with a madman.

A smile flickered over his drawn face. "I'm not mad... yet. Say, Sir, I've been watching you, and I reckon you're a cool customer. I reckon, too, you're an honest man, and not afraid of playing a bold hand. I'm going to confide in you. I need help worse than any man ever needed it, and I want to know if I can count you in."

"Get on with your yarn", I said, "and I'll tell you."

He seemed to brace himself for a great effort, and then started on the queerest rigmarole. I didn't get hold of it at first, and I had to stop and ask him questions. But here is the gist of it:

He was an American, from Kentucky, and after college, being pretty well off, he had started out to see the world. He wrote a bit, and acted as war correspondent for a Chicago paper, and spent a year or two in South-Eastern Europe. I gathered that he was a fine linguist, and had got to know pretty well the society in those parts. He spoke familiarly of many names that I remembered to have seen in the newspapers.

He had played about with politics, he told me, at first for the interest of them, and then because he couldn't help himself. I read him as a sharp, restless fellow, who always wanted to get down to the roots of things. He got a little further down than he wanted.

I am giving you what he told me as well as I could make it out. Away behind all the Governments and the armies there was a big subterranean movement going on, engineered by very dangerous people. He had come on it by accident; it fascinated him; he went further, and then he got caught. I gathered that most of the people in it were the sort of educated anarchists that make revolutions, but that beside them there were financiers who were playing for money. A clever man can make big profits on a falling market, and it suited the book of both classes to set Europe by the ears.

He told me some queer things that explained a lot that had puzzled me – things that happened in the Balkan War, how one state suddenly came out on top, why alliances were made and broken, why certain men disappeared, and where the sinews of war came from. The aim of the whole conspiracy was to get Russia and Germany at loggerheads.

When I asked why, he said that the anarchist lot thought it would give them their chance. Everything would be in the melting-pot, and they looked to see a new

Havia uma bandeja de bebidas numa mesa ao lado dele, da qual ele se serviu de um forte uísque com soda. Bebeu-o em três goles, e rachou o copo quando o colocou de volta.

"Perdão", ele disse, "estou um pouco agitado esta noite. Veja só, acontece que neste momento eu estou morto."

Sentei-me numa poltrona e acendi meu cachimbo.

"E qual é a sensação?", perguntei. Eu tinha plena certeza de que estava lidando com um louco.

Um sorriso cintilou em seu rosto cansado. "Não estou louco... ainda. Ora, meu senhor, eu o tenho observado e o considero um indivíduo frio. Considero, aliás, que é um homem honesto e sem medo de encarar um jogo duro. Vou confiar em você. Preciso de ajuda mais do que qualquer um já precisou, e quero saber se posso contar com o senhor."

"Prossiga com sua história", disse eu, "e lhe direi."

Ele pareceu preparar-se para um grande esforço, e então começou com a ladainha mais esquisita. Eu não compreendi bem a princípio, e tive que parar e lhe fazer perguntas. Mas aqui está o resumo do caso:

Ele era americano, do Kentucky, e depois da faculdade, desejando sair de lá, tinha partido para ver o mundo. Escreveu um pouco, trabalhou como correspondente de guerra para um jornal de Chicago, e passou um ano ou dois nos Bálcãs. Entendi que era um ótimo linguista, e teve que conhecer muito bem a sociedade nesses lugares. Falava com familiaridade sobre muitos nomes que eu me lembrei de ter visto nos jornais.

Tinha se envolvido com política, ele me disse, a princípio para o interesse deles, e depois porque não podia evitar. Eu o avaliei como um sujeito astuto, inquieto, que sempre quis ir até o fundo das coisas. Foi um pouco mais fundo do que queria.

Estou contando o que ele me disse tão bem quanto pude compreender. Bem por trás de todos os governos e exércitos havia um grande movimento subterrâneo acontecendo, planejado por pessoas muito perigosas. Ele tinha descoberto por acaso; isso o fascinou; ele foi mais fundo, e então foi pego. Entendi que a maioria das pessoas envolvidas era o tipo de anarquistas educados que fazem revoluções, mas que ao lado deles havia financistas que estavam agindo por dinheiro. Um homem esperto pode obter grandes lucros em um mercado em queda, e interessava a ambas as partes virar a Europa de cabeça para baixo.

Contou-me algumas coisas estranhas que explicavam muito do que havia me deixado confuso – coisas que aconteceram na Guerra dos Bálcãs, como um estado de repente subia ao topo, porque alianças eram feitas e rompidas, porque certos homens desapareceram, e de onde vinha o dinheiro para o financiamento da guerra. O objeto da conspiração inteira era levar a Rússia e a Alemanha a uma desavença.

Ao perguntar porquê, disse que os anarquistas achavam que isso lhes daria a oportunidade. Tudo seria incerto e esperavam ver um mundo novo emergir.

world emerge. The capitalists would rake in the shekels, and make fortunes by buying up wreckage. Capital, he said, had no conscience and no fatherland. Besides, the Jew was behind it, and the Jew hated Russia worse than hell.

"Do you wonder?" he cried. "For three hundred years they have been persecuted, and this is the return match for the pogroms. The Jew is everywhere, but you have to go far down the backstairs to find him. Take any big Teutonic business concern. If you have dealings with it the first man you meet is Prince von und Zu Something, an elegant young man who talks Eton-and-Harrow English. But he cuts no ice. If your business is big, you get behind him and find a prognathous Westphalian with a retreating brow and the manners of a hog. He is the German business man that gives your English papers the shakes. But if you're on the biggest kind of job and are bound to get to the real boss, ten to one you are brought up against a little white-faced Jew in a bath-chair with an eye like a rattlesnake. Yes, Sir, he is the man who is ruling the world just now, and he has his knife in the Empire of the Tzar, because his aunt was outraged and his father flogged in some one-horse location on the Volga."

I could not help saying that his Jew-anarchists seemed to have got left behind a little.

"Yes and no", he said. "They won up to a point, but they struck a bigger thing than money, a thing that couldn't be bought, the old elemental fighting instincts of man. If you're going to be killed you invent some kind of flag and country to fight for, and if you survive you get to love the thing. Those foolish devils of soldiers have found something they care for, and that has upset the pretty plan laid in Berlin and Vienna. But my friends haven't played their last card by a long sight. They've gotten the ace up their sleeves, and unless I can keep alive for a month they are going to play it and win."

"But I thought you were dead", I put in.

"*Mors Janua Vitae*", he smiled. (I recognized the quotation: it was about all the Latin I knew.) "I'm coming to that, but I've got to put you wise about a lot of things first. If you read your newspaper, I guess you know the name of Constantine Karolides?"

I sat up at that, for I had been reading about him that very afternoon.

"He is the man that has wrecked all their games. He is the one big brain in the whole show, and he happens also to be an honest man. Therefore he has been marked down these twelve months past. I found that out – not that it was difficult, for any fool could guess as much. But I found out the way they were going to get him, and that knowledge was deadly. That's why I have had to decease."

He had another drink, and I mixed it for him myself, for I was getting interested in the beggar.

"They can't get him in his own land, for he has a bodyguard of Epirotes that would skin their grandmothers. But on the 15th day of June he is coming to

Os capitalistas ganhariam muito dinheiro com os shekels, e fariam fortunas comprando destroços. O capital, ele disse, não tinha nem consciência nem pátria. Além disso, os judeus estavam por trás disso e odiavam a Rússia mais que o inferno.

"Pode imaginar?" exclamou. "Durante trezentos anos foram perseguidos e essa é a revanche pelos pogroms. Os judeus estão em toda parte, mas é preciso descer até o fundo dos porões para encontrá-los. Pegue qualquer grande empresa alemã. Se tiver negócios com ela, o primeiro homem que encontra é o príncipe Von und Zu Qualquer Coisa, um jovem elegante que fala o inglês de Eton-e-Harrow. Mas ele nada resolve. Se o seu negócio for grande, você vai atrás dele e encontra um prógnato vestfaliano, com uma sobrancelha erguida e os modos dum porco. Ele é o empresário alemão que mexe os pauzinhos com seus documentos ingleses. Mas se está no tipo de negócio realmente grande e é obrigado a lidar com o verdadeiro chefe, dez contra um que irá enfrentar um judeuzinho pálido numa cadeira de rodas, com um olho igual ao de uma cascavel. Sim, senhor, ele é o homem que está governando o mundo agora mesmo, e ele está com sua faca no império do Czar, porque a tia dele foi ultrajada e seu pai açoitado em algum lugar insignificante do Volga."

Não pude deixar de dizer que os judeu-anarquistas dele pareciam ter deixado pouco para trás.

"Sim e não", disse ele. "Eles ganharam até certo ponto, mas atingiram uma coisa maior que o dinheiro, uma coisa que não pôde ser comprada, os velhos e elementares instintos de luta do homem. Se você vai acabar sendo morto, inventa algum tipo de bandeira e país pelo qual lutar, e se sobreviver acaba amando a coisa. Esses diabos tolos de soldados acharam algo com que se importar, e isso derrubou o belo plano feito em Berlim e Viena. Mas meus amigos não jogaram sua última cartada porque enxergam mais longe. Eles ainda têm um ás na manga, e a menos que eu possa me manter vivo por um mês, eles vão jogá-lo e vencer."

"Mas pensei que o senhor estivesse morto", interrompi.

"*Mors Janua Vitae*"[4], ele sorriu. (Reconheci a citação: era quase todo o latim que eu conhecia.) "Vou chegar lá, mas primeiro tenho que deixá-lo a par de muitas coisas. Se o senhor costuma ler jornais, imagino que conheça o nome de Constantine Karolides?"

Surpreendi-me com isso, pois estivera lendo sobre ele naquela mesma tarde.

"Ele é o homem que arruinou todas as jogadas deles. É o único grande cérebro em todo esse espetáculo, e acontece de ser também um homem honesto. Por isso ele foi marcado nesses últimos doze meses. Eu descobri isso – não que fosse difícil, pois qualquer tolo poderia deduzir a mesma coisa. Mas eu descobri de que modo iam pegá-lo, e esse conhecimento foi fatal. É por isso que tive que morrer."

Ele tomou outra bebida, e eu mesmo a servi para ele, pois estava ficando interessado no pedinte.

"Não podem pegá-lo em sua própria terra, pois tem um guarda-costas de Épiro que esfolaria até as avós deles. Mas no dia 15 de junho está vindo para esta

---

4   Citação latina: "A morte é o portal da vida".

this city. The British Foreign Office has taken to having International tea-parties, and the biggest of them is due on that date. Now Karolides is reckoned the principal guest, and if my friends have their way he will never return to his admiring countrymen."

"That's simple enough, anyhow", I said. "You can warn him and keep him at home."

"And play their game?", he asked sharply. "If he does not come they win, for he's the only man that can straighten out the tangle. And if his Government are warned he won't come, for he does not know how big the stakes will be on June the 15th."

"What about the British Government?" I said. "They're not going to let their guests be murdered. Tip them the wink, and they'll take extra precautions."

"No good. They might stuff your city with plain-clothes detectives and double the police and Constantine would still be a doomed man. My friends are not playing this game for candy. They want a big occasion for the taking off, with the eyes of all Europe on it. He'll be murdered by an Austrian, and there'll be plenty of evidence to show the connivance of the big folk in Vienna and Berlin. It will all be an infernal lie, of course, but the case will look black enough to the world. I'm not talking hot air, my friend. I happen to know every detail of the hellish contrivance, and I can tell you it will be the most finished piece of blackguardism since the Borgias. But it's not going to come off if there's a certain man who knows the wheels of the business alive right here in London on the 15th day of June. And that man is going to be your servant, Franklin P. Scudder."

I was getting to like the little chap. His jaw had shut like a rat-trap, and there was the fire of battle in his gimlety eyes. If he was spinning me a yarn he could act up to it.

"Where did you find out this story?" I asked.

"I got the first hint in an inn on the Achensee in Tyrol. That set me inquiring, and I collected my other clues in a fur-shop in the Galician quarter of Buda, in a Strangers' Club in Vienna, and in a little bookshop off the Racknitzstrasse in Leipsic. I completed my evidence ten days ago in Paris. I can't tell you the details now, for it's something of a history. When I was quite sure in my own mind I judged it my business to disappear, and I reached this city by a mighty queer circuit. I left Paris a dandified young French-American, and I sailed from Hamburg a Jew diamond merchant. In Norway I was an English student of Ibsen collecting materials for lectures, but when I left Bergen I was a cinema-man with special ski films. And I came here from Leith with a lot of pulp-wood propositions in my pocket to put before the London newspapers. Till yesterday I thought I had muddied my trail some, and was feeling pretty happy. Then..."

The recollection seemed to upset him, and he gulped down some more whisky.

"Then I saw a man standing in the street outside this block. I used to

cidade. O Ministério do Exterior britânico começou a organizar conferências internacionais, e a maior delas deve acontecer nessa data. Agora Karolides é considerado o convidado principal, e se meus amigos conseguirem o que querem ele nunca mais voltará para os seus adorados compatriotas."

"Isso é bastante simples, de qualquer modo", disse eu. "O senhor pode preveni-lo e mantê-lo em casa."

"E fazer o jogo deles?", perguntou ele vivamente. "Se ele não vier eles vencem, pois ele é o único homem que pode dar um jeito na confusão. E se o seu governo for avisado ele não virá, porque não sabe quão altas serão as apostas no dia 15 de junho."

"E que tal o governo britânico?", disse eu. "Eles não vão deixar seus convidados serem assassinados. Dê a eles uma dica, e eles tomarão precauções extras."

"Não é bom. Eles poderiam encher sua cidade de detetives à paisana e dobrar o policiamento, e Constantine ainda seria um homem condenado. Meus amigos não estão fazendo esse jogo de brincadeira. Eles querem uma grande ocasião para ponto de partida, com os olhos de toda a Europa voltados para ela. Ele será assassinado por um austríaco, e haverá muitas evidências para mostrar a conivência de gente graúda em Viena e Berlim. Será tudo uma mentira diabólica, é claro, mas para o mundo o caso parecerá sujo o bastante. Não estou falando em vão, meu amigo. Acontece que eu conheço cada detalhe desse plano terrível, e posso lhe dizer que será a mais rematada peça de vilania desde os Borgias. Mas não vai acontecer se houver um certo homem que conhece as engrenagens do caso vivo aqui mesmo em Londres no dia 15 de junho. E esse homem vai ser seu criado, Franklin P. Scudder."

Eu estava começando a gostar do camarada. Sua mandíbula havia se fechado como uma armadilha para ratos, e havia o fogo da batalha em seus olhos penetrantes. Se ele estava me contando uma lorota, podia proceder de acordo.

"Onde descobriu essa história?", perguntei.

"Encontrei a primeira pista numa hospedaria no Lago Achen, no Tirol. Aquilo me levou a investigar, e reuni minhas outras pistas numa loja de peles no bairro galiciano de Buda, no Clube dos Estrangeiros em Viena, e numa pequena livraria para além da Racknitzstrasse, em Leipzig. Completei minhas provas há dez dias em Paris. Não posso lhe contar os detalhes agora, pois é uma história e tanto. Quando tive absoluta certeza em minha mente, julguei que era melhor negócio desaparecer, e cheguei a esta cidade por um trajeto muitíssimo esquisito. Deixei Paris como um jovem dândi franco-americano, e naveguei de Hamburgo como um comerciante de diamantes judeu. Na Noruega eu era um estudante inglês de Ibsen coletando materiais para conferências, mas quando deixei Bergen era um cineasta especializado em filmes de esqui. E cheguei aqui vindo de Leith com o bolso cheio de propostas sensacionalistas para apresentar aos jornais de Londres. Até ontem eu achava que havia encoberto um pouco meu rastro, e estava me sentindo bem feliz. Então..."

A lembrança pareceu transtorná-lo, e ele engoliu um pouco mais de uísque.

"Então vi um homem parado na rua na frente deste prédio. Costumava ficar

stay close in my room all day, and only slip out after dark for an hour or two. I watched him for a bit from my window, and I thought I recognized him... He came in and spoke to the porter... When I came back from my walk last night I found a card in my letter-box. It bore the name of the man I want least to meet on God's earth."

I think that the look in my companion's eyes, the sheer naked scare on his face, completed my conviction of his honesty. My own voice sharpened a bit as I asked him what he did next.

"I realized that I was bottled as sure as a pickled herring, and that there was only one way out. I had to die. If my pursuers knew I was dead they would go to sleep again."

"How did you manage it?"

"I told the man that valets me that I was feeling pretty bad, and I got myself up to look like death. That wasn't difficult, for I'm no slouch at disguises. Then I got a corpse – you can always get a body in London if you know where to go for it. I fetched it back in a trunk on the top of a four-wheeler, and I had to be assisted up-stairs to my room. You see I had to pile up some evidence for the inquest. I went to bed and got my man to mix me a sleeping-draught, and then told him to clear out. He wanted to fetch a doctor, but I swore some and said I couldn't abide leeches. When I was left alone I started in to fake up that corpse. He was my size, and I judged had perished from too much alcohol, so I put some spirits handy about the place. The jaw was the weak point in the likeness, so I blew it away with a revolver. I daresay there will be somebody tomorrow to swear to having heard a shot, but there are no neighbours on my floor, and I guessed I could risk it. So I left the body in bed dressed up in my pyjamas, with a revolver lying on the bed-clothes and a considerable mess around. Then I got into a suit of clothes I had kept waiting for emergencies. I didn't dare to shave for fear of leaving tracks, and besides, it wasn't any kind of use my trying to get into the streets. I had had you in my mind all day, and there seemed nothing to do but to make an appeal to you. I watched from my window till I saw you come home, and then slipped down the stair to meet you... There, Sir, I guess you know about as much as me of this business."

He sat blinking like an owl, fluttering with nerves and yet desperately determined. By this time I was pretty well convinced that he was going straight with me. It was the wildest sort of narrative, but I had heard in my time many steep tales which had turned out to be true, and I had made a practice of judging the man rather than the story. If he had wanted to get a location in my flat, and then cut my throat, he would have pitched a milder yarn.

"Hand me your key", I said, "and I'll take a look at the corpse. Excuse my caution, but I'm bound to verify a bit if I can."

He shook his head mournfully. 'I reckoned you'd ask for that, but I haven't got it. It's on my chain on the dressing-table. I had to leave it behind, for I couldn't leave any clues to breed suspicions. The gentry who are after me are pretty bright-eyed citizens. You'll have to take me on trust for the night, and tomorrow you'll get

fechado no meu apartamento o dia todo, e só me esgueirava para fora após o anoitecer, por uma hora ou duas. Observei-o um pouco da minha janela e acho que o reconheci... Ele entrou e falou com o porteiro... Ao voltar do meu passeio noite passada achei um cartão na minha caixa de correspondência. Tinha o nome do último homem que eu quero encontrar nesse mundo de Deus."

Penso que a expressão nos olhos do meu companheiro, o medo nu e cru estampado em seu rosto, terminaram por me convencer de sua honestidade. Minha própria voz ficou um pouco mais enfática ao lhe perguntar o que fez em seguida.

"Percebi que estava tão enlatado quanto um arenque em conserva, e que só havia uma saída. Eu tinha que morrer. Se meus perseguidores soubessem que eu estava morto voltariam a dormir."

"Como conseguiu isso?"

"Disse ao homem que é meu criado que estava me sentindo muito mal, e me levantei parecendo quase morto. Não foi difícil, pois não sou nada negligente quanto a disfarces. Então consegui um cadáver – sempre se pode conseguir um corpo em Londres, se souber onde procurar. Trouxe-o num baú no bagageiro dum carro de aluguel e precisei de ajuda para subir a escada até meu quarto. Veja, precisava acumular algumas provas para o inquérito. Fui para cama e fiz meu criado me preparar um sedativo e então lhe disse que saísse. Ele queria trazer um médico, mas praguejei um pouco e disse que não suportava sangrias. Ao ser deixado só comecei a adulterar o cadáver. Era do meu tamanho e julguei que morrera de excesso de álcool, então deixei algumas bebidas à mão pelo quarto. O queixo era o ponto fraco da semelhança, então o mandei pelos ares com um revólver. Ouso dizer que amanhã alguém jurará ter ouvido um tiro, mas não há vizinhos em meu andar e achei que poderia arriscar. Assim, deixei o corpo na cama vestido com meu pijama, com um revólver largado sobre os lençóis e uma bagunça considerável ao redor. Então vesti um traje que deixara preparado para emergências. Não ousei me barbear por medo de deixar vestígios e, além disso, não tinha qualquer serventia tentar sair à rua. Tinha-o em mente o dia todo e parecia não haver nada a fazer senão apelar a você. Espiei da minha janela até ver que voltara para casa, e então me esgueirei escada abaixo para encontrá-lo... Agora, senhor, creio que sabe tanto quanto eu sobre este caso."

Sentou-se, piscando como uma coruja, tremendo e ainda assim desesperadamente determinado. A essa altura, eu já me convencera de que estava sendo honesto comigo. Era um relato do tipo mais espantoso, mas ouvira em minha época muitas narrativas exorbitantes que se revelaram verdadeiras, e assim criara o hábito de julgar o homem em vez da história. Se ele desejasse se instalar em meu apartamento, e então cortar minha garganta, teria me apresentado uma história mais leve.

"Dê-me sua chave", disse eu, "e darei uma olhada no cadáver. Desculpe minha cautela, mas sou obrigado a fazer alguma verificação, se puder."

Ele balançou a cabeça com pesar. "Imaginei que me pediria isso, mas eu não a tenho. Está no meu chaveiro, em cima da cômoda. Tive que deixá-la para trás, pois não podia deixar nenhuma pista que levantasse suspeitas. Os cavalheiros que me perseguem são cidadãos de olhos bem vivos. Terá que confiar em mim por esta

proof of the corpse business right enough."

I thought for an instant or two. "Right. I'll trust you for the night. I'll lock you into this room and keep the key. Just one word, Mr Scudder. I believe you're straight, but if so be you are not I should warn you that I'm a handy man with a gun."

"Sure", he said, jumping up with some briskness. "I haven't the privilege of your name, Sir, but let me tell you that you're a white man. I'll thank you to lend me a razor."

I took him into my bedroom and turned him loose. In half an hour's time a figure came out that I scarcely recognized. Only his gimlety, hungry eyes were the same. He was shaved clean, his hair was parted in the middle, and he had cut his eyebrows. Further, he carried himself as if he had been drilled, and was the very model, even to the brown complexion, of some British officer who had had a long spell in India. He had a monocle, too, which he stuck in his eye, and every trace of the American had gone out of his speech.

"My hat! Mr Scudder...", I stammered.

"Not Mr Scudder", he corrected; "Captain Theophilus Digby, of the 40th Gurkhas, presently home on leave. I'll thank you to remember that, Sir."

I made him up a bed in my smoking-room and sought my own couch, more cheerful than I had been for the past month. Things did happen occasionally, even in this God-forgotten metropolis.

I woke next morning to hear my man, Paddock, making the deuce of a row at the smoking-room door. Paddock was a fellow I had done a good turn to out on the Sebakwe, and I had inspanned him as my servant as soon as I got to England. He had about as much gift of the gab as a hippopotamus, and was not a great hand at valeting, but I knew I could count on his loyalty.

"Stop that row, Paddock", I said. "There's a friend of mine, Captain... Captain..." (I couldn't remember the name) "dossing down in there. Get breakfast for two and then come and speak to me."

I told Paddock a fine story about how my friend was a great swell, with his nerves pretty bad from overwork, who wanted absolute rest and stillness. Nobody had got to know he was here, or he would be besieged by communications from the India Office and the Prime Minister and his cure would be ruined. I am bound to say Scudder played up splendidly when he came to breakfast. He fixed Paddock with his eyeglass, just like a British officer, asked him about the Boer War, and slung out at me a lot of stuff about imaginary pals. Paddock couldn't learn to call me "Sir", but he "sirred" Scudder as if his life depended on it.

I left him with the newspaper and a box of cigars, and went down to the City till luncheon. When I got back the lift-man had an important face.

"Nawsty business 'ere this morning, Sir. Gent in N° 15 been and shot 'isself. They've just took 'im to the mortiary. The police are up there now."

noite, e amanhã terá provas mais que suficientes da questão do cadáver."

Pensei por um momento ou dois. "Certo. Confiarei no senhor por esta noite. Vou trancá-lo nesta sala e ficar com a chave. Só uma palavra, Mr. Scudder. Acredito que seja honesto, mas se por acaso não for devo avisá-lo que sou um homem habilidoso com uma arma."

"É claro", disse ele, dando um salto com certa vivacidade. "Não tenho o privilégio de saber seu nome, meu senhor, mas deixe-me dizer-lhe que é um homem decente. Eu lhe agradeceria se me emprestasse uma navalha."

Eu o levei ao meu quarto e o deixei à vontade. Dentro de meia hora saiu uma figura que eu mal reconheci. Só os olhos penetrantes, famintos, eram os mesmos. Ele tirara toda a barba, havia separado o cabelo no meio e aparado as sobrancelhas. Além disso, andava como se tivesse treinamento militar, e era o próprio modelo, até mesmo pela pele morena, de algum oficial britânico que tivesse passado um longo período na Índia. Tinha um monóculo, também, que colocou no olho, e todo vestígio de sotaque americano sumira de sua fala.

"Meu chapéu! Mr. Scudder...", gaguejei.

"Mr. Scudder não", corrigiu; "Capitão Theophilus Digby, do 40º Gurkha, atualmente de licença em casa. Agradecer-lhe-ei se lembrar-se disso, meu senhor."

Eu lhe preparei uma cama no meu quarto de fumar e busquei meu próprio sofá, mais animado do que havia me sentido durante o último mês. Às vezes aconteciam coisas, mesmo nesta metrópole esquecida por Deus.

Acordei na manhã seguinte ouvindo meu criado, Paddock, fazendo o diabo de uma barulheira na porta do quarto de fumar. Paddock era um camarada a quem eu tinha feito um favor lá em Sebakwe, e eu o havia tomado como criado assim que cheguei à Inglaterra. Ele falava tão bem quanto um hipopótamo e não era de grande ajuda como valete, mas eu sabia que podia contar com sua lealdade.

"Pare com essa barulheira, Paddock", disse eu. "Tem um amigo meu... O capitão, capitão..." (não conseguia me lembrar do nome) "está dormindo aí dentro. Faça o café da manhã para dois e então venha falar comigo."

Contei a Paddock uma bela história sobre como meu amigo era um figurão, com nervos bem abalados pelo excesso de trabalho, que exigiam absoluto repouso e quietude. Ninguém podia saber que estava aqui ou seria assediado por comunicados do India Office e do Premiêr e arruinaria sua cura. Sou obrigado a dizer que Scudder se portou magnificamente quando veio para o desjejum. Fitou Paddock com seu monóculo, tal qual um oficial britânico, perguntou-lhe da Guerra dos Bôeres e falou-me um monte sobre camaradas imaginários. Paddock nunca pôde aprender a me chamar de "senhor", mas "senhoreou" Scudder como se sua vida dependesse disso.

Deixei-o com o jornal e uma caixa de charutos, e fui para a City até a hora do almoço. Ao voltar, o ascensorista tinha uma expressão de importância no rosto.

"Negócio sujo esta manhã, senhor. O cavalheiro do Nº 15 veio e *se* atirou nele mesmo. Eles acabam de levar *ele* para o necrotério. A polícia *tá* lá em cima agora.

I ascended to Nº 15, and found a couple of bobbies and an inspector busy making an examination. I asked a few idiotic questions, and they soon kicked me out. Then I found the man that had valeted Scudder, and pumped him, but I could see he suspected nothing. He was a whining fellow with a churchyard face, and half-a-crown went far to console him.

I attended the inquest next day. A partner of some publishing firm gave evidence that the deceased had brought him wood-pulp propositions, and had been, he believed, an agent of an American business. The jury found it a case of suicide while of unsound mind, and the few effects were handed over to the American Consul to deal with. I gave Scudder a full account of the affair, and it interested him greatly. He said he wished he could have attended the inquest, for he reckoned it would be about as spicy as to read one's own obituary notice.

The first two days he stayed with me in that back room he was very peaceful. He read and smoked a bit, and made a heap of jottings in a note-book, and every night we had a game of chess, at which he beat me hollow. I think he was nursing his nerves back to health, for he had had a pretty trying time. But on the third day I could see he was beginning to get restless. He fixed up a list of the days till June 15th, and ticked each off with a red pencil, making remarks in shorthand against them. I would find him sunk in a brown study, with his sharp eyes abstracted, and after those spells of meditation he was apt to be very despondent.

Then I could see that he began to get edgy again. He listened for little noises, and was always asking me if Paddock could be trusted. Once or twice he got very peevish, and apologized for it. I didn't blame him. I made every allowance, for he had taken on a fairly stiff job.

It was not the safety of his own skin that troubled him, but the success of the scheme he had planned. That little man was clean grit all through, without a soft spot in him. One night he was very solemn.

"Say, Hannay", he said, "I judge I should let you a bit deeper into this business. I should hate to go out without leaving somebody else to put up a fight." And he began to tell me in detail what I had only heard from him vaguely.

I did not give him very close attention. The fact is, I was more interested in his own adventures than in his high politics. I reckoned that Karolides and his affairs were not my business, leaving all that to him. So a lot that he said slipped clean out of my memory. I remember that he was very clear that the danger to Karolides would not begin till he had got to London, and would come from the very highest quarters, where there would be no thought of suspicion. He mentioned the name of a woman – Julia Czechenyi – as having something to do with the danger. She would be the decoy, I gathered, to get Karolides out of the care of his guards. He talked, too, about a Black Stone and a man that lisped in his speech, and he described very particularly somebody that he never referred to without a shudder – an old man with a young voice who could hood his eyes like a hawk.

He spoke a good deal about death, too. He was mortally anxious about winning through with his job, but he didn't care a rush for his life.

Subi para o nº 15, e encontrei um par de tiras e um inspetor ocupados numa investigação. Fiz algumas perguntas idiotas, e eles logo me expulsaram. Então encontrei o homem que havia trabalhado como valete de Scudder, e o sondei, mas pude ver que ele não suspeitava de nada. Era um camarada queixoso com uma cara de igreja, e meia coroa foi mais do que suficiente para consolá-lo.

Assisti ao inquérito no dia seguinte. Um sócio de uma editora forneceu provas de que o falecido lhe apresentara propostas sensacionalistas, e havia sido, acreditava, agente de uma empresa americana. O júri considerou o caso como suicídio de uma mente doentia e os poucos pertences foram entregues aos cuidados do cônsul americano. Fiz a Scudder um relato completo do caso, que o interessou enormemente. Ele disse que gostaria de ter podido assistir ao inquérito, pois achava que seria quase tão sensacional quanto ler a notícia do próprio obituário.

Nos dois primeiros dias que ele ficou comigo naquele quarto dos fundos esteve muito calmo. Leu e fumou um pouco, fez um monte de anotações numa caderneta, e todas as noites jogamos xadrez, no qual ganhou de lavada. Acredito que estava apaziguando os nervos, pois passara um período bem difícil. Mas no terceiro dia pude ver que ele estava começando a ficar inquieto. Fez uma lista dos dias até 15 de junho, e riscava cada um com um lápis vermelho, fazendo observações em taquigrafia. Encontrava-o mergulhado em meditação, com os olhos penetrantes alheados e depois desses períodos de meditação costumava ficar muito desanimado.

Então percebi que ele começou a ficar irritável de novo. Escutava pequenos barulhos e estava sempre me perguntando se Paddock era de confiança. Uma ou duas vezes ficou muito irritado, e se desculpou por isso. Eu não o culpei. Dei todos os descontos, pois ele tinha assumido um trabalho bastante duro.

Não era salvar a própria pele que o perturbava, mas o sucesso do esquema que havia planejado. Aquele homenzinho era pura coragem, sem um ponto fraco sequer. Certa noite, ele estava muito solene.

"Sabe, Hannay" disse ele, "creio que deva inteirá-lo desse caso com mais profundidade. Odiaria sair de cena sem deixar alguém para continuar a luta." E começou a me contar em detalhes aquilo que eu só o tinha ouvido mencionar vagamente.

Não lhe dei muita atenção. O fato é que eu estava mais interessado nas próprias aventuras dele do que nas suas altas políticas. Achava que Karolides e os seus assuntos não eram da minha conta, deixando tudo aquilo para ele. Assim, muito do que ele disse evaporou-se da minha memória. Lembro-me de que ele dissera com muita clareza que o perigo para Karolides não começaria até que ele estivesse em Londres, e que viria dos mais altos escalões, onde não haveria nenhum risco de suspeita. Ele mencionou o nome de uma mulher – Julia Czechenyi – como tendo algo a ver com o perigo. Ela seria a isca, eu entendi, para tirar Karolides da proteção de seus guardas. Falou, também, sobre uma Pedra Negra e de um homem que ceceava ao falar, e descreveu bem particularmente alguém a quem nunca se referia sem um tremor – um velho com uma voz jovem que podia cobrir seus olhos como um falcão.

Falou muito sobre morte, aliás. Ele estava mortalmente ansioso para atingir o objetivo com o seu trabalho, mas não se importava a mínima com sua vida.

"I reckon it's like going to sleep when you are pretty well tired out, and waking to find a summer day with the scent of hay coming in at the window. I used to thank God for such mornings way back in the Blue-Grass country, and I guess I'll thank Him when I wake up on the other side of Jordan."

Next day he was much more cheerful, and read the life of Stonewall Jackson much of the time. I went out to dinner with a mining engineer I had got to see on business, and came back about half-past ten in time for our game of chess before turning in.

I had a cigar in my mouth, I remember, as I pushed open the smoking-room door. The lights were not lit, which struck me as odd. I wondered if Scudder had turned in already.

I snapped the switch, but there was nobody there. Then I saw something in the far corner which made me drop my cigar and fall into a cold sweat.

My guest was lying sprawled on his back. There was a long knife through his heart which skewered him to the floor.

"Imagino que é como ir dormir quando se está muito cansado e despertar para encontrar um dia de verão com o cheiro do feno entrando pela janela. Costumava agradecer a Deus por essas manhãs no estado do capim-do-campo[5], e creio que Lhe agradecerei quando acordar no outro lado do rio Jordão."

No dia seguinte ele estava muito mais animado, e passou a maior parte do tempo lendo a vida de Stonewall Jackson. Eu saí para jantar com um engenheiro de minas para tratar de negócios, e voltei em torno das dez e meia, a tempo para nosso jogo de xadrez antes de ir dormir.

Eu tinha um charuto na boca, lembro-me, quando abri a porta do quarto de fumar. As luzes não estavam acesas, o que me surpreendeu por ser estranho. Perguntei-me se Scudder já tinha se deitado.

Apertei o interruptor, mas não havia ninguém ali. Então vi algo no canto mais distante, que me fez derrubar o charuto e começar a suar frio.

Meu convidado jazia estendido de costas. Uma longa faca lhe atravessava o coração, espetando-o ao chão.

---

5   No original, *Blue-grass country*: estado do capim-do-campo, como é chamado o estado do Kentucky, nos EUA, terra natal do personagem. Capim-do-campo é o nome popular de vários tipos de gramíneas.

CHAPTER TWO

THE MILKMAN SETS OUT ON HIS TRAVELS

I sat down in an armchair and felt very sick. That lasted for maybe five minutes, and was succeeded by a fit of the horrors. The poor staring white face on the floor was more than I could bear, and I managed to get a table-cloth and cover it. Then I staggered to a cupboard, found the brandy and swallowed several mouthfuls. I had seen men die violently before; indeed I had killed a few myself in the Matabele War; but this cold-blooded indoor business was different. Still I managed to pull myself together. I looked at my watch, and saw that it was half-past ten.

An idea seized me, and I went over the flat with a small-tooth comb. There was nobody there, nor any trace of anybody, but I shuttered and bolted all the windows and put the chain on the door. By this time my wits were coming back to me, and I could think again. It took me about an hour to figure the thing out, and I did not hurry, for, unless the murderer came back, I had till about six o'clock in the morning for my cogitations.

I was in the soup, that was pretty clear. Any shadow of a doubt I might have had about the truth of Scudder's tale was now gone. The proof of it was lying under the table-cloth. The men who knew that he knew what he knew had found him, and had taken the best way to make certain of his silence. Yes; but he had been in my rooms four days, and his enemies must have reckoned that he had confided in me. So I would be the next to go. It might be that very night, or next day, or the day after, but my number was up all right.

Then suddenly I thought of another probability. Supposing I went out now and called in the police, or went to bed and let Paddock find the body and call them in the morning. What kind of a story was I to tell about Scudder? I had lied to Paddock about him, and the whole thing looked desperately fishy. If I made a clean breast of it and told the police everything he had told me, they would simply laugh at me. The odds were a thousand to one that I would be charged with the murder, and the circumstantial evidence was strong enough to hang me. Few

CAPÍTULO DOIS

O LEITEIRO PLANEJA SUAS VIAGENS

Sentei-me numa poltrona e me senti muito mal. Isso durou talvez cinco minutos, e foi seguido por uma adaptação aos horrores. O pobre rosto pálido e inexpressivo no chão era mais do que podia aguentar e consegui pegar uma toalha de mesa e cobri-lo. Então cambaleei até um armário, achei o conhaque e tomei vários goles. Eu tinha visto homens morrerem de modo violento antes; na verdade, eu mesmo tinha matado alguns na Guerra de Matabele[6]; mas esse negócio em recinto fechado e a sangue frio era diferente. Ainda assim, consegui me controlar. Olhei para o meu relógio, e vi que eram dez e meia.

Ocorreu-me uma ideia, e revistei o apartamento com pente fino. Não havia ninguém lá, nem qualquer vestígio de alguém, mas eu fechei e tranquei todas as janelas, e passei a corrente na porta. A essa altura, minhas faculdades mentais estavam voltando, e eu podia pensar de novo. Levei em torno de uma hora para solucionar a coisa, e não me apressei, pois, a menos que o assassino voltasse, eu tinha até seis horas da manhã, mais ou menos, para minhas cogitações.

Estava em apuros, isso era bem claro. Qualquer sombra de dúvida que pudesse ter tido sobre a verdade da história de Scudder agora sumira. A prova jazia sob a toalha de mesa. Os homens que sabiam que ele sabia o que sabia o tinham encontrado, e haviam escolhido o melhor modo de se certificarem de seu silêncio. Sim; mas ele tinha passado quatro dias em meu apartamento, e seus inimigos devem ter calculado que ele confiara em mim. Assim, eu seria o próximo a partir. Podia ser naquela mesma noite, no dia seguinte, ou no próximo, mas que eu ia morrer era certo.

Então, de repente, pensei em outra probabilidade. Supondo que eu saísse agora e chamasse a polícia, ou fosse para cama e deixasse Paddock achar o corpo e chamá-los pela manhã. Que tipo de história contaria sobre Scudder? Mentira para Paddock sobre ele e a coisa toda parecia desesperadamente suspeita. Se abrisse meu coração e contasse à polícia tudo o que ele me dissera, simplesmente ririam de mim. As chances eram de mil contra um de que eu seria acusado do assassinato, e as provas circunstanciais eram suficientes para me enforcarem. Poucos me conheciam

---

6   A Guerra de Matabele foi um conflito militar entre os ndebeles, uma etnia do povo sul-africano, e a Companhia Britânica da África do Sul.

people knew me in England; I had no real pal who could come forward and swear to my character. Perhaps that was what those secret enemies were playing for. They were clever enough for anything, and an English prison was as good a way of getting rid of me till after June 15th as a knife in my chest.

Besides, if I told the whole story, and by any miracle was believed, I would be playing their game. Karolides would stay at home, which was what they wanted. Somehow or other the sight of Scudder's dead face had made me a passionate believer in his scheme. He was gone, but he had taken me into his confidence, and I was pretty well bound to carry on his work.

You may think this ridiculous for a man in danger of his life, but that was the way I looked at it. I am an ordinary sort of fellow, not braver than other people, but I hate to see a good man downed, and that long knife would not be the end of Scudder if I could play the game in his place.

It took me an hour or two to think this out, and by that time I had come to a decision. I must vanish somehow, and keep vanished till the end of the second week in June. Then I must somehow find a way to get in touch with the Government people and tell them what Scudder had told me. I wished to Heaven he had told me more, and that I had listened more carefully to the little he had told me. I knew nothing but the barest facts. There was a big risk that, even if I weathered the other dangers, I would not be believed in the end. I must take my chance of that, and hope that something might happen which would confirm my tale in the eyes of the Government.

My first job was to keep going for the next three weeks. It was now the 24th day of May, and that meant twenty days of hiding before I could venture to approach the powers that be. I reckoned that two sets of people would be looking for me: Scudder's enemies to put me out of existence, and the police, who would want me for Scudder's murder. It was going to be a giddy hunt, and it was queer how the prospect comforted me. I had been slack so long that almost any chance of activity was welcome. When I had to sit alone with that corpse and wait on Fortune I was no better than a crushed worm, but if my neck's safety was to hang on my own wits I was prepared to be cheerful about it.

My next thought was whether Scudder had any papers about him to give me a better clue to the business. I drew back the table-cloth and searched his pockets, for I had no longer any shrinking from the body. The face was wonderfully calm for a man who had been struck down in a moment. There was nothing in the breast-pocket, and only a few loose coins and a cigar-holder in the waistcoat. The trousers held a little penknife and some silver, and the side pocket of his jacket contained an old crocodile-skin cigar-case. There was no sign of the little black book in which I had seen him making notes. That had no doubt been taken by his murderer.

But as I looked up from my task I saw that some drawers had been pulled out in the writing-table. Scudder would never have left them in that state, for he was the tidiest of mortals. Someone must have been searching for something – perhaps for the pocket-book.

na Inglaterra; não tinha nenhum amigo de verdade que poderia se apresentar e jurar pelo meu caráter. Talvez fosse com isso que esses inimigos secretos contavam. Eram bem inteligentes para qualquer coisa, e uma prisão inglesa era um modo tão bom de livrar-se de mim até depois de 15 de junho quanto uma faca em meu peito.

Além disso, se eu contasse a história inteira, e por algum milagre me acreditassem, eu estaria fazendo o jogo deles. Karolides ficaria em casa, que era o que eles queriam. De um modo ou de outro, a visão do rosto morto de Scudder tinha me tornado um ardoroso adepto do seu esquema. Ele se fora, mas havia confiado em mim, e eu estava na obrigação de continuar seu trabalho.

Você pode achar isso ridículo para um homem em risco de vida, mas era desse modo que eu via a coisa toda. Sou um tipo de sujeito comum, não mais corajoso que os outros, mas odeio ver um homem bom abatido, e aquela longa faca não seria o fim de Scudder se eu pudesse jogar o jogo em seu lugar.

Levei uma hora ou duas refletindo sobre isso, e a essa altura havia chegado a uma decisão. Eu tinha que desaparecer de alguma maneira, e continuar desaparecido até o fim da segunda semana de junho. Então devia de todo modo achar um jeito de entrar em contato com as pessoas do governo e contar-lhes o que Scudder tinha me dito. Desejava, por Deus, que ele tivesse me contado mais, e que eu tivesse escutado com mais atenção o pouco que ele havia me dito. Eu só conhecia os fatos básicos. Havia um grande risco de que, mesmo se eu vencesse os outros perigos, não acreditassem em mim no final. Tinha que correr esse risco, e esperar que algo pudesse acontecer que confirmasse minha história aos olhos do governo.

Minha primeira tarefa era prosseguir pelas próximas três semanas. Agora era 24 de maio, e isso significava vinte dias escondido antes que pudesse me arriscar a abordar os poderes estabelecidos. Calculava que dois grupos de pessoas estariam procurando por mim: os inimigos de Scudder para me tirar a vida, e a polícia, pelo assassinato de Scudder. Ia ser uma caçada vertiginosa, e era estranho como essa perspectiva me confortava. Estivera inativo há tanto tempo que praticamente qualquer chance de atividade era bem-vinda. Quando tive que me sentar sozinho com aquele cadáver e esperar pela Sorte eu não era melhor que um miserável oprimido, mas se a segurança do meu pescoço dependesse da minha própria sagacidade, eu estava pronto a me sentir animado com isso.

Meu próximo pensamento foi se Scudder teria consigo algum documento que me desse uma pista melhor sobre o caso. Levantei a toalha de mesa e procurei em seus bolsos, pois já não recuava mais diante da visão do corpo. O rosto estava espantosamente tranquilo para um homem que tinha sido golpeado de repente. Não havia nada no bolso interno, e só algumas moedas soltas e uma piteira no colete. Nas calças, um pequeno canivete e algumas moedas de prata, e no bolso lateral da jaqueta uma charuteira antiga de pele de crocodilo. Não havia sinal da caderneta preta na qual o tinha visto fazendo anotações. Sem dúvida fora levada pelo seu assassino.

Mas quando ergui os olhos da minha incumbência vi que algumas gavetas tinham sido abertas na escrivaninha. Scudder nunca as teria deixado naquele estado, pois era o mais cuidadoso dos mortais. Alguém devia ter procurado algo – talvez a caderneta.

I went round the flat and found that everything had been ransacked – the inside of books, drawers, cupboards, boxes, even the pockets of the clothes in my wardrobe, and the sideboard in the dining-room. There was no trace of the book. Most likely the enemy had found it, but they had not found it on Scudder's body.

Then I got out an atlas and looked at a big map of the British Isles. My notion was to get off to some wild district, where my veldcraft would be of some use to me, for I would be like a trapped rat in a city. I considered that Scotland would be best, for my people were Scotch and I could pass anywhere as an ordinary Scotsman. I had half an idea at first to be a German tourist, for my father had had German partners, and I had been brought up to speak the tongue pretty fluently, not to mention having put in three years prospecting for copper in German Damaraland. But I calculated that it would be less conspicuous to be a Scot, and less in a line with what the police might know of my past. I fixed on Galloway as the best place to go. It was the nearest wild part of Scotland, so far as I could figure it out, and from the look of the map was not over thick with population.

A search in Bradshaw informed me that a train left St. Pancras at 7.10, which would land me at any Galloway station in the late afternoon. That was well enough, but a more important matter was how I was to make my way to St Pancras, for I was pretty certain that Scudder's friends would be watching outside. This puzzled me for a bit; then I had an inspiration, on which I went to bed and slept for two troubled hours.

I got up at four and opened my bedroom shutters. The faint light of a fine summer morning was flooding the skies, and the sparrows had begun to chatter. I had a great revulsion of feeling, and felt a God-forgotten fool. My inclination was to let things slide, and trust to the British police taking a reasonable view of my case. But as I reviewed the situation I could find no arguments to bring against my decision of the previous night, so with a wry mouth I resolved to go on with my plan. I was not feeling in any particular funk; only disinclined to go looking for trouble, if you understand me.

I hunted out a well-used tweed suit, a pair of strong nailed boots, and a flannel shirt with a collar. Into my pockets I stuffed a spare shirt, a cloth cap, some handkerchiefs, and a tooth-brush. I had drawn a good sum in gold from the bank two days before, in case Scudder should want money, and I took fifty pounds of it in sovereigns in a belt which I had brought back from Rhodesia. That was about all I wanted. Then I had a bath, and cut my moustache, which was long and drooping, into a short stubbly fringe.

Now came the next step. Paddock used to arrive punctually at 7.30 and let himself in with a latch-key. But about twenty minutes to seven, as I knew from bitter experience, the milkman turned up with a great clatter of cans, and deposited my share outside my door. I had seen that milkman sometimes when I had gone out for an early ride. He was a young man about my own height, with

Andei pelo apartamento e descobri que tudo havia sido revistado – o interior de livros, gavetas, armários, caixas, até mesmo os bolsos das roupas em meu guarda-roupa, e o aparador na sala de jantar. Não havia sinal do livrinho. Provavelmente o inimigo o tinha encontrado, mas não o tinham encontrado no corpo de Scudder.

Então peguei um atlas e olhei para um mapa grande das Ilhas Britânicas. Minha ideia era escapar para alguma região erma, onde minha destreza na savana me seria de algum uso, pois numa cidade seria como um rato na ratoeira. Julguei que a Escócia seria melhor, pois minha família era escocesa e poderia passar por um escocês comum em qualquer lugar. Cheguei a ter uma ideia a princípio de ser um turista alemão, pois meu pai tivera sócios alemães, e eu tinha sido educado para falar a língua fluentemente, sem mencionar que gastei três anos prospectando cobre na Damaralândia[7] alemã. Mas calculei que seria menos conspícuo ser um escocês, e menos de acordo com o que a polícia poderia saber do meu passado. Escolhi Galloway como o melhor lugar para ir. Era a mais próxima região erma da Escócia, tão longe quanto poderia imaginar, e pelo que vi no mapa não era muito densa de população.

Uma busca no guia ferroviário Bradshaw me informou que um trem partiria de St. Pancras às 7.10, e me deixaria em qualquer estação de Galloway no final da tarde. Era bom o bastante, mas uma questão mais importante era como eu faria para ir até St. Pancras, pois tinha absoluta certeza que os amigos de Scudder estariam vigiando lá fora. Isso me intrigou por um tempo; então tive uma inspiração, com a qual fui para cama e dormi durante duas horas agitadas.

Levantei-me às quatro e abri as persianas do quarto. A luz pálida duma bela manhã de verão inundava os céus, e os pardais já começavam a gorjear. Tive uma mudança repentina de sentimentos e me senti como um tolo esquecido por Deus. Minha inclinação era deixar as coisas piorarem e confiar que a polícia britânica tivesse uma opinião razoável sobre o meu caso. Mas ao rever a situação não pude achar nenhum argumento a contrapor à minha decisão da noite anterior, então, com um gesto de escárnio, decidi seguir com meu plano. Não estava sentindo nenhum medo em especial; só não estava propenso a procurar problemas, se me entendem.

Descobri um terno de tweed bem usado, um par de botas fortes com cravos na sola e uma camisa de flanela com colarinho. Meti nos bolsos uma camisa sobressalente, um boné, alguns lenços e uma escova de dente. Eu tinha sacado do banco uma boa quantia em ouro dois dias antes, caso Scudder precisasse de dinheiro, e prendi cinquenta libras em soberanos num cinto que eu tinha trazido da Rodésia[8]. Era quase tudo que eu precisava. Então tomei um banho e cortei o bigode, que era comprido e recurvado, num filete curto e hirsuto.

Agora vinha o próximo passo. Paddock costumava chegar pontualmente às 7.30, e entrar com uma chave de trinco. Mas em torno de vinte para as sete, como eu sabia por amarga experiência, o leiteiro surgia com um grande barulho de latas, e depositava a minha cota no lado de fora da porta. Tinha visto esse leiteiro algumas vezes, ao sair para dar um passeio bem cedo. Era um jovem mais ou

---

7   Damaralândia foi o nome dado de 1884 a 1915 à parte norte da região da atual africano, que era colônia alemã. Atualmente é o estado da Namíbia.
8   Antigo país africano, atualmente dividido entre Zâmbia e Zimbábue.

an ill-nourished moustache, and he wore a white overall. On him I staked all my chances.

I went into the darkened smoking-room where the rays of morning light were beginning to creep through the shutters. There I breakfasted off a whisky-and-soda and some biscuits from the cupboard. By this time it was getting on for six o'clock. I put a pipe in my pocket and filled my pouch from the tobacco jar on the table by the fireplace.

As I poked into the tobacco my fingers touched something hard, and I drew out Scudder's little black pocket-book...

That seemed to me a good omen. I lifted the cloth from the body and was amazed at the peace and dignity of the dead face. "Goodbye, old chap", I said; "I am going to do my best for you. Wish me well, wherever you are."

Then I hung about in the hall waiting for the milkman. That was the worst part of the business, for I was fairly choking to get out of doors. Six-thirty passed, then six-forty, but still he did not come. The fool had chosen this day of all days to be late.

At one minute after the quarter to seven I heard the rattle of the cans outside. I opened the front door, and there was my man, singling out my cans from a bunch he carried and whistling through his teeth. He jumped a bit at the sight of me.

"Come in here a moment", I said. "I want a word with you." And I led him into the dining-room.

"I reckon you're a bit of a sportsman", I said, "and I want you to do me a service. Lend me your cap and overall for ten minutes, and here's a sovereign for you."

His eyes opened at the sight of the gold, and he grinned broadly. "Wot's the gyme?", he asked.

"A bet", I said. "I haven't time to explain, but to win it I've got to be a milkman for the next ten minutes. All you've got to do is to stay here till I come back. You'll be a bit late, but nobody will complain, and you'll have that quid for yourself."

"Right-o!" he said cheerily. "I ain't the man to spoil a bit of sport. 'Ere's the rig, guv'nor."

I stuck on his flat blue hat and his white overall, picked up the cans, banged my door, and went whistling downstairs. The porter at the foot told me to shut my jaw, which sounded as if my make-up was adequate.

At first I thought there was nobody in the street. Then I caught sight of a policeman a hundred yards down, and a loafer shuffling past on the other side. Some

menos da minha altura, com um bigode mal nutrido, e usava um macacão branco. Nele apostava todas as minhas fichas.

Entrei no quarto de fumar escuro, onde os raios de luz da manhã estavam começando a penetrar pelas venezianas. Lá eu tomei um desjejum de uísque com soda e alguns biscoitos do armário. A essa altura, a manhã se encaminhava para as seis horas. Coloquei um cachimbo no bolso e enchi minha bolsa com o fumo do pote sobre a mesa junto à lareira.

Quando remexi no fumo meus dedos tocaram em algo duro, e puxei a pequena caderneta preta de Scudder...

Isso me pareceu um bom presságio. Levantei o pano de cima do corpo e fiquei espantado com a paz e a dignidade do rosto morto. "Adeus, velho amigo", disse eu; "Darei o melhor de mim por você. Deseje-me o bem, onde quer que esteja."

Então fiquei vagando pelo vestíbulo à espera do leiteiro. Essa foi a pior parte do caso, pois eu estava claramente ansioso para sair porta afora. Deu seis e meia, depois seis e quarenta, mas ele ainda não chegara. O imbecil tinha escolhido esse dia entre todos os outros para se atrasar.

Um minuto após um quarto para as sete, ouvi o barulho das latas lá fora. Abri a porta da frente, e eis o meu homem, separando minhas latas duma penca que carregava, e assobiando por entre os dentes. Ele deu um pequeno salto ao me ver.

"Entre aqui um instante", disse eu. "Quero dar uma palavra com você." E o conduzi à sala de jantar.

"Imagino que tenha algum espírito esportivo", disse eu, "e quero que me faça um favor. Empreste-me seu boné e seu macacão por dez minutos, e aqui está um soberano para você."

Seus olhos se arregalaram à vista do ouro, e ele abriu um amplo sorriso. "Qual é o jogo?", perguntou ele[9].

"Uma aposta", eu disse. "Não tenho tempo para explicar, mas para ganhá-la devo ser um leiteiro pelos próximos dez minutos. Tudo que tem a fazer é ficar aqui até que eu volte. Se atrasará um pouco, mas ninguém reclamará, e terá essa pataca para você."

"Certo!", disse ele alegremente. "Não sou homem de estragar um pouco de diversão. Tá aqui o equipamento, chefe."

Me enfiei no seu boné azul plano e no macacão branco, apanhei as latas, bati a porta e fui assobiando escada abaixo. O porteiro ao pé da escada me disse que fechasse a matraca, o que me deu a impressão de que minha criação estava adequada.

A princípio pensei que não havia ninguém na rua. Então avistei um policial cerca de cem jardas abaixo, e um vadio passando vagarosamente do outro lado.

---

9 Reparem que, no texto original em inglês, os trabalhadores são retratados falando uma forma mais rústica da língua inglesa denominada 'cockney'. Segundo o Oxford English Dictionary a origem do termo reside em 'cock and egg', sendo o seu primeiro significado um ovo de forma rara (1362), depois uma pessoa ignorante de modos rústicos (1521) e mais tarde o significado atual, designando os habitantes das áreas mais populares do East End de Londres.

impulse made me raise my eyes to the house opposite, and there at a first-floor window was a face. As the loafer passed he looked up, and I fancied a signal was exchanged.

I crossed the street, whistling gaily and imitating the jaunty swing of the milkman. Then I took the first side street, and went up a left-hand turning which led past a bit of vacant ground. There was no one in the little street, so I dropped the milk-cans inside the hoarding and sent the cap and overall after them. I had only just put on my cloth cap when a postman came round the corner. I gave him good morning and he answered me unsuspiciously. At the moment the clock of a neighbouring church struck the hour of seven.

There was not a second to spare. As soon as I got to Euston Road I took to my heels and ran. The clock at Euston Station showed five minutes past the hour. At St Pancras I had no time to take a ticket, let alone that I had not settled upon my destination. A porter told me the platform, and as I entered it I saw the train already in motion. Two station officials blocked the way, but I dodged them and clambered into the last carriage.

Three minutes later, as we were roaring through the northern tunnels, an irate guard interviewed me. He wrote out for me a ticket to Newton-Stewart, a name which had suddenly come back to my memory, and he conducted me from the first-class compartment where I had ensconced myself to a third-class smoker, occupied by a sailor and a stout woman with a child. He went off grumbling, and as I mopped my brow I observed to my companions in my broadest Scots that it was a sore job catching trains. I had already entered upon my part.

"The impidence o' that gyaird!" said the lady bitterly. "He needit a Scotch tongue to pit him in his place. He was complainin' o' this wean no haein' a ticket and her no fower till August twalmonth, and he was objectin' to this gentleman spittin'."

The sailor morosely agreed, and I started my new life in an atmosphere of protest against authority. I reminded myself that a week ago I had been finding the world dull.

Um impulso me fez levantar os olhos para a casa do lado oposto, e lá, numa janela do primeiro andar, estava um rosto. Enquanto passava o vadio olhou para cima, e imaginei que um sinal fora trocado.

Atravessei a rua, assobiando alegremente e imitando a ginga animada do leiteiro. Então peguei a primeira rua lateral e subi à esquerda na esquina, o que me levava a passar por uma parte de um terreno baldio. Não havia ninguém na ruazinha, então larguei as latas de leite atrás do tapume e atirei o boné e o macacão em seguida. Eu mal tinha acabado de pôr meu próprio boné quando um carteiro dobrou a esquina. Dei-lhe bom dia e ele me respondeu sem suspeitar. Nesse momento, o relógio de uma igreja da vizinhança bateu sete horas.

Não havia um segundo a perder. Assim que cheguei a Euston Road dei no pé e corri. O relógio da Estação de Euston marcava cinco minutos depois das sete. Em St. Pancras, não tive tempo para comprar um bilhete, sem falar que não tinha resolvido o meu destino. Um carregador me indicou a plataforma, e quando entrei vi o trem já em movimento. Dois funcionários da estação bloqueavam o caminho, mas eu me esquivei dos dois e subi no último vagão.

Três minutos depois, quando estávamos rugindo em direção aos túneis do norte, um guarda enraivecido me interpelou. Ele preencheu para mim um bilhete para Newton-Stewart, um nome que tinha de repente me voltado à memória, e me levou do compartimento de primeira classe onde me escondera para um vagão de fumantes de terceira classe, ocupado por um marinheiro e uma mulher robusta com uma criança. Ele foi embora resmungando, e enquanto eu esfregava as têmporas observei para meus companheiros no meu mais claro sotaque escocês que era um trabalho bem irritante pegar um trem. Já havia incorporado meu papel.

"Que atrevimento daquele guarda!", disse a senhora amargamente. "Precisou *duma* língua escocesa *pra* botar *ele* no seu lugar. Ele *tava* se queixando que essa aqui não tinha um bilhete, e ela não faz um ano antes de agosto, e *tava* criando caso por causa da irritação desse senhor."

O marinheiro concordou sombriamente, e eu comecei minha nova vida numa atmosfera de protesto contra a autoridade. Lembrei a mim mesmo que uma semana atrás eu estivera achando o mundo tedioso.

CHAPTER THREE

THE ADVENTURE OF THE LITERARY INNKEEPER

I had a solemn time travelling north that day. It was fine May weather, with the hawthorn flowering on every hedge, and I asked myself why, when I was still a free man, I had stayed on in London and not got the good of this heavenly country. I didn't dare face the restaurant car, but I got a luncheon-basket at Leeds and shared it with the fat woman. Also I got the morning's papers, with news about starters for the Derby and the beginning of the cricket season, and some paragraphs about how Balkan affairs were settling down and a British squadron was going to Kiel.

When I had done with them I got out Scudder's little black pocket-book and studied it. It was pretty well filled with jottings, chiefly figures, though now and then a name was printed in. For example, I found the words "Hofgaard", "Luneville", and 'Avocado' pretty often, and especially the word "Pavia".

Now I was certain that Scudder never did anything without a reason, and I was pretty sure that there was a cypher in all this. That is a subject which has always interested me, and I did a bit at it myself once as intelligence officer at Delagoa Bay during the Boer War. I have a head for things like chess and puzzles, and I used to reckon myself pretty good at finding out cyphers. This one looked like the numerical kind where sets of figures correspond to the letters of the alphabet, but any fairly shrewd man can find the clue to that sort after an hour or two's work, and I didn't think Scudder would have been content with anything so easy. So I fastened on the printed words, for you can make a pretty good numerical cypher if you have a key word which gives you the sequence of the letters.

I tried for hours, but none of the words answered. Then I fell asleep and woke at Dumfries just in time to bundle out and get into the slow Galloway train. There was a man on the platform whose looks I didn't like, but he never

CAPÍTULO TRÊS

A AVENTURA DO
ESTALAJADEIRO LITERATO

Passei um período solene viajando para o norte naquele dia. Era maio e o tempo estava lindo, com o espinheiro florescendo em cada sebe, e eu me perguntei por que, quando era ainda um homem livre, tinha ficado em Londres e não aproveitado o que há de bom nesse país divino. Não ousava enfrentar o vagão-restaurante, mas consegui uma cesta de almoço em Leeds e compartilhei-a com a mulher gorda. Também comprei os jornais da manhã, com notícias sobre os participantes do Derby e o começo da estação de críquete, e alguns parágrafos sobre como a situação nos Balcãs estava se acalmando e como uma esquadra britânica estava indo para Kiel.

Ao terminar com eles, puxei a pequena caderneta preta de Scudder e estudei-a. Estava toda preenchida com anotações, principalmente figuras, mas, de vez em quando, um nome aparecia escrito. Por exemplo, achei as palavras "Hofgaard", "Luneville", e "Abacate" com bastante frequência, e em especial a palavra "Pavia".

Agora eu tinha certeza de que Scudder nunca fez coisa alguma sem um motivo, e estava bem certo de que havia um código em tudo aquilo. Esse é um assunto que sempre me interessou, e eu mesmo me dediquei um pouco a isso uma vez, como oficial da inteligência na Baía da Lagoa[10], durante a Guerra dos Bôeres. Tenho uma boa cabeça para coisas como xadrez e quebra-cabeças, e costumava me considerar muito bom em decifrar códigos. Este aqui parecia do tipo numérico, onde conjuntos de figuras correspondem às letras do alfabeto, mas qualquer homem astuto o bastante pode achar a pista para esse tipo de código depois de uma hora ou duas de trabalho, e não achava que Scudder teria ficado satisfeito com algo tão fácil. Então me concentrei nas palavras impressas, pois você pode criar um código numérico muito bom se tiver uma palavra chave que lhe dê a sequência das letras.

Tentei por horas, mas nenhuma das palavras deu resultado. Então peguei no sono e acordei em Dumfries só a tempo de me despachar e entrar no lento trem de Galloway. Havia um homem na plataforma cuja aparência não me agradou, mas

---

10   Nome antigo da atual baía de Maputo, capital de Moçambique.

glanced at me, and when I caught sight of myself in the mirror of an automatic machine I didn't wonder. With my brown face, my old tweeds, and my slouch, I was the very model of one of the hill farmers who were crowding into the third-class carriages.

I travelled with half a dozen in an atmosphere of shag and clay pipes. They had come from the weekly market, and their mouths were full of prices. I heard accounts of how the lambing had gone up the Cairn and the Deuch and a dozen other mysterious waters. Above half the men had lunched heavily and were highly flavoured with whisky, but they took no notice of me. We rumbled slowly into a land of little wooded glens and then to a great wide moorland place, gleaming with lochs, with high blue hills showing northwards.

About five o'clock the carriage had emptied, and I was left alone as I had hoped. I got out at the next station, a little place whose name I scarcely noted, set right in the heart of a bog. It reminded me of one of those forgotten little stations in the Karroo. An old station-master was digging in his garden, and with his spade over his shoulder sauntered to the train, took charge of a parcel, and went back to his potatoes. A child of ten received my ticket, and I emerged on a white road that straggled over the brown moor.

It was a gorgeous spring evening, with every hill showing as clear as a cut amethyst. The air had the queer, rooty smell of bogs, but it was as fresh as mid-ocean, and it had the strangest effect on my spirits. I actually felt light-hearted. I might have been a boy out for a spring holiday tramp, instead of a man of thirty-seven very much wanted by the police. I felt as I used to feel when I was starting for a big trek on a frosty morning on the high veld. If you believe me, I swung along that road whistling. There was no plan of campaign in my head, only just to go on and on in this blessed, honest-smelling hill country, for every mile put me in better humour with myself.

In a roadside planting I cut a walking-stick of hazel, and presently struck off the highway up a bypath which followed the glen of a brawling stream. I reckoned that I was still far ahead of any pursuit, and for that night might please myself. It was some hours since I had tasted food, and I was getting very hungry when I came to a herd's cottage set in a nook beside a waterfall. A brown-faced woman was standing by the door, and greeted me with the kindly shyness of moorland places. When I asked for a night's lodging she said I was welcome to the "bed in the loft", and very soon she set before me a hearty meal of ham and eggs, scones, and thick sweet milk.

At the darkening her man came in from the hills, a lean giant, who in one step covered as much ground as three paces of ordinary mortals. They asked me no questions, for they had the perfect breeding of all dwellers in the wilds, but I could see they set me down as a kind of dealer, and I took some trouble to confirm their view. I spoke a lot about cattle, of which my host knew little, and I picked up from him a good deal about the local Galloway markets, which I tucked away in my memory for future use. At ten I was nodding in my chair, and the 'bed in the loft'

ele nem sequer me olhou, e quando tive um relance de mim mesmo no espelho de uma máquina automática não me espantei. Com meu rosto moreno, minhas roupas velhas de tweed e meu andar descansado, era o próprio modelo de um dos fazendeiros das colinas que estavam se aglomerando nos vagões da terceira classe.

Viajei com outros seis numa atmosfera de fumo barato e cachimbos de barro. Eles tinham vindo para o mercado semanal, e tinham as bocas cheias de preços. Ouvi relatos de como os carneiros tinham subido o Cairn e o Deuch, e uma dúzia de outras águas misteriosas. Mais da metade dos homens almoçara lautamente, e tinham um forte odor de uísque, mas não me notaram. Fomos rugindo devagar para o interior duma região de pequenos vales arborizados e então para um lugar com vastas áreas pantanosas, reluzindo com lagos e altas colinas azuis para o norte.

Em torno das cinco horas o vagão tinha se esvaziado, e fiquei sozinho como havia esperado. Desci na próxima estação, um lugar pequeno cujo nome eu mal reparei, localizado bem no meio de um pântano. Fez-me lembrar de uma dessas pequenas estações esquecidas no Karoo[11]. Um velho chefe de estação estava cavando em seu jardim, e com a pá sobre o ombro saracoteou até o trem, encarregou-se de um pacote e voltou para suas batatas. Uma criança de dez anos recolheu meu bilhete, e saí numa estrada branca que se estendia sobre o pântano pardacento.

Era uma linda noite de primavera, com cada colina mostrando-se clara como uma ametista lapidada. O ar tinha o cheiro raro e radicoso dos brejos, mas tão fresco como no meio do oceano e teve o efeito mais estranho sobre o meu humor. Na verdade sentia-me alegre. Talvez fosse um garoto saindo para uma volta num feriado de primavera, em vez de um homem de 37 anos tão procurado pela polícia. Sentia-me como ao partir para uma grande caminhada numa manhã gelada na estepes. Se acredita em mim, passeei ao longo daquela estrada assobiando. Não havia estratégias em minha mente, só seguir sempre por esta abençoada região montanhosa, que cheirava a honestidade, pois cada milha me deixava no melhor humor para comigo.

Numa plantação à margem da estrada cortei um ramo de nogueira para servir de bengala, e agora cortava o caminho acima dum atalho que seguia o curso dum riacho murmurante. Calculei que estava bem à frente de qualquer perseguição, e naquela noite poderia fazer o que me agradasse. Fazia algumas horas desde que eu comera e estava já com fome ao chegar a um conjunto de cabanas de pastores, num recanto de uma cachoeira. Uma mulher de rosto moreno estava à porta e me saudou com a tímida gentileza da charneca. Ao perguntar por uma hospedagem para a noite ela disse que eu era bem-vindo a ocupar uma "cama no sótão", e logo colocou diante de mim uma saudável refeição de presunto com ovos, bolinhos e leite gordo adoçado.

Ao escurecer, seu homem veio das colinas, um gigante curvado, que em um passo cobriu tanto terreno quanto três passos dos mortais comuns. Não me fizeram qualquer pergunta, pois tinham a perfeita criação dos moradores das regiões agrestes, mas pude ver que me colocaram como um tipo de comerciante, e tive alguma dificuldade para confirmar sua opinião. Falei bastante sobre gado, o que meu anfitrião pouco conhecia, e tirei dele um bocado sobre os mercados locais de Galloway, que enfiei na memória para uso futuro. Às dez já estava cabeceando na cadeira, e a

---

11   Região semidesértica da África do Sul.

received a weary man who never opened his eyes till five o'clock set the little homestead a-going once more.

They refused any payment, and by six I had breakfasted and was striding southwards again. My notion was to return to the railway line a station or two farther on than the place where I had alighted yesterday and to double back. I reckoned that that was the safest way, for the police would naturally assume that I was always making farther from London in the direction of some western port. I thought I had still a good bit of a start, for, as I reasoned, it would take some hours to fix the blame on me, and several more to identify the fellow who got on board the train at St Pancras.

It was the same jolly, clear spring weather, and I simply could not contrive to feel careworn. Indeed I was in better spirits than I had been for months. Over a long ridge of moorland I took my road, skirting the side of a high hill which the herd had called Cairnsmore of Fleet. Nesting curlews and plovers were crying everywhere, and the links of green pasture by the streams were dotted with young lambs. All the slackness of the past months was slipping from my bones, and I stepped out like a four-year-old. By-and-by I came to a swell of moorland which dipped to the vale of a little river, and a mile away in the heather I saw the smoke of a train.

The station, when I reached it, proved to be ideal for my purpose. The moor surged up around it and left room only for the single line, the slender siding, a waiting-room, an office, the station-master's cottage, and a tiny yard of gooseberries and sweet-william. There seemed no road to it from anywhere, and to increase the desolation the waves of a tarn lapped on their grey granite beach half a mile away. I waited in the deep heather till I saw the smoke of an east-going train on the horizon. Then I approached the tiny booking-office and took a ticket for Dumfries.

The only occupants of the carriage were an old shepherd and his dog – a wall-eyed brute that I mistrusted. The man was asleep, and on the cushions beside him was that morning's Scotsman. Eagerly I seized on it, for I fancied it would tell me something.

There were two columns about the Portland Place Murder, as it was called. My man Paddock had given the alarm and had the milkman arrested. Poor devil, it looked as if the latter had earned his sovereign hardly; but for me he had been cheap at the price, for he seemed to have occupied the police for the better part of the day. In the latest news I found a further instalment of the story. The milkman had been released, I read, and the true criminal, about whose identity the police were reticent, was believed to have got away from London by one of the northern lines. There was a short note about me as the owner of the flat. I guessed the police had stuck that in, as a clumsy contrivance to persuade me that I was unsuspected.

There was nothing else in the paper, nothing about foreign politics or Karolides, or the things that had interested Scudder. I laid it down, and found that we were approaching the station at which I had got out yesterday. The potato-digging station-master had been gingered up into some activity, for the west-going

"cama no sótão" recebeu um homem cansado, que não abriu os olhos até que a chegada das cinco horas colocou a pequena propriedade em movimento mais uma vez.

Eles recusaram qualquer pagamento, e às seis eu já havia tomado o desjejum e estava caminhando novamente para o sul. Minha ideia era retornar à linha da estrada de ferro uma estação ou duas adiante do lugar onde eu tinha descido ontem, e voltar atrás. Calculei que aquele era o modo mais seguro, pois a polícia assumiria naturalmente que eu estava me distanciando cada vez mais de Londres na direção de algum porto ocidental. Considerei que eu tinha ainda uma boa vantagem, pois, conforme eu pensava, levaria algumas horas para colocarem a culpa em mim, e muitas mais para identificar o sujeito que subiu a bordo do trem em St. Pancras.

Era o mesmo clima de primavera claro e alegre, e eu simplesmente não conseguia me sentir aflito. Na verdade, estava melhor de espírito do que tinha estado durante meses. Sobre uma longa extensão de charneca, peguei a estrada, margeando o lado de uma alta colina que o povo chamava de Cairnsmore of Fleet. Ninhadas de maçaricos e tarambolas gritavam por toda parte e os espaços de pastagens verdes junto aos riachos eram pontilhados de cordeirinhos. Toda a fraqueza dos últimos meses estava saindo dos meus ossos, e eu andava como alguém de quatro anos de idade. Aos poucos, cheguei a uma elevação da charneca que mergulhava para o vale de um pequeno rio, e a uma milha de distância nas urzes vi a fumaça de um trem.

A estação, ao alcançá-la, provou ser ideal para o meu propósito. A charneca ondulava ao redor e deixava espaço apenas para a única linha, o estreito desvio, uma sala de espera, um escritório, a cabana do chefe de estação e um minúsculo jardim de groselheiras silvestres e mauritânias. Parecia não haver nenhuma estrada vinda de lugar nenhum, e para aumentar a desolação as ondas de um pequeno lago marulhavam em sua praia de granito cinza a meia milha de distância. Esperei oculto nas urzes até que vi a fumaça de um trem indo para o leste no horizonte. Então me aproximei do minúsculo guichê e comprei um bilhete para Dumfries.

Os únicos ocupantes do vagão eram um velho pastor e seu cão – uma fera estrábica de quem eu desconfiei. O homem estava adormecido, e no assento a seu lado estava o Scotsman daquela manhã. Agarrei-o avidamente, pois imaginava que me informaria alguma coisa.

Havia duas colunas sobre o Assassinato de Portland Place, como era chamado. Meu criado Paddock tinha dado o alarme e prendido o leiteiro. Pobre diabo, parece que esse último ganhara seu soberano duramente; mas para mim o preço saíra barato, pois ele parecia ter ocupado a polícia pela maior parte do dia. Nas últimas notícias, achei um fato mais recente sobre o caso. Li que o leiteiro havia sido libertado, e acreditava-se que o verdadeiro criminoso, sobre cuja identidade a polícia era reticente, tinha fugido de Londres por uma das linhas do norte. Havia uma curta nota sobre mim como o dono do apartamento. Supus que a polícia havia inserido essa nota como um artifício grosseiro para me persuadir de que eu não era suspeito.

Não havia nada mais no jornal, nada sobre política exterior ou Karolides, ou sobre as coisas que haviam interessado a Scudder. Larguei o jornal, e descobri que estávamos chegando à estação na qual eu havia desembarcado ontem. O chefe de estação cavador de batatas tinha sido posto em animada atividade, pois o trem do

train was waiting to let us pass, and from it had descended three men who were asking him questions. I supposed that they were the local police, who had been stirred up by Scotland Yard, and had traced me as far as this one-horse siding. Sitting well back in the shadow I watched them carefully. One of them had a book, and took down notes. The old potato-digger seemed to have turned peevish, but the child who had collected my ticket was talking volubly. All the party looked out across the moor where the white road departed. I hoped they were going to take up my tracks there.

As we moved away from that station my companion woke up. He fixed me with a wandering glance, kicked his dog viciously, and inquired where he was. Clearly he was very drunk.

"That's what comes o' bein' a teetotaller", he observed in bitter regret.

I expressed my surprise that in him I should have met a blue-ribbon stalwart.

"Ay, but I'm a strong teetotaller", he said pugnaciously. "I took the pledge last Martinmas, and I havena touched a drop o' whisky sinsyne. Not even at Hogmanay, though I was sair temptit."

He swung his heels up on the seat, and burrowed a frowsy head into the cushions.

"And that's a' I get", he moaned. "A heid better than hell fire, and twae een lookin' different ways for the Sabbath."

'What did it?' I asked.

"A drink they ca' brandy. Bein' a teetotaller I keepit off the whisky, but I was nip-nippin' a' day at this brandy, and I doubt I'll no be weel for a fortnicht."

His voice died away into a splutter, and sleep once more laid its heavy hand on him.

My plan had been to get out at some station down the line, but the train suddenly gave me a better chance, for it came to a standstill at the end of a culvert which spanned a brawling porter-coloured river. I looked out and saw that every carriage window was closed and no human figure appeared in the landscape. So I opened the door, and dropped quickly into the tangle of hazels which edged the line.

It would have been all right but for that infernal dog. Under the impression that I was decamping with its master's belongings, it started to bark, and all but got me by the trousers. This woke up the herd, who stood bawling at the carriage door in the belief that I had committed suicide. I crawled through the thicket, reached the edge of the stream, and in cover of the bushes put a hundred yards or so behind me. Then from my shelter I peered back, and saw the guard and several passengers gathered round the open carriage door and staring in my direction. I could not have made a more public departure if I had left with a bugler and a brass band.

oeste estava esperando para nos deixar passar, e dele tinham descido três homens que lhe faziam perguntas. Supus que eram da polícia local, que tinha sido acionada pela Scotland Yard, e que havia seguido meus passos até esse desvio insignificante. Sentado bem atrás no escuro eu os observava com todo cuidado. Um deles tinha um caderno e tomava notas. O velho cavador de batatas parecia ter ficado de mau-humor, mas a criança que havia recolhido meu bilhete falava sem parar. Todo o grupo olhava através da charneca, para onde começava a estrada branca. Eu esperava que eles fossem seguir minhas pistas ali.

Quando partimos dessa estação meu companheiro acordou. Fixou-me com um olhar errante, chutou o cachorro cruelmente e perguntou onde estava. Era evidente que estava muito bêbado.

"É nisso que dá ser abstêmio", observou ele, com amargo pesar.

Expressei minha surpresa por ter encontrado nele uma pessoa tão forte e robusta, de primeira qualidade.

"Sim, mas sou um abstêmio forte", disse ele de forma combativa. "Fiz o juramento na última Festa de São Martim, e não toquei numa gota de uísque desde então. Nem mesmo no Ano Novo, embora me sentisse bem tentado."

Ele balançou os sapatos no assento, e enterrou a cabeça suja na almofada do encosto.

"E foi isso que arrumei", gemeu ele. "Uma bebida melhor que o fogo de inferno, parece um jeito diferente de comemorar o sabá."

"O que provocou isso?", perguntei.

"Uma bebida chamada conhaque. Como abstêmio, me mantive longe do uísque, mas fiquei um dia bebericando isso e duvido que melhore por uma quinzena."

Sua voz se extinguiu em um som confuso, e o sono mais uma vez baixou sua mão pesada sobre ele.

Meu plano tinha sido descer em alguma estação mais abaixo naquela linha, mas o trem de repente me proporcionou uma oportunidade melhor, pois fez uma parada na extremidade de um canal que atravessava um rio agitado de cor escura. Olhei para fora e vi que todas as janelas do vagão estavam fechadas e que nenhuma figura humana era visível na paisagem. Então abri a porta, e desci rapidamente no emaranhado de aveleiras que margeavam a linha.

Teria saído tudo bem, a não ser por aquele cão infernal. Com a impressão de que eu estava debandando com os pertences de seu dono, começou a latir, e só faltou me pegar pelas calças. Isso acordou a multidão que ficou gritando na porta do vagão na certeza de que eu tinha me suicidado. Rastejei pelo bosque cerrado, alcancei a margem do rio e, sob a cobertura dos arbustos, pus mais ou menos cem jardas atrás de mim. Então, do meu abrigo, espiei o que se passava lá atrás, e vi o guarda e vários passageiros reunidos em círculo junto à porta aberta do vagão, olhando na minha direção. Não teria feito uma partida mais pública se tivesse ido embora com um corneteiro e uma fanfarra.

Happily the drunken herd provided a diversion. He and his dog, which was attached by a rope to his waist, suddenly cascaded out of the carriage, landed on their heads on the track, and rolled some way down the bank towards the water. In the rescue which followed the dog bit somebody, for I could hear the sound of hard swearing. Presently they had forgotten me, and when after a quarter of a mile's crawl I ventured to look back, the train had started again and was vanishing in the cutting.

I was in a wide semicircle of moorland, with the brown river as radius, and the high hills forming the northern circumference. There was not a sign or sound of a human being, only the plashing water and the interminable crying of curlews. Yet, oddly enough, for the first time I felt the terror of the hunted on me. It was not the police that I thought of, but the other folk, who knew that I knew Scudder's secret and dared not let me live. I was certain that they would pursue me with a keenness and vigilance unknown to the British law, and that once their grip closed on me I should find no mercy.

I looked back, but there was nothing in the landscape. The sun glinted on the metals of the line and the wet stones in the stream, and you could not have found a more peaceful sight in the world. Nevertheless I started to run. Crouching low in the runnels of the bog, I ran till the sweat blinded my eyes. The mood did not leave me till I had reached the rim of mountain and flung myself panting on a ridge high above the young waters of the brown river.

From my vantage-ground I could scan the whole moor right away to the railway line and to the south of it where green fields took the place of heather. I have eyes like a hawk, but I could see nothing moving in the whole countryside. Then I looked east beyond the ridge and saw a new kind of landscape – shallow green valleys with plentiful fir plantations and the faint lines of dust which spoke of highroads. Last of all I looked into the blue May sky, and there I saw that which set my pulses racing...

Low down in the south a monoplane was climbing into the heavens. I was as certain as if I had been told that that aeroplane was looking for me, and that it did not belong to the police. For an hour or two I watched it from a pit of heather. It flew low along the hill-tops, and then in narrow circles over the valley up which I had come. Then it seemed to change its mind, rose to a great height, and flew away back to the south.

I did not like this espionage from the air, and I began to think less well of the countryside I had chosen for a refuge. These heather hills were no sort of cover if my enemies were in the sky, and I must find a different kind of sanctuary. I looked with more satisfaction to the green country beyond the ridge, for there I should find woods and stone houses.

About six in the evening I came out of the moorland to a white ribbon of road which wound up the narrow vale of a lowland stream. As I followed it, fields gave place to bent, the glen became a plateau, and presently I had reached a kind of pass where a solitary house smoked in the twilight. The road swung over a bridge, and leaning on the parapet was a young man.

Felizmente, o pastor bêbado proporcionou uma distração. Ele e seu cão, que estava preso à sua cintura por uma corda, cascatearam de repente para fora do vagão, caíram de cara na trilha e rolaram um pouco pela margem em direção à água. No resgate que se seguiu, o cachorro mordeu alguém, pois pude ouvir o som de violentas imprecações. No momento eles tinham me esquecido, e quando, depois de rastejar por um quarto de milha, aventurei-me a olhar para trás, o trem havia partido outra vez, e desaparecia no corte por onde passa a estrada de ferro.

Estava em um amplo semicírculo de charneca, com o rio marrom como raio, e as altas colinas formando a circunferência do norte. Não havia qualquer sinal ou som de ser humano, só a água barrenta e a gritaria interminável dos maçaricos. Ainda assim, o que era bastante estranho, pela primeira vez sentia o terror da caçada. Não era na polícia que eu pensava, mas no outro sujeito, que sabia que eu sabia o segredo de Scudder e não ousaria me deixar viver. Tinha certeza que eles me perseguiriam com uma sagacidade e uma cautela desconhecidas da lei britânica, e que uma vez que fechassem o cerco sobre mim eu não encontraria clemência.

Olhei para trás, mas não havia nada na paisagem. O sol se refletia nos metais da ferrovia e nas pedras molhadas do riacho, e não se poderia achar uma vista mais tranquila neste mundo. Apesar disso, comecei a correr. Agachando-me na lama do riacho, corri até o suor me cegar os olhos. O ânimo não me deixou até que eu tivesse alcançado a beira da montanha e me arremessado arquejante num alto cume acima da nascente do rio pardacento.

Da minha posição favorável eu podia esquadrinhar a charneca inteira até a linha da ferrovia e para o sul, onde campos verdes tomavam o lugar das urzes. Tenho olhos de águia, mas não pude ver nada se mexendo no campo inteiro. Então olhei para leste, além da cadeia de montanhas, e vi um novo tipo de paisagem – vales verdes e planos com numerosas plantações de abetos e fracas linhas de pó que indicavam estradas principais. Por último, olhei para o céu azul de maio, e lá eu vi algo que me acelerou a pulsação...

Mais abaixo, ao sul, um monoplano subia aos céus. Eu estava tão certo como se tivessem me contado que aquele aeroplano estava procurando por mim, e que não pertencia à polícia. Por uma hora ou duas eu o observei de um buraco nas urzes. Ele voou baixo ao longo dos cumes das colinas, e depois em círculos estreitos sobre o vale do qual eu tinha vindo. Então pareceu mudar de ideia, subiu a uma grande altura e voou de volta para o sul.

Não gostei dessa espionagem vinda do ar, e comecei a ter uma opinião menos favorável sobre a região rural que havia escolhido para refúgio. Essas colinas cobertas de urze não constituíam nenhum abrigo se meus inimigos estivessem no céu, e teria que achar um tipo diferente de santuário. Olhei com mais satisfação para a região verde além do cume, pois lá deveria encontrar bosques e casas de pedra.

Cerca de seis horas da tarde saí da charneca para uma faixa branca de estrada que se enovelava no vale estreito de um riacho de planície. À medida que eu a seguia, os campos deram lugar ao capim-panasco, o vale se transformou num platô, e agora eu alcançara um tipo de passagem, onde uma casa solitária fumegava ao crepúsculo. A estrada virava sobre uma ponte, e apoiado no parapeito havia um jovem.

He was smoking a long clay pipe and studying the water with spectacled eyes. In his left hand was a small book with a finger marking the place. Slowly he repeated:

As when a Gryphon through the wilderness

With winged step, o'er hill and moory dale

Pursues the Arimaspian.

He jumped round as my step rung on the keystone, and I saw a pleasant sunburnt boyish face.

"Good evening to you", he said gravely. "It's a fine night for the road."

The smell of peat smoke and of some savoury roast floated to me from the house.

"Is that place an inn?", I asked.

"At your service", he said politely. "I am the landlord, Sir, and I hope you will stay the night, for to tell you the truth I have had no company for a week."

I pulled myself up on the parapet of the bridge and filled my pipe. I began to detect an ally.

"You're young to be an innkeeper", I said.

"My father died a year ago and left me the business. I live there with my grandmother. It's a slow job for a young man, and it wasn't my choice of profession."

"Which was?"

He actually blushed. "I want to write books", he said.

"And what better chance could you ask?" I cried. "Man, I've often thought that an innkeeper would make the best story-teller in the world."

"Not now", he said eagerly. "Maybe in the old days when you had pilgrims and ballad-makers and highwaymen and mail-coaches on the road. But not now. Nothing comes here but motor-cars full of fat women, who stop for lunch, and a fisherman or two in the spring, and the shooting tenants in August. There is not much material to be got out of that. I want to see life, to travel the world, and write things like Kipling and Conrad. But the most I've done yet is to get some verses printed in Chambers's Journal."

I looked at the inn standing golden in the sunset against the brown hills.

"I've knocked a bit about the world, and I wouldn't despise such a hermitage. D'you think that adventure is found only in the tropics or among gentry in red shirts? Maybe you're rubbing shoulders with it at this moment."

"That's what Kipling says", he said, his eyes brightening, and he quoted some verse about "Romance bringing up the 9.15".

Estava fumando um longo cachimbo de barro e estudando a água com olhos cobertos por óculos. Em sua mão esquerda havia um livrinho com um dedo marcando o lugar. Lentamente, repetiu:

> *E quando um Grifo na selva*
>
> *Com passo alado, sobre colinas e vales de urzes*
>
> *Persegue o Arimaspião.*

Ele saltou quando meu passo ecoou na viga mestra, e eu vi um agradável rosto juvenil queimado de sol.

"Boa noite, senhor", disse ele gravemente. 'É uma bela noite para caminhar."

O cheiro de fumaça de turfa e de algum assado saboroso flutuou até mim vindo da casa.

"Aquele lugar é uma pousada?", perguntei.

"Às suas ordens", disse ele educadamente. "Sou o proprietário, meu senhor, e espero que passe a noite, pois na verdade não tive companhia por uma semana."

Parei no parapeito da ponte e enchi meu cachimbo. Eu começava a detectar um aliado.

"Você é jovem para ser um estalajadeiro", disse eu.

"Meu pai morreu um ano atrás e me deixou o negócio. Vivo lá com minha avó. É um trabalho chato para um jovem e não era a profissão da minha escolha."

"Qual era?"

Ele na verdade enrubesceu. "Quero escrever livros", disse ele.

"E que oportunidade melhor você poderia pedir?", exclamei. "Ora, muitas vezes pensei que um estalajadeiro daria o melhor contador de histórias do mundo."

"Não agora", disse ele resolutamente. "Talvez nos velhos tempos, quando havia peregrinos e menestréis e assaltantes e carruagens de correio na estrada. Mas não agora. Ninguém vem aqui a não ser automóveis cheios de mulheres gordas, que param para o almoço, um pescador ou dois na primavera e os arrendatários que caçam em agosto. Não há muito o que se possa conseguir fora isso. Quero conhecer a vida, viajar pelo mundo, e escrever coisas como Kipling e Conrad. Mas o máximo que consegui até agora foi ter alguns versos impressos no Chambers's Journal."

Olhei para a pousada imóvel e dourada ao pôr-do-sol contra as colinas pardas.

"Perambulei um pouco pelo mundo, e não desprezaria um retiro como esse. Acha que só se encontra a aventura nos trópicos ou entre a pequena nobreza de camisas vermelhas? Talvez você esteja convivendo com ela neste momento.

"É o que Kipling diz", falou ele, os olhos brilhando, e citou um verso do "Romance que revela o 9.15".

"Here's a true tale for you then", I cried, "and a month from now you can make a novel out of it."

Sitting on the bridge in the soft May gloaming I pitched him a lovely yarn. It was true in essentials, too, though I altered the minor details. I made out that I was a mining magnate from Kimberley, who had had a lot of trouble with I.D.B. and had shown up a gang. They had pursued me across the ocean, and had killed my best friend, and were now on my tracks.

I told the story well, though I say it who shouldn't. I pictured a flight across the Kalahari to German Africa, the crackling, parching days, the wonderful blue-velvet nights. I described an attack on my life on the voyage home, and I made a really horrid affair of the Portland Place murder.

"You're looking for adventure", I cried; "well, you've found it here. The devils are after me, and the police are after them. It's a race that I mean to win."

"By God!", he whispered, drawing his breath in sharply, "it is all pure Rider Haggard and Conan Doyle."

"You believe me", I said gratefully.

"Of course I do", and he held out his hand. "I believe everything out of the common. The only thing to distrust is the normal."

He was very young, but he was the man for my money.

"I think they're off my track for the moment, but I must lie close for a couple of days. Can you take me in?"

He caught my elbow in his eagerness and drew me towards the house.

"You can lie as snug here as if you were in a moss-hole. I'll see that nobody blabs, either. And you'll give me some more material about your adventures?"

As I entered the inn porch I heard from far off the beat of an engine. There silhouetted against the dusky West was my friend, the monoplane.

He gave me a room at the back of the house, with a fine outlook over the plateau, and he made me free of his own study, which was stacked with cheap editions of his favourite authors. I never saw the grandmother, so I guessed she was bedridden. An old woman called Margit brought me my meals, and the innkeeper was around me at all hours. I wanted some time to myself, so I invented a job for him. He had a motor-bicycle, and I sent him off next morning for the daily paper, which usually arrived with the post in the late afternoon. I told him to keep his eyes skinned, and make note of any strange figures he saw, keeping a special sharp look-out for motors and aeroplanes. Then I sat down in real earnest to Scudder's notebook.

He came back at midday with the Scotsman. There was nothing in it, except some further evidence of Paddock and the milkman, and a repetition of yesterday's statement that the murderer had gone North. But there was a long article, reprinted

"Aqui está um conto verdadeiro para você, então", exclamei, "e daqui a um mês poderá fazer dele um romance."

Sentado na ponte no suave crepúsculo de maio, atirei-lhe uma história adorável. Era verdadeira na essência, por sinal, embora alterasse os detalhes secundários. Inventei que era um magnata das minas de Kimberley, que tinha tido muita dificuldade com o I.D.B. e desmascarara uma gangue. Haviam me perseguido através do oceano, e tinham matado meu melhor amigo, e agora estavam em meu encalço.

Contei bem a história, embora dissesse o que não devia. Imaginei um voo pelo Kalahari até a África alemã, os dias crepitantes e secos, as maravilhosas noites de veludo azul. Descrevi um atentando à minha vida na viagem de volta para casa, e transformei o Assassinato de Portland Place num caso realmente horrendo.

"Estava procurando aventura", exclamei; "bem, encontrou-a aqui. Os demônios estão atrás de mim e a polícia atrás deles. É uma corrida que pretendo vencer."

"Por Deus!" sussurrou ele, tomando fôlego avidamente, "é puro Rider Haggard e Conan Doyle."

"Então acredita em mim", disse eu agradecido.

"É claro que sim", e ele estendeu a mão. "Acredito em qualquer coisa fora do comum. A única coisa de que desconfio é o normal."

Ele era muito jovem, mas era o homem que me convinha.

"Acho que eles perderam a minha pista no momento, mas tenho que me esconder por alguns dias. Você pode me hospedar?"

Tomou-me pelo cotovelo em sua ânsia e me arrastou para a casa.

"Pode descansar com conforto aqui como se estivesse numa toca de musgo. Providenciarei para que ninguém comente, também. E me dará um pouco mais de material sobre suas aventuras?"

Ao entrar na varanda da estalagem ouvi à distância o ronco de um motor. Lá, recortado contra a obscuridade do oeste, estava meu amigo, o monoplano.

Ele me deu um quarto nos fundos da casa, com uma bela vista do platô, e me liberou seu próprio estúdio, que estava atulhado de edições baratas de seus autores favoritos. Não cheguei a ver a avó, de modo que julguei que ela estava acamada. Uma mulher mais velha chamada Margit me trazia as refeições, e o estalajadeiro ficava ao meu redor o tempo inteiro. Eu desejava algum tempo para mim, então inventei-lhe um trabalho. Ele tinha um motociclo, e na manhã seguinte mandei-o buscar o jornal diário, que normalmente chegava com o correio no final da tarde. Disse-lhe que mantivesse os olhos bem abertos, e tomasse nota de qualquer figura estranha que visse, exercendo uma vigilância especialmente aguçada sobre motores e aeroplanos. Então me dediquei a sério à caderneta de Scudder.

Ele voltou ao meio-dia com o Scotsman. Não havia nada no jornal, exceto algumas evidências adicionais de Paddock e do leiteiro, e uma repetição da declaração de ontem de que o assassino tinha ido para o norte. Mas havia um longo artigo,

from The Times, about Karolides and the state of affairs in the Balkans, though there was no mention of any visit to England. I got rid of the innkeeper for the afternoon, for I was getting very warm in my search for the cypher.

As I told you, it was a numerical cypher, and by an elaborate system of experiments I had pretty well discovered what were the nulls and stops. The trouble was the key word, and when I thought of the odd million words he might have used I felt pretty hopeless. But about three o'clock I had a sudden inspiration.

The name Julia Czechenyi flashed across my memory. Scudder had said it was the key to the Karolides business, and it occurred to me to try it on his cypher.

It worked. The five letters of "Julia" gave me the position of the vowels. A was J, the tenth letter of the alphabet, and so represented by X in the cypher. E was XXI, and so on. 'Czechenyi' gave me the numerals for the principal consonants. I scribbled that scheme on a bit of paper and sat down to read Scudder's pages.

In half an hour I was reading with a whitish face and fingers that drummed on the table.

I glanced out of the window and saw a big touring-car coming up the glen towards the inn. It drew up at the door, and there was the sound of people alighting. There seemed to be two of them, men in aquascutums and tweed caps.

Ten minutes later the innkeeper slipped into the room, his eyes bright with excitement.

"There's two chaps below looking for you", he whispered. "They're in the dining-room having whiskies-and-sodas. They asked about you and said they had hoped to meet you here. Oh! and they described you jolly well, down to your boots and shirt. I told them you had been here last night and had gone off on a motor bicycle this morning, and one of the chaps swore like a navvy."

I made him tell me what they looked like. One was a dark-eyed thin fellow with bushy eyebrows, the other was always smiling and lisped in his talk. Neither was any kind of foreigner; on this my young friend was positive.

I took a bit of paper and wrote these words in German as if they were part of a letter:

... "Black Stone. Scudder had got on to this, but he could not act for a fortnight. I doubt if I can do any good now, especially as Karolides is uncertain about his plans. But if Mr T. advises I will do the best I..."

I manufactured it rather neatly, so that it looked like a loose page of a private letter.

"Take this down and say it was found in my bedroom, and ask them to return it to me if they overtake me."

Three minutes later I heard the car begin to move, and peeping from behind the curtain caught sight of the two figures. One was slim, the other was sleek; that was the most I could make of my reconnaissance.

reproduzido do The Times, sobre Karolides e a situação atual nos Bálcãs, embora não houvesse qualquer menção a uma visita à Inglaterra. Livrei-me do estalajadeiro durante a tarde, pois minha busca pelo código estava ficando quente.

Como eu disse, era um código numérico, e por um elaborado sistema de experimentações havia descoberto quais eram os zeros e os pontos. O problema era a palavra chave, e ao pensar nas milhões de palavras estranhas que ele podia ter usado, sentia-me bem desesperado. Mas pelas três horas tive uma súbita inspiração.

O nome Julia Czechenyi irrompeu em minha memória. Scudder tinha dito que ela era a chave para o caso Karolides, e me ocorreu testá-lo em seu código.

Funcionou. As cinco letras de "Julia" me deram a posição das vogais. A era J, a décima letra do alfabeto, e assim representada por X no código. O E era XXI, e assim por diante. "Czechenyi" me deu os numerais para as consoantes principais. Rabisquei esse esquema num pedaço de papel e me sentei para ler as páginas de Scudder.

Em meia hora eu estava lendo, com um rosto pálido e dedos que tamborilavam na mesa.

Dei uma olhada pela janela e vi um grande carro conversível surgindo no vale e vindo em direção à pousada. Ele parou na porta, e se ouviu o som de pessoas descendo. Pareciam ser dois deles, homens de sobretudos e bonés de tweed.

Dez minutos depois, o estalajadeiro esgueirou-se para o quarto, os olhos brilhando de excitação.

"Há dois camaradas lá embaixo, procurando por você", sussurrou ele. "Estão na sala de jantar, tomando uísque com soda. Perguntaram por você e disseram que esperavam encontrá-lo aqui. Ah! E o descreveram muito bem, até as botas e sua camisa. Disse-lhes que você tinha ficado aqui na noite passada, mas que partira num motociclo esta manhã, e um dos camaradas praguejou como um marinheiro."

Eu o fiz me dizer como eles eram. Um deles era um sujeito magro de olhos escuros, com sobrancelhas cerradas, o outro estava sempre sorrindo e falava ceceando. Nenhum deles era estrangeiro; nisso meu jovem amigo foi taxativo.

Peguei um pedaço de papel e escrevi estas palavras em alemão, como se fizessem parte de uma carta:

..."Pedra negra. Scudder chegou nisto, mas não pôde agir por uma quinzena. Duvido que eu possa fazer algum bem agora, especialmente enquanto Karolides não tiver certeza de seus planos. Mas se Mr. T. aconselha, farei o melhor que eu..."

Foi uma produção impecável, de forma que parecesse uma folha solta de uma carta particular.

"Leve isso lá embaixo e diga que foi encontrada em meu quarto, e peça-lhes que me devolvam caso eles me alcancem."

Três minutos depois ouvi o carro entrando em movimento, e espiando por trás da cortina vislumbrei as duas figuras. Um era magro, o outro era polido; isso foi o máximo que consegui de reconhecimento.

The innkeeper appeared in great excitement. "Your paper woke them up", he said gleefully. "The dark fellow went as white as death and cursed like blazes, and the fat one whistled and looked ugly. They paid for their drinks with half-a-sovereign and wouldn't wait for change."

"Now I'll tell you what I want you to do", I said. "Get on your bicycle and go off to Newton-Stewart to the Chief Constable. Describe the two men, and say you suspect them of having had something to do with the London murder. You can invent reasons. The two will come back, never fear. Not tonight, for they'll follow me forty miles along the road, but first thing tomorrow morning. Tell the police to be here bright and early."

He set off like a docile child, while I worked at Scudder's notes. When he came back we dined together, and in common decency I had to let him pump me. I gave him a lot of stuff about lion hunts and the Matabele War, thinking all the while what tame businesses these were compared to this I was now engaged in! When he went to bed I sat up and finished Scudder. I smoked in a chair till daylight, for I could not sleep.

About eight next morning I witnessed the arrival of two constables and a sergeant. They put their car in a coach-house under the innkeeper's instructions, and entered the house. Twenty minutes later I saw from my window a second car come across the plateau from the opposite direction. It did not come up to the inn, but stopped two hundred yards off in the shelter of a patch of wood. I noticed that its occupants carefully reversed it before leaving it. A minute or two later I heard their steps on the gravel outside the window.

My plan had been to lie hid in my bedroom, and see what happened. I had a notion that, if I could bring the police and my other more dangerous pursuers together, something might work out of it to my advantage. But now I had a better idea. I scribbled a line of thanks to my host, opened the window, and dropped quietly into a gooseberry bush. Unobserved I crossed the dyke, crawled down the side of a tributary burn, and won the highroad on the far side of the patch of trees. There stood the car, very spick and span in the morning sunlight, but with the dust on her which told of a long journey. I started her, jumped into the chauffeur's seat, and stole gently out on to the plateau.

Almost at once the road dipped so that I lost sight of the inn, but the wind seemed to bring me the sound of angry voices.

O estalajadeiro surgiu muito excitado. "Seu papel os despertou", disse ele alegremente. "O camarada moreno ficou tão branco quanto a morte, e praguejou como o inferno, e o gordo assobiou e se mostrou cruel. Pagaram pelas bebidas com meio soberano e não esperaram pelo troco."

"Agora vou lhe dizer o que eu quero que faça", disse eu. "Suba no seu motociclo e parta para Newton-Stewart, até o chefe de polícia. Descreva os dois homens e diga que você suspeita que eles tenham algo a ver com o assassinato de Londres. Pode inventar motivos. Os dois vão voltar, não tema. Não esta noite, pois irão me seguir por quarenta milhas ao longo da estrada, mas é a primeira coisa que farão amanhã de manhã. Diga que a polícia esteve aqui bem cedo."

Ele se pôs a caminho como uma criança dócil, enquanto eu trabalhava nas anotações de Scudder. Quando ele voltou, jantamos juntos e, por uma questão de honestidade, tive que deixá-lo me inquirir minuciosamente. Dei-lhe um bocado de material sobre as caçadas aos leões e a guerra de Matabele, pensando o tempo todo em como esses negócios eram enfadonhos comparados a este em que eu estava agora metido! Quando ele foi para cama, sentei-me e terminei com os papéis de Scudder. Fumei sentado na cadeira até o dia nascer, pois não conseguia dormir.

Em torno das oito na manhã seguinte testemunhei a chegada de dois policiais e um sargento. Puseram seu carro numa cocheira, seguindo instruções do estalajadeiro, e entraram na casa. Vinte minutos depois, vi da minha janela um segundo carro atravessando o platô vindo da direção oposta. Não chegou à pousada, mas parou a uma distância de duzentos jardas, ao abrigo de um pequeno trecho de bosque. Notei que seus ocupantes inverteram sua posição cuidadosamente antes de deixá-lo. Um ou dois minutos depois ouvi passos no cascalho do lado de fora da janela.

Meu plano tinha sido ficar escondido em meu quarto e ver o que aconteceria. Tinha a ideia de que, se pudesse juntar a polícia e meus outros perseguidores mais perigosos, algo poderia resultar disso em meu benefício. Mas agora tive uma ideia melhor. Rabisquei uma linha de agradecimento ao meu anfitrião, abri a janela e me deixei cair sem alarde numa moita de groselheiras. Sem ser percebido, cruzei o dique, rastejei ao lado de um terreno de queimada auxiliar e ganhei a estrada principal no lado mais distante do pequeno trecho de bosque. Lá estava o carro, novinho em folha sob o sol da manhã, mas coberto de pó que indicava uma longa viagem. Liguei o carro, pulei para o assento do motorista e escapuli suavemente para o platô.

Quase imediatamente a estrada se inclinava, de modo que perdi a visão da estalagem, mas o vento parecia me trazer o som de vozes furiosas.

CHAPTER FOUR

THE ADVENTURE OF THE RADICAL CANDIDATE

You may picture me driving that 40 HP car for all she was worth over the crisp moor roads on that shining May morning; glancing back at first over my shoulder, and looking anxiously to the next turning; then driving with a vague eye, just wide enough awake to keep on the highway. For I was thinking desperately of what I had found in Scudder's pocket-book.

The little man had told me a pack of lies. All his yarns about the Balkans and the Jew-Anarchists and the Foreign Office Conference were eyewash, and so was Karolides. And yet not quite, as you shall hear. I had staked everything on my belief in his story, and had been let down; here was his book telling me a different tale, and instead of being once-bitten-twice-shy, I believed it absolutely.

Why, I don't know. It rang desperately true, and the first yarn, if you understand me, had been in a queer way true also in spirit. The fifteenth day of June was going to be a day of destiny, a bigger destiny than the killing of a Dago. It was so big that I didn't blame Scudder for keeping me out of the game and wanting to play a lone hand. That, I was pretty clear, was his intention. He had told me something which sounded big enough, but the real thing was so immortally big that he, the man who had found it out, wanted it all for himself. I didn't blame him. It was risks after all that he was chiefly greedy about.

The whole story was in the note, with gaps, you understand, which he would have filled up from his memory. He stuck down his authorities, too, and had an odd trick of giving them all a numerical value and then striking a balance, which stood for the reliability of each stage in the yarn. The four names he had printed were authorities, and there was a man, Ducrosne, who got five out of a possible five; and another fellow, Ammersfoort, who got three. The bare bones of the tale were all that was in the book – these, and one queer phrase which occurred half a dozen times inside brackets. "(Thirty-nine steps)" was the phrase;

CAPÍTULO QUATRO

A AVENTURA DO CANDIDATO RADICAL

Pode me imaginar dirigindo aquele valiosíssimo carro de 40 HP pelas estradas sinuosas da charneca naquela luminosa manhã de maio; a princípio dando uma olhada para trás por cima do ombro e ansiosamente para a próxima curva; depois dirigindo com um olhar vago, só aberto e desperto o suficiente para me manter na estrada. Pois estava pensando desesperadamente no que achara na caderneta de Scudder.

O homenzinho tinha me contado uma porção de mentiras. Todas as suas histórias sobre os Bálcãs e judeu-anarquistas e a conferência do Ministério do Exterior eram uma falsidade, assim como Karolides. E não totalmente assim, como vocês verão. Havia apostado tudo em minha crença em sua história, e tinha sido desapontado; aqui estava o seu caderno me contando uma história diferente, e em vez de fazer como o gato escaldado que tem medo de água fria, acreditei nela inteiramente.

Por que, eu não sei. Soava muitíssimo verdadeira, e a primeira história, se bem me entende, tinha sido verdadeira de um modo estranho também em espírito. O dia 15 de junho ia ser um dia predestinado, um destino maior que a matança de um dago[12]. Era tão grande que não culpei Scudder por me manter fora do jogo e querer jogar uma cartada sozinho. Essa, eu tinha certeza, era sua intenção. Ele tinha me contado algo que soava grande o bastante, mas a coisa real era tão grande, tão eterna que ele, o homem que a descobrira, quis tudo para si. Não o culpei. Era com os riscos, acima de tudo, que ele era especialmente voraz.

A história toda estava nas anotações, com lacunas, se bem me entende, que ele teria preenchido de memória. Confundiu seus superiores, aliás, e fez um truque curioso de dar a cada um deles um valor numérico e depois um ponto de equilíbrio, que media a confiança em cada fase do conto. Os quatro nomes que tinha escrito eram autoridades, e havia um homem, Ducrosne, que teve cinco entre cinco pontos possíveis; e outro sujeito, Ammersfoort, que teve três. A estrutura essencial da história era tudo que havia no livro – isso, e uma frase estranha que surgiu meia dúzia de

---

12   Designação depreciativa dada a italianos, espanhóis ou portugueses.

and at its last time of use it ran... "(Thirty-nine steps, I counted them, high tide 10.17 p.m.)". I could make nothing of that.

The first thing I learned was that it was no question of preventing a war. That was coming, as sure as Christmas: had been arranged, said Scudder, ever since February 1912. Karolides was going to be the occasion. He was booked all right, and was to hand in his checks on June 14th, two weeks and four days from that May morning. I gathered from Scudder's notes that nothing on earth could prevent that. His talk of Epirote guards that would skin their own grandmothers was all billy-o.

The second thing was that this war was going to come as a mighty surprise to Britain. Karolides' death would set the Balkans by the ears, and then Vienna would chip in with an ultimatum. Russia wouldn't like that, and there would be high words. But Berlin would play the peacemaker, and pour oil on the waters, till suddenly she would find a good cause for a quarrel, pick it up, and in five hours let fly at us. That was the idea, and a pretty good one too. Honey and fair speeches, and then a stroke in the dark. While we were talking about the goodwill and good intentions of Germany our coast would be silently ringed with mines, and submarines would be waiting for every battleship.

But all this depended upon the third thing, which was due to happen on June 15th. I would never have grasped this if I hadn't once happened to meet a French staff officer, coming back from West Africa, who had told me a lot of things. One was that, in spite of all the nonsense talked in Parliament, there was a real working alliance between France and Britain, and that the two General Staffs met every now and then, and made plans for joint action in case of war. Well, in June a very great swell was coming over from Paris, and he was going to get nothing less than a statement of the disposition of the British Home Fleet on mobilization. At least I gathered it was something like that; anyhow, it was something uncommonly important.

But on the 15th day of June there were to be others in London – others, at whom I could only guess. Scudder was content to call them collectively the 'Black Stone'. They represented not our Allies, but our deadly foes; and the information, destined for France, was to be diverted to their pockets. And it was to be used, re-member – used a week or two later, with great guns and swift torpedoes, suddenly in the darkness of a summer night.

This was the story I had been deciphering in a back room of a country inn, overlooking a cabbage garden. This was the story that hummed in my brain as I swung in the big touring-car from glen to glen.

My first impulse had been to write a letter to the Prime Minister, but a little reflection convinced me that that would be useless. Who would believe my tale? I must show a sign, some token in proof, and Heaven knew what that could be. Above all, I must keep going myself, ready to act when things got riper, and that was go-ing to be no light job with the police of the British Isles in full cry after me and the watchers of the Black Stone running silently and swiftly on my trail.

vezes entre parênteses. "(39 degraus)" era a frase; e na última vez que a usou... "(39 degraus, eu os contei, maré alta às 10.17 da noite)". Não podia fazer nada com isso.

A primeira coisa que entendi foi que não se tratava de evitar uma guerra. Ela estava chegando, tão certo quanto o Natal: tinha sido arranjada, disse Scudder, desde fevereiro de 1912. Karolides seria a oportunidade. Fora marcado com antecedência e devia morrer em 14 de junho, duas semanas e quatro dias a contar dessa manhã de maio. Compreendi pelas notas de Scudder que nada neste mundo poderia evitar isso. Sua conversa do guarda-costas de Épiro que esfolaria até as avós deles era tudo balela.

A segunda foi que essa guerra viria como uma enorme surpresa para a Inglaterra. A morte de Karolides viraria os Bálcãs de cabeça para baixo, e então Viena daria sua cartada com um ultimato. A Rússia não gostaria disso e haveria troca de insultos. Mas Berlim bancaria a pacificadora, apaziguando os ânimos, até que de repente encontraria um bom motivo para uma disputa, o agarraria, e em cinco horas nos atacaria com a maior agressividade. Essa era a ideia, e muito boa, por sinal. Discursos melífluos e enganosos e então um golpe no escuro. Enquanto falássemos sobre a boa vontade e as boas intenções da Alemanha, sem alarde nossa costa seria cercada com minas, e submarinos estariam esperando por cada couraçado.

Mas tudo isso dependia da terceira coisa, que devia acontecer no dia 15 de junho. Eu nunca teria entendido isso se não tivesse me acontecido uma vez de encontrar um oficial do estado-maior francês, quando voltava da África Ocidental, que me contou uma porção de coisas. Uma era que, apesar de todas as tolices faladas no Parlamento, havia uma aliança realmente ativa entre a França e a Inglaterra, e que os dois estados-maiores se encontravam de vez em quando e faziam planos de ação conjunta em caso de guerra. Bem, em junho uma pessoa muito importante estava vindo de Paris, e conseguiria nada menos que uma declaração da disposição da Frota Naval britânica de entrar em mobilização. Pelo menos, concluí que era algo assim; de todo modo, era algo excepcionalmente importante.

Mas no dia 15 de junho haveria outros em Londres – outros, e quem eram esses outros eu só podia conjeturar. Scudder se contentou em chamá-los coletivamente de "Pedra Negra". Não representavam nossos aliados, mas nossos inimigos mortais; e a informação, destinada à França, deveria ser desviada para seus bolsos. E deveria ser usada, lembre-se – usada uma ou duas semanas mais tarde, com grandes armas e torpedos rápidos, de repente, na escuridão de uma noite de verão.

Era essa a história que estivera decifrando num quarto dos fundos duma pousada rural, contemplando uma horta de repolhos. Era essa a história que zumbia em meu cérebro, enquanto vagueava de vale em vale no grande carro de passeio.

Meu primeiro impulso tinha sido escrever uma carta ao Primeiro-ministro, mas um pouco de reflexão me convenceu de que seria inútil. Quem acreditaria em minha história? Eu precisava mostrar um indício, algum sinal como prova, e sabe Deus qual poderia ser. Acima de tudo, eu precisava continuar, pronto para agir quando as coisas amadurecessem, e isso não seria uma tarefa fácil, com a polícia das Ilhas Britânicas em plena caça atrás de mim e os vigias da Pedra Negra correndo silenciosa e rapidamente em meu encalço.

I had no very clear purpose in my journey, but I steered east by the sun, for I remembered from the map that if I went north I would come into a region of coalpits and industrial towns. Presently I was down from the moorlands and traversing the broad haugh of a river. For miles I ran alongside a park wall, and in a break of the trees I saw a great castle. I swung through little old thatched villages, and over peaceful lowland streams, and past gardens blazing with hawthorn and yellow laburnum. The land was so deep in peace that I could scarcely believe that somewhere behind me were those who sought my life; ay, and that in a month's time, unless I had the almightiest of luck, these round country faces would be pinched and staring, and men would be lying dead in English fields.

About mid-day I entered a long straggling village, and had a mind to stop and eat. Half-way down was the Post Office, and on the steps of it stood the post-mistress and a policeman hard at work conning a telegram. When they saw me they wakened up, and the policeman advanced with raised hand, and cried on me to stop.

I nearly was fool enough to obey. Then it flashed upon me that the wire had to do with me; that my friends at the inn had come to an understanding, and were united in desiring to see more of me, and that it had been easy enough for them to wire the description of me and the car to thirty villages through which I might pass. I released the brakes just in time. As it was, the policeman made a claw at the hood, and only dropped off when he got my left in his eye.

I saw that main roads were no place for me, and turned into the byways. It wasn't an easy job without a map, for there was the risk of getting on to a farm road and ending in a duck-pond or a stable-yard, and I couldn't afford that kind of delay. I began to see what an ass I had been to steal the car. The big green brute would be the safest kind of clue to me over the breadth of Scotland. If I left it and took to my feet, it would be discovered in an hour or two and I would get no start in the race.

The immediate thing to do was to get to the loneliest roads. These I soon found when I struck up a tributary of the big river, and got into a glen with steep hills all about me, and a corkscrew road at the end which climbed over a pass. Here I met nobody, but it was taking me too far north, so I slewed east along a bad track and finally struck a big double-line railway. Away below me I saw another broad-ish valley, and it occurred to me that if I crossed it I might find some remote inn to pass the night. The evening was now drawing in, and I was furiously hungry, for I had eaten nothing since breakfast except a couple of buns I had bought from a baker's cart. Just then I heard a noise in the sky, and lo and behold there was that infernal aeroplane, flying low, about a dozen miles to the south and rapidly coming towards me.

I had the sense to remember that on a bare moor I was at the aeroplane's mercy, and that my only chance was to get to the leafy cover of the valley. Down the hill I went like blue lightning, screwing my head round, whenever I dared, to watch that damned flying machine. Soon I was on a road between hedges, and dipping to the deep-cut glen of a stream. Then came a bit of thick wood where I slackened speed.

Não tinha um objetivo muito claro em minha jornada, mas dirigi para o leste guiado pelo sol, pois me lembrava pelo mapa que se fosse na direção norte entraria numa área de minas de carvão e cidades industriais. No momento, havia me afastado da charneca e atravessava o largo aluvião de um rio. Por milhas corri ao lado do muro de uma propriedade, e numa brecha das árvores vi um grande castelo. Circulei por antigas aldeiazinhas com telhados de sapé, e sobre tranquilos riachos de planície, e passei por jardins reluzentes com espinheiros e laburnos amarelos. A região era tão plena de paz que eu mal podia acreditar que em algum lugar atrás de mim estavam aqueles que buscavam a minha vida; sim, e que dentro de um mês, a menos que tivesse a mais onipotente das sortes, esses rostos rurais rechonchudos estariam encolhidos, de olhos pasmos, e homens jazeriam mortos nos campos ingleses.

Perto do meio-dia entrei numa aldeia distante e perdida, e decidi parar para comer. A meio caminho ficava o posto dos correios, e nos degraus estavam a administradora e um policial diligente examinando um telegrama. Ao me virem eles acordaram e o policial avançou com a mão estendida gritando para que eu parasse.

Quase fui tolo o bastante para obedecer. Então me ocorreu de repente que o telegrama tinha a ver comigo; que meus amigos na estalagem haviam chegado a um entendimento, e estavam unidos no desejo de me ver de novo, e que tinha sido bastante fácil para eles telegrafarem minha descrição e a do carro para trinta aldeias pelas quais eu poderia passar. Soltei o freio bem a tempo. Desta forma, o policial agarrou a capota, e só largou quando minha esquerda o atingiu no olho.

Vi que as estradas principais não eram lugar para mim, e entrei nos atalhos. Não era um trabalho fácil sem um mapa, pois havia o risco de seguir por uma estrada de fazenda e terminar numa lagoa de patos ou num estábulo, e eu não podia me permitir esse tipo de atraso. Comecei a perceber quão burro eu tinha sido de roubar o carro. A grande fera verde seria o tipo mais seguro de pista para me achar em toda a extensão da Escócia. Se eu o largasse e fosse a pé, seria descoberto em uma hora ou duas, e não conseguiria entrar na corrida.

A coisa imediata a fazer era chegar às estradas mais desertas. Isso logo descobri ao alcançar um afluente do grande rio, e entrar num vale com colinas íngremes em toda minha volta, numa estrada sinuosa no final que subia para uma passagem. Aqui não encontrei ninguém, mas ela estava me levando muito para o norte, então virei para leste ao longo duma trilha ruim e finalmente deparei com uma grande ferrovia de linha dupla. Abaixo, à distância, vi outro vale amplo, e me ocorreu que se o cruzasse poderia achar alguma pousada remota para passar a noite. Já estava entardecendo e estava terrivelmente faminto, pois não comera nada desde o desjejum, exceto um par de pãezinhos que comprara da carroça de um padeiro. Nesse exato momento ouvi um barulho no céu, e vejam só, lá estava aquele maldito aeroplano, voando baixo, cerca de doze milhas para o sul, e rapidamente em minha direção.

Tive o bom senso de me lembrar que numa charneca aberta eu estava à mercê do aeroplano, e que minha única chance era chegar ao abrigo das copas de árvores do vale. Desci a colina como um raio, torcendo a cabeça para os lados, sempre que ousava, para observar aquela maldita máquina voadora. Logo estava numa estrada entre cercas vivas, e penetrando no vale profundo de um riacho. Então veio um trecho de bosque espesso, onde reduzi a velocidade.

Suddenly on my left I heard the hoot of another car, and realized to my horror that I was almost up on a couple of gate-posts through which a private road debouched on the highway. My horn gave an agonized roar, but it was too late. I clapped on my brakes, but my impetus was too great, and there before me a car was sliding athwart my course. In a second there would have been the deuce of a wreck. I did the only thing possible, and ran slap into the hedge on the right, trusting to find something soft beyond.

But there I was mistaken. My car slithered through the hedge like butter, and then gave a sickening plunge forward. I saw what was coming, leapt on the seat and would have jumped out. But a branch of hawthorn got me in the chest, lifted me up and held me, while a ton or two of expensive metal slipped below me, bucked and pitched, and then dropped with an almighty smash fifty feet to the bed of the stream.

Slowly that thorn let me go. I subsided first on the hedge, and then very gently on a bower of nettles. As I scrambled to my feet a hand took me by the arm, and a sympathetic and badly scared voice asked me if I were hurt.

I found myself looking at a tall young man in goggles and a leather ulster, who kept on blessing his soul and whinnying apologies. For myself, once I got my wind back, I was rather glad than otherwise. This was one way of getting rid of the car.

"My blame, Sir", I answered him. "It's lucky that I did not add homicide to my follies. That's the end of my Scotch motor tour, but it might have been the end of my life."

He plucked out a watch and studied it. "You're the right sort of fellow", he said. "I can spare a quarter of an hour, and my house is two minutes off. I'll see you clothed and fed and snug in bed. Where's your kit, by the way? Is it in the burn along with the car?"

"It's in my pocket", I said, brandishing a toothbrush. "I'm a Colonial and travel light."

"A Colonial!", he cried. "By Gad, you're the very man I've been praying for. Are you by any blessed chance a Free Trader?"

"I am", said I, without the foggiest notion of what he meant.

He patted my shoulder and hurried me into his car. Three minutes later we drew up before a comfortable-looking shooting box set among pine-trees, and he ushered me indoors. He took me first to a bedroom and flung half a dozen of his suits before me, for my own had been pretty well reduced to rags. I selected a loose blue serge, which differed most conspicuously from my former garments, and borrowed a linen collar. Then he haled me to the dining-room, where the remnants of a meal stood on the table, and announced that I had just five minutes to feed.

De repente, à minha esquerda, ouvi a buzina de outro carro, e percebi, para meu horror, que estava quase em cima de um par de pilares, através dos quais uma estrada particular desembocava na rodovia. Minha buzina deu um rugido agoniado, mas era tarde demais. Pisei nos freios, mas minha velocidade era muito alta e, diante de mim, um carro deslizava de través no meu caminho. Em um segundo teria havido o diabo de um desastre. Fiz a única coisa possível, e corri direto para dentro da cerca viva, contando encontrar alguma coisa macia do outro lado.

Mas nisso eu estava enganado. Meu carro escorregou pela cerca viva como manteiga, e então deu um triste mergulho para frente. Vi o que estava por vir, dei um salto no assento e teria pulado. Mas um ramo de espinheiro me bateu no peito, levantou-me e me segurou, enquanto uma ou duas toneladas de metal caro deslizou debaixo de mim, deu um pulo e lançou-se para frente, e então caiu com um poderoso impacto a quinze pés da margem do riacho.

Lentamente o espinheiro me soltou. Afundei primeiro na sebe e depois com suavidade numa moita de urtigas. Ao lutar para me pôr de pé, a mão de alguém me pegou pelo braço, e uma voz solidária e bem assustada perguntou se estava ferido.

Encontrei-me olhando para um jovem alto usando óculos de proteção e um comprido casaco de couro, que seguia agradecendo aos céus e balbuciando desculpas. Quanto a mim, uma vez que recuperei o fôlego, estava mais contente que outra coisa. Fora uma maneira de me ver livre do carro.

"Culpa minha, meu senhor", respondi-lhe. "Sorte que não acrescentei um homicídio às minhas loucuras. Esse é o fim da minha excursão de carro à Escócia, mas poderia ter sido o fim da minha vida."

Ele puxou um relógio e o estudou. "Você é o tipo certo de sujeito", disse ele. "Disponho de um quarto de hora, e minha casa fica a dois minutos. Providenciarei para que seja vestido, alimentado e acomodado na cama. Onde está sua maleta, a propósito? Está no riacho junto com o carro?"

"Está no meu bolso", disse eu, brandindo uma escova de dentes. "Sou das colônias, e viajo sem excesso de peso."

"Um colonial!" exclamou ele. "Por Deus, você é mesmo o homem que eu venho pedindo aos céus. Por algum acaso divino, seria um livre-cambista[13]?"

"Sou", disse eu, sem ter a menor ideia do que ele queria dizer.

Ele me deu um tapinha no ombro e me apressou na direção de seu carro. Três minutos depois chegamos diante de uma cabana de caça de aspecto confortável, situada entre pinheiros, e ele me conduziu para dentro. Levou-me primeiro para um quarto, e jogou à minha frente meia dúzia de seus ternos, pois o meu fora quase reduzido a trapos. Selecionei um terno folgado de sarja azul, que diferia visivelmente de minhas roupas anteriores, e tomei emprestado um colarinho de linho. Ele então me arrastou para a sala de jantar, onde as sobras de uma refeição estavam na mesa, e anunciou que eu tinha apenas cinco minutos para comer.

---

13 Livre-cambismo é um modelo de mercado internacional em que as trocas entre países não são afetadas por políticas de estado restritivas. É o oposto do protecionismo. Era defendido pelas colônias inglesas no século XIX, para simplificar as trocas com a Inglaterra.

"You can take a snack in your pocket, and we'll have supper when we get back. I've got to be at the Masonic Hall at eight o'clock, or my agent will comb my hair."

I had a cup of coffee and some cold ham, while he yarned away on the hearth-rug.

"You find me in the deuce of a mess, Mr... by-the-by, you haven't told me your name. Twisdon? Any relation of old Tommy Twisdon of the Sixtieth? No? Well, you see I'm Liberal Candidate for this part of the world, and I had a meeting on tonight at Brattleburn – that's my chief town, and an infernal Tory strong-hold. I had got the Colonial ex-Premier fellow, Crumpleton, coming to speak for me tonight, and had the thing tremendously billed and the whole place ground-baited. This afternoon I had a wire from the ruffian saying he had got influenza at Blackpool, and here am I left to do the whole thing myself. I had meant to speak for ten minutes and must now go on for forty, and, though I've been racking my brains for three hours to think of something, I simply cannot last the course. Now you've got to be a good chap and help me. You're a Free Trader and can tell our people what a wash-out Protection is in the Colonies. All you fellows have the gift of the gab – I wish to Heaven I had it. I'll be for evermore in your debt."

I had very few notions about Free Trade one way or the other, but I saw no other chance to get what I wanted. My young gentleman was far too absorbed in his own difficulties to think how odd it was to ask a stranger who had just missed death by an ace and had lost a 1,000 guinea car to address a meeting for him on the spur of the moment. But my necessities did not allow me to contemplate odd-nesses or to pick and choose my supports.

"All right", I said. "I'm not much good as a speaker, but I'll tell them a bit about Australia."

At my words the cares of the ages slipped from his shoulders, and he was rapturous in his thanks. He lent me a big driving coat – and never troubled to ask why I had started on a motor tour without possessing an ulster – and, as we slipped down the dusty roads, poured into my ears the simple facts of his history. He was an orphan, and his uncle had brought him up – I've forgotten the uncle's name, but he was in the Cabinet, and you can read his speeches in the papers. He had gone round the world after leaving Cambridge, and then, being short of a job, his uncle had advised politics. I gathered that he had no preference in parties. "Good chaps in both", he said cheerfully, "and plenty of blighters, too. I'm Liberal, because my family have always been Whigs." But if he was lukewarm politically he had strong views on other things. He found out I knew a bit about horses, and jawed away about the Derby entries; and he was full of plans for improving his shooting. Altogether, a very clean, decent, callow young man.

As we passed through a little town two policemen signalled us to stop, and flashed their lanterns on us.

"Você pode levar um lanche no bolso, e nós vamos cear quando voltarmos. Tenho que estar na Loja Maçônica às oito horas, ou meu agente vai querer meu escalpo."

Tomei uma xícara de café e comi um pouco de presunto frio, enquanto ele conversava mais adiante sobre o tapete da lareira.

"Encontrou-me em meio à maior confusão, Mr... a propósito, não me disse seu nome. Twisdon? Algum parentesco com o velho Tommy Twisdon do Sexagésimo? Não? Bem, veja só, sou o candidato liberal para esta parte do mundo, e tinha uma reunião esta noite em Brattleburn – é a minha cidade principal, e uma maldita fortaleza Tory[14]. Consegui que o amigo do ex-premiê colonial, Crumpleton, viesse falar a meu favor esta noite, fiz uma tremenda propaganda e atraí o lugar inteiro. Esta tarde recebi um telegrama do rufião dizendo que pegou uma gripe em Blackpool e eis que devo fazer tudo por mim mesmo. Pretendia falar por dez minutos, e agora tenho que fazê-lo por quarenta, e, embora tenha quebrado a cabeça por três horas pensando em algo, simplesmente não posso aguentar o curso. Agora, seja um bom camarada e me ajude. Você é um livre-cambista, e pode contar à nossa gente o que um protecionismo desgastante representa para as Colônias. Todos como vocês têm o dom da palavra – quisera eu o tivesse, por Deus. Ser-lhe-ei eternamente grato."

Tinha uma leve ideia do que fosse o livre-cambismo de qualquer modo, mas não vi outra chance de conseguir o que queria. Meu jovem cavalheiro estava por demais absorto em suas próprias dificuldades para pensar como era bizarro pedir a um estranho que acabara de escapar da morte e perdera um carro de mil guinéus discursar por ele num comício num impulso repentino. Mas minhas necessidades não me permitiam considerar estranhezas ou escolher e selecionar meus apoios.

"Certo", disse eu. "Não sou muito bom como orador, mas lhes contarei um pouco sobre a Austrália."

Diante das minhas palavras, o peso de séculos abandonou seus ombros, e me agradeceu com grande entusiasmo. Emprestou-me um grande casaco de viagem – e nunca se deu ao trabalho de perguntar por que eu saíra para uma passeio de carro sem possuir um casaco comprido de lã, e, ao deslizarmos pelas estradas poeirentas, despejou em meus ouvidos os fatos básicos de sua história. Era órfão, e o tio o criara – esqueci o nome do tio, mas ele era do Gabinete, e se pode ler seus discursos nos jornais. Viajara ao redor do mundo após deixar Cambridge, e então, como lhe faltasse um emprego, o tio aconselhara a política. Entendi que ele não tinha preferência por nenhum partido. "Há bons sujeitos em ambos", disse alegremente, "e um monte de más influências, também. Sou liberal, pois minha família sempre foi Whig." Mas se ele era indiferente em termos de política, tinha opiniões fortes sobre outras coisas. Descobriu que eu conhecia um pouco sobre cavalos, e tagarelou sobre os inscritos para o Derby; e estava cheio de planos para melhorar sua destreza na caça. No geral, era um jovem muito puro, honrado, inexperiente.

Quando atravessávamos uma cidadezinha dois policiais nos fizeram sinal para parar, e lançaram o facho de suas lanternas sobre nós.

---

14 Na Inglaterra, o partido Tory é o partido dos conservadores, em oposição ao partido Whig, de linha mais liberal.

"Beg pardon, Sir Harry", said one. "We've got instructions to look out for a car, and the description's no unlike yours."

"Right-o", said my host, while I thanked Providence for the devious ways I had been brought to safety. After that he spoke no more, for his mind began to labour heavily with his coming speech. His lips kept muttering, his eye wandered, and I began to prepare myself for a second catastrophe. I tried to think of something to say myself, but my mind was dry as a stone. The next thing I knew we had drawn up outside a door in a street, and were being welcomed by some noisy gentlemen with rosettes. The hall had about five hundred in it, women mostly, a lot of bald heads, and a dozen or two young men. The chairman, a weaselly minister with a reddish nose, lamented Crumpleton's absence, soliloquized on his influenza, and gave me a certificate as a "trusted leader of Australian thought". There were two policemen at the door, and I hoped they took note of that testimonial. Then Sir Harry started.

I never heard anything like it. He didn't begin to know how to talk. He had about a bushel of notes from which he read, and when he let go of them he fell into one prolonged stutter. Every now and then he remembered a phrase he had learned by heart, straightened his back, and gave it off like Henry Irving, and the next moment he was bent double and crooning over his papers. It was the most appalling rot, too. He talked about the 'German menace', and said it was all a Tory invention to cheat the poor of their rights and keep back the great flood of social reform, but that "organized labour" realized this and laughed the Tories to scorn. He was all for reducing our Navy as a proof of our good faith, and then sending Germany an ultimatum telling her to do the same or we would knock her into a cocked hat. He said that, but for the Tories, Germany and Britain would be fellow-workers in peace and reform. I thought of the little black book in my pocket! A giddy lot Scudder's friends cared for peace and reform.

Yet in a queer way I liked the speech. You could see the niceness of the chap shining out behind the muck with which he had been spoon-fed. Also it took a load off my mind. I mightn't be much of an orator, but I was a thousand per cent better than Sir Harry.

I didn't get on so badly when it came to my turn. I simply told them all I could remember about Australia, praying there should be no Australian there – all about its labour party and emigration and universal service. I doubt if I remembered to mention Free Trade, but I said there were no Tories in Australia, only Labour and Liberals. That fetched a cheer, and I woke them up a bit when I started in to tell them the kind of glorious business I thought could be made out of the Empire if we really put our backs into it.

Altogether I fancy I was rather a success. The minister didn't like me, though, and when he proposed a vote of thanks, spoke of Sir Harry's speech as 'statesman-like' and mine as having 'the eloquence of an emigration agent'.

When we were in the car again my host was in wild spirits at having got his job over. "A ripping speech, Twisdon", he said. "Now, you're coming home with me. I'm all alone, and if you'll stop a day or two I'll show you some very decent fishing."

"Desculpe-me, Sir Harry", disse um deles. "Temos ordens de procurar por um carro, e a descrição não é diferente do seu."

"Certo", disse meu anfitrião, enquanto eu agradecia à Providência pelas vias transversas que me conduziram à segurança. Depois ele não falou mais, pois sua mente começou a trabalhar com afinco em seu discurso próximo. Seus lábios murmuravam, o olhar vagueava, e comecei a me preparar para uma segunda catástrofe. Tentei pensar em algo a dizer, mas minha mente estava seca como uma pedra. O que percebi em seguida foi que havíamos chegado em frente a uma porta numa rua, e estávamos recebendo as boas-vindas de alguns cavalheiros ruidosos com rosetas. No salão havia umas quinhentas pessoas, mulheres na maioria, muitas cabeças calvas e uma dúzia ou duas de rapazes. O presidente, um pastor esperto com um nariz avermelhado, lamentou a ausência de Crumpleton, monologou sobre sua gripe e me passou um atestado de "líder de confiança do pensamento australiano". Havia dois policiais à porta e esperava que tomassem nota daquele testemunho. Então Sir Harry começou.

Nunca ouvi nada parecido com aquilo. Ele não começava, não sabia como falar. Tinha um alqueire de anotações de onde lia e, ao deixar de consultá-las, caiu numa prolongada gagueira. Vez ou outra ao se lembrar de uma frase que tinha decorado, endireitava as costas e a pronunciava como Henry Irving, mas em seguida já estava curvado e murmurando sobre seus papéis, uma baboseira pavorosa, por sinal. Falava sobre a "ameaça alemã", e disse que era tudo uma invenção Tory para ludibriar os pobres em seus direitos e deter o progresso do grande fluxo da reforma social, mas que o "trabalhismo organizado" percebeu isso e levou os conservadores ao desprezo. Era totalmente a favor de reduzir nossa Marinha como prova de nossa boa fé, e então mandar um ultimato à Alemanha dizendo-lhe que fizesse o mesmo ou a derrotaríamos fragorosamente. Disse que, com exceção dos Tories, a Alemanha e a Inglaterra seriam aliadas na paz e reforma. Pensei no livrinho preto em meu bolso! Os amigos levianos de Scudder importavam-se com a paz e a reforma.

Ainda assim, de um modo estranho eu gostei do discurso. Podia se ver a amabilidade do sujeito reluzindo por trás da sujeira com que ele tinha sido alimentado a colheradas. Isso também tirou um peso da minha mente. Eu podia não ser muito bom como orador, mas era mil por cento melhor que Sir Harry.

Não me saí tão mal ao chegar a minha vez. Simplesmente contei a eles tudo que podia me lembrar sobre a Austrália, rezando para que não houvesse nenhum australiano lá – tudo sobre seu partido trabalhista e emigração e serviço universal. Duvido que tenha me lembrado de mencionar o livre-cambismo, mas disse que não havia Tories na Austrália, só Trabalhistas e Liberais. Isso me valeu uma aclamação, e eu os excitei um pouco ao começar a lhes contar o tipo de negócio magnífico que eu achava que poderia ser feito fora do império, se realmente nos dedicássemos a isso.

No geral, imagino que fui um grande sucesso. O pastor, contudo, não gostou de mim e ao propor um voto de agradecimento, falou do discurso de Sir Harry como "de estadista" e do meu como tendo "a eloquência de um agente de emigração".

Quando estávamos de novo no carro meu anfitrião se mostrou satisfeito por ver a tarefa cumprida. "Um discurso espetacular, Twisdon", disse. "Agora, vai para casa comigo. Estou totalmente sozinho e se ficar por um dia ou dois vou lhe mostrar algumas áreas de pescaria bastante decentes."

We had a hot supper – and I wanted it pretty badly – and then drank grog in a big cheery smoking-room with a crackling wood fire. I thought the time had come for me to put my cards on the table. I saw by this man's eye that he was the kind you can trust.

"Listen, Sir Harry", I said. "I've something pretty important to say to you. You're a good fellow, and I'm going to be frank. Where on earth did you get that poisonous rubbish you talked tonight?"

His face fell.

"Was it as bad as that?" he asked ruefully. "It did sound rather thin. I got most of it out of the Progressive Magazine and pamphlets that agent chap of mine keeps sending me. But you surely don't think Germany would ever go to war with us?"

"Ask that question in six weeks and it won't need an answer", I said. "If you'll give me your attention for half an hour I am going to tell you a story."

I can see yet that bright room with the deers' heads and the old prints on the walls, Sir Harry standing restlessly on the stone curb of the hearth, and myself lying back in an armchair, speaking. I seemed to be another person, standing aside and listening to my own voice, and judging carefully the reliability of my tale. It was the first time I had ever told anyone the exact truth, so far as I understood it, and it did me no end of good, for it straightened out the thing in my own mind. I blinked no detail. He heard all about Scudder, and the milkman, and the note-book, and my doings in Galloway. Presently he got very excited and walked up and down the hearth-rug.

"So you see", I concluded, "you have got here in your house the man that is wanted for the Portland Place murder. Your duty is to send your car for the police and give me up. I don't think I'll get very far. There'll be an accident, and I'll have a knife in my ribs an hour or so after arrest. Nevertheless, it's your duty, as a law-abiding citizen. Perhaps in a month's time you'll be sorry, but you have no cause to think of that."

He was looking at me with bright steady eyes. "What was your job in Rhodesia, Mr. Hannay?" he asked.

"Mining engineer", I said. "I've made my pile cleanly and I've had a good time in the making of it."

"Not a profession that weakens the nerves, is it?"

I laughed. "Oh, as to that, my nerves are good enough." I took down a hunting-knife from a stand on the wall, and did the old Mashona trick of tossing it and catching it in my lips. That wants a pretty steady heart.

He watched me with a smile. "I don't want proof. I may be an ass on the platform, but I can size up a man. You're no murderer and you're no fool, and I believe you are speaking the truth. I'm going to back you up. Now, what can I do?"

"First, I want you to write a letter to your uncle. I've got to get in touch with

Comemos uma ceia quente – e eu precisava disso urgentemente – e depois bebemos grogue numa sala de fumar espaçosa e alegre, com um crepitante fogo de lenha. Achei que chegara a minha hora de pôr as cartas na mesa. Vi pelo olhar desse homem que ele era o tipo de pessoa em quem se pode confiar.

"Ouça, Sir Harry", disse eu. "Tenho algo bastante importante para lhe dizer. Você é um bom sujeito, e vou ser franco. Onde neste mundo você arranjou aquelas besteiras venenosas de que falou esta noite?"

Seu rosto perdeu o ânimo.

"Foi tão ruim assim?", perguntou ele com tristeza. "De fato soou um tanto raso. Tirei a maior parte da Revista Progressista e de panfletos que um agente amigo meu vive me enviando. Mas certamente não pensa que a Alemanha algum dia iria entrar em guerra conosco?"

"Faça essa pergunta daqui a seis semanas e não precisará de uma resposta", disse eu. "Se me der sua atenção por meia hora, vou lhe contar uma história."

Eu ainda posso ver aquela sala luminosa com as cabeças de veado e as gravuras antigas nas paredes, Sir Harry parado impaciente na pedra em frente à lareira, e eu recostado numa poltrona, falando. Eu parecia ser outra pessoa, parado à parte e escutando minha própria voz, e julgando cuidadosamente a confiabilidade da minha narrativa. Era a primeira vez que eu contava a alguém a pura verdade, tanto quanto eu a entendia, e me fez muitíssimo bem, pois resolveu a coisa em minha própria mente. Não poupei nenhum detalhe. Ele ouviu tudo sobre Scudder, e o leiteiro, e a caderneta, e minhas atitudes em Galloway. Na hora ele ficou muito entusiasmado, e caminhava de um lado para outro sobre o tapete da lareira.

"Então você vê", concluí, "que recebeu aqui na sua casa o homem que é procurado pelo assassinato de Portland Place. Seu dever é mandar seu carro até a polícia e abrir mão de mim. Não acho que chegarei muito longe. Haverá um acidente, e terei uma faca em minhas costas mais ou menos uma hora depois de ser preso. Todavia, é seu dever, como um cidadão obediente à lei. Talvez dentro de um mês você lamente, mas não tem nenhum motivo para pensar nisso."

Ele estava me olhando com olhos firmes e brilhantes. "Qual era o seu trabalho na Rodésia, Mr. Hannay?", perguntou ele.

"Engenheiro de minas", disse eu. "Fiz minha fortuna de forma limpa, e me diverti ao fazê-la."

"Não é uma profissão que debilite os nervos, é?"

"Ó, quanto a isso, meus nervos são bastante bons", sorri. Peguei uma faca de caça de uma estante na parede e fiz o velho truque Mashona de atirá-la e pegá-la com os dentes. Isso requer um coração bem firme.

Ele me observava com um sorriso. "Não quero provas. Posso ser um asno na tribuna, mas sei avaliar um homem. Não é nenhum assassino e não é nenhum tolo, e acredito que está falando a verdade. Vou lhe dar apoio. Então, o que posso fazer?"

"Primeiro, quero que escreva uma carta para seu tio. Tenho que entrar em

the Government people sometime before the 15th of June.'

He pulled his moustache. "That won't help you. This is Foreign Office business, and my uncle would have nothing to do with it. Besides, you'd never convince him. No, I'll go one better. I'll write to the Permanent Secretary at the Foreign Office. He's my godfather, and one of the best going. What do you want?"

He sat down at a table and wrote to my dictation. The gist of it was that if a man called Twisdon (I thought I had better stick to that name) turned up before June 15th he was to entreat him kindly. He said Twisdon would prove his *bona fides* by passing the word "Black Stone" and whistling "Annie Laurie".

"Good", said Sir Harry. "That's the proper style. By the way, you'll find my godfather – his name's Sir Walter Bullivant – down at his country cottage for Whitsuntide. It's close to Artinswell on the Kenner. That's done. Now, what's the next thing?"

"You're about my height. Lend me the oldest tweed suit you've got. Anything will do, so long as the colour is the opposite of the clothes I destroyed this afternoon. Then show me a map of the neighbourhood and explain to me the lie of the land. Lastly, if the police come seeking me, just show them the car in the glen. If the other lot turn up, tell them I caught the south express after your meeting."

He did, or promised to do, all these things. I shaved off the remnants of my moustache, and got inside an ancient suit of what I believe is called heather mixture. The map gave me some notion of my whereabouts, and told me the two things I wanted to know – where the main railway to the south could be joined and what were the wildest districts near at hand. At two o'clock he wakened me from my slumbers in the smoking-room armchair, and led me blinking into the dark starry night. An old bicycle was found in a tool-shed and handed over to me.

"First turn to the right up by the long fir-wood", he enjoined. 'By daybreak you'll be well into the hills. Then I should pitch the machine into a bog and take to the moors on foot. You can put in a week among the shepherds, and be as safe as if you were in New Guinea."

I pedalled diligently up steep roads of hill gravel till the skies grew pale with morning. As the mists cleared before the sun, I found myself in a wide green world with glens falling on every side and a far-away blue horizon. Here, at any rate, I could get early news of my enemies.

contato com as pessoas do governo em algum momento antes de 15 de junho.

Ele cofiou o bigode. "Isso não vai ajudá-lo. Esse é um assunto para o Ministério do Exterior, e meu tio não teria nada a ver com ele. Além disso, você nunca o convenceria. Não, farei algo melhor. Escreverei para o ministro permanente do Ministério do Exterior. Ele é meu padrinho e um dos mais disponíveis. O que quer?"

Ele se sentou a uma mesa e escreveu o que eu ditava. A essência da carta era que se um homem chamado Twisdon (achei que era melhor manter aquele nome) surgisse antes de 15 de junho ele devia tratá-lo com gentileza. Disse que Twisdon provaria sua *bona fides* dando a palavra "Pedra Negra" e assobiando "Annie Laurie".

"Bom", disse Sir Harry. "Esse é o estilo adequado. A propósito, você encontrará meu padrinho – seu nome é sir Walter Bullivant – a caminho de sua cabana rural em Whitsuntide. Fica perto de Artinswell em Kenner. Isso está feito. Então, o que vem a seguir?"

"Você é mais ou menos da minha altura. Empreste-me o terno de tweed mais velho que possua. Qualquer coisa serve, desde que a cor seja o oposto das roupas que destruí esta tarde. Então me mostre um mapa da vizinhança e me explique a posição da região. Por último, se a polícia vier à minha procura, apenas mostre a eles o carro no vale. Se o outro grupo aparecer, diga-lhes que peguei o expresso para o sul depois da sua reunião."

Ele fez, ou prometeu fazer, todas essas coisas. Raspei fora as sobras do meu bigode e me enfiei num terno antigo do que acredito que ser chamado mescla de lã. O mapa me deu alguma noção do meu paradeiro, e me contou as duas coisas que eu queria saber – onde a ferrovia principal para o sul podia ser alcançada e quais eram os distritos mais ermos à mão. Às duas horas, acordou-me do meu cochilo na poltrona da sala de fumar e me levou piscando para a noite escura e estrelada. Encontrou uma velha bicicleta num depósito de ferramentas e me entregou.

"Primeiro vire à direita, e suba ao longo do bosque de abetos", ele mandou. "Quando o dia clarear você já estará nas colinas. Então eu jogaria a bicicleta num pântano e iria a pé pela charneca. Você pode passar uma semana entre os pastores, e estará tão seguro como se estivesse na Nova Guiné."

Pedalei diligentemente, subindo por estradas íngremes de montanha cobertas de cascalho, até que o céu se tornou pálido com a luz do amanhecer. Quando a névoa se dissipou antes do sol nascer, encontrei-me num imenso mundo verde, com vales descendo por todo lado e um longínquo horizonte azul. Aqui, de todo modo, eu poderia conseguir notícias recentes de meus inimigos.

CHAPTER FIVE

THE ADVENTURE OF THE SPECTACLED ROADMAN

I sat down on the very crest of the pass and took stock of my position.

Behind me was the road climbing through a long cleft in the hills, which was the upper glen of some notable river. In front was a flat space of maybe a mile, all pitted with bog-holes and rough with tussocks, and then beyond it the road fell steeply down another glen to a plain whose blue dimness melted into the distance. To left and right were round-shouldered green hills as smooth as pancakes, but to the south – that is, the left hand – there was a glimpse of high heathery mountains, which I remembered from the map as the big knot of hill which I had chosen for my sanctuary. I was on the central boss of a huge upland country, and could see everything moving for miles. In the meadows below the road half a mile back a cottage smoked, but it was the only sign of human life. Otherwise there was only the calling of plovers and the tinkling of little streams.

It was now about seven o'clock, and as I waited I heard once again that ominous beat in the air. Then I realized that my vantage-ground might be in reality a trap. There was no cover for a tomtit in those bald green places.

I sat quite still and hopeless while the beat grew louder. Then I saw an aeroplane coming up from the east. It was flying high, but as I looked it dropped several hundred feet and began to circle round the knot of hill in narrowing circles, just as a hawk wheels before it pounces. Now it was flying very low, and now the observer on board caught sight of me. I could see one of the two occupants examining me through glasses.

Suddenly it began to rise in swift whorls, and the next I knew it was speeding eastward again till it became a speck in the blue morning.

That made me do some savage thinking. My enemies had located me, and the next thing would be a cordon round me. I didn't know what force they could command, but I was certain it would be sufficient. The aeroplane had seen my

CAPÍTULO CINCO

A AVENTURA DO CALCETEIRO QUE USAVA ÓCULOS

Sentei-me na própria crista do caminho e avaliei minha posição.

Atrás de mim estava a estrada subindo por uma longa fenda nas colinas, que era o vale superior de algum rio importante. Na frente havia um espaço plano de talvez uma milha, todo crivado de buracos de turfa e duro de tufos, e depois, mais além, a estrada descia inclinada por outro vale até uma planície, cuja penumbra azul dissolvia-se na distância. À esquerda e à direita havia colinas verdes arredondadas, lisas como panquecas, mas para o sul – isto é, à esquerda – havia um vislumbre de altas montanhas de urzes, que lembrei-me do mapa como o grande grupo de colinas que escolhera para meu santuário. Estava na saliência central de um enorme planalto e podia ver tudo que se mexia a milhas de distância. Nos prados abaixo da estrada, meia milha atrás, uma cabana lançava fumaça, mas era o único sinal de vida humana. Fora isso, só havia o chamado das aves e o tilintar de pequenos regatos.

Eram quase sete horas e ao esperar ouvi mais uma vez aquela funesta batida no ar. Então percebi que minha posição vantajosa podia ser na verdade uma cilada. Não havia proteção nem para um abelharuco nestes lugares verdes e descampados.

Sentei-me totalmente imóvel, desanimado, enquanto a batida se tornava mais alta. Então vi um aeroplano surgindo do leste. Estava voando alto, mas enquanto eu olhava desceu centenas de pés, e começou a circundar a saliência da colina em círculos estreitos, do mesmo modo que um falcão gira diante de sua presa. Agora voava muito baixo, e então o vigia a bordo de repente me avistou. Eu podia ver um dos dois ocupantes me examinando com um binóculo.

De repente, começou a subir em espirais rápidas e o que percebi em seguida era que acelerava para o leste outra vez, até se tornar um pontinho na manhã azul.

Isso me lançou num turbilhão de pensamentos. Meus inimigos tinham me localizado, e a próxima coisa seria um cordão de isolamento ao meu redor. Eu não sabia que força eles podiam ter a seu comando, mas tinha certeza de que seria

bicycle, and would conclude that I would try to escape by the road. In that case there might be a chance on the moors to the right or left. I wheeled the machine a hundred yards from the highway, and plunged it into a moss-hole, where it sank among pond-weed and water-buttercups. Then I climbed to a knoll which gave me a view of the two valleys. Nothing was stirring on the long white ribbon that threaded them.

I have said there was not cover in the whole place to hide a rat. As the day advanced it was flooded with soft fresh light till it had the fragrant sunniness of the South African veld. At other times I would have liked the place, but now it seemed to suffocate me. The free moorlands were prison walls, and the keen hill air was the breath of a dungeon.

I tossed a coin – heads right, tails left – and it fell heads, so I turned to the north. In a little I came to the brow of the ridge which was the containing wall of the pass. I saw the highroad for maybe ten miles, and far down it something that was moving, and that I took to be a motor-car. Beyond the ridge I looked on a rolling green moor, which fell away into wooded glens.

Now my life on the veld has given me the eyes of a kite, and I can see things for which most men need a telescope... Away down the slope, a couple of miles away, several men were advancing, like a row of beaters at a shoot...

I dropped out of sight behind the skyline. That way was shut to me, and I must try the bigger hills to the south beyond the highway. The car I had noticed was getting nearer, but it was still a long way off with some very steep gradients before it. I ran hard, crouching low except in the hollows, and as I ran I kept scanning the brow of the hill before me. Was it imagination, or did I see figures – one, two, perhaps more – moving in a glen beyond the stream?

If you are hemmed in on all sides in a patch of land there is only one chance of escape. You must stay in the patch, and let your enemies search it and not find you. That was good sense, but how on earth was I to escape notice in that table-cloth of a place? I would have buried myself to the neck in mud or lain below water or climbed the tallest tree. But there was not a stick of wood, the bog-holes were little puddles, the stream was a slender trickle. There was nothing but short heather, and bare hill bent, and the white highway.

Then in a tiny bight of road, beside a heap of stones, I found the road-man.

He had just arrived, and was wearily flinging down his hammer. He looked at me with a fishy eye and yawned.

"Confoond the day I ever left the herdin'!", he said, as if to the world at large. "There I was my ain maister. Now I'm a slave to the Goavernment, tethered to the roadside, wi' sair een, and a back like a suckle."

He took up the hammer, struck a stone, dropped the implement with an oath, and put both hands to his ears.

"Mercy on me! My heid's burstin'!" he cried.

suficiente. O aeroplano havia visto minha bicicleta, e concluiria que eu tentaria escapar pela estrada. Neste caso, poderia haver uma oportunidade na charneca, à direita ou à esquerda. Pedalei a bicicleta até cem jardas da rodovia, e mergulhei-a num buraco de pântano, onde afundou entre plantas lacustres e ranúnculos aquáticos. Então escalei uma colina que me propiciou uma visão dos dois vales. Nada se mexia na longa faixa branca que passava entre eles.

Eu disse que não havia qualquer proteção no lugar inteiro para esconder um rato. Conforme o dia avançava, foi inundado por uma luz suave e fresca, até adquirir a perfumada luminosidade da savana sul africana. Em outros tempos eu teria gostado do lugar, mas agora parecia me sufocar. Os campos livres da charneca eram as paredes de uma prisão, e o penetrante ar das colinas, o hálito de uma masmorra.

Joguei uma moeda – cara, direita, coroa, esquerda – e deu cara, então virei para o norte. Dentro em pouco, cheguei ao tergo, que era a parede que continha a passagem. Vi a estrada principal por umas dez milhas, talvez, e bem ao longe havia algo que se movia, o que tomei por um automóvel. Além do tergo, observei uma área de charneca verde e ondulada, que desaparecia aos poucos em vales arborizados.

Ora, a vida na savana me deu os olhos de um milhafre e posso ver coisas para as quais a maioria dos homens precisa de um telescópio... Bem abaixo da encosta, a um par de milhas, vários homens avançavam, como uma fileira de batedores em caçada...

Perscrutei para além do horizonte. Aquele caminho estava fechado para mim, e devia tentar as colinas maiores ao sul além da rodovia. O carro que eu notara estava ficando mais próximo, mas ainda estava um bocado longe, com subidas bem íngremes pela frente. Corri bastante, bem agachado, exceto nos buracos e, ao correr, continuei esquadrinhando os cumes das colinas diante de mim. Era imaginação ou vi silhuetas – uma, duas, talvez mais – se movendo num vale além do riacho?

Se você está cercado por todos os lados num trecho de terreno, só há uma chance de fuga. Deve ficar naquele trecho e deixar seus inimigos o examinarem sem encontrá-lo. Isso era bom senso, mas como nesse mundo iria escapar de ser visto naquela lugar tão plano? Ter-me-ia enterrado na lama até o pescoço ou me estendido debaixo d'água ou escalado a árvore mais alta. Mas não havia nem um graveto, os buracos do pântano eram pequenas poças, o riacho era uma corrente estreita. Não havia nada além de urzes baixas, colinas nuas inclinadas e a rodovia branca.

Então numa minúscula curva da estrada, ao lado duma pilha de pedras, encontrei o calceteiro.

Ele acabara de chegar e estava largando seu martelo no chão de modo cansado. Olhou-me com um olhar vago e bocejou.

"Maldito o dia em que deixei o rebanho!", disse ele, como se para o mundo em geral. "Lá eu era meu próprio dono. Agora sou um escravo do Governo, amarrado na margem da estrada, e com as costas escangalhadas."

Pegou o martelo, golpeou uma pedra, largou o instrumento praguejando e pôs ambas as mãos nos ouvidos.

"Valha-me Deus! Minha cabeça *tá* explodindo!", exclamou ele.

He was a wild figure, about my own size but much bent, with a week's beard on his chin, and a pair of big horn spectacles.

"I canna dae't", he cried again. "The Surveyor maun just report me. I'm for my bed."

I asked him what was the trouble, though indeed that was clear enough.

"The trouble is that I'm no sober. Last nicht my dochter Merran was waddit, and they danced till fower in the byre. Me and some ither chiels sat down to the drinkin', and here I am. Peety that I ever lookit on the wine when it was red!"

I agreed with him about bed.

"It's easy speakin',' he moaned. 'But I got a postcard yestreen sayin' that the new Road Surveyor would be round the day. He'll come and he'll no find me, or else he'll find me fou, and either way I'm a done man. I'll awa' back to my bed and say I'm no weel, but I doot that'll no help me, for they ken my kind o' no-weel-ness."

Then I had an inspiration. "Does the new Surveyor know you?", I asked.

"No him. He's just been a week at the job. He rins about in a wee motor-cawr, and wad speir the inside oot o' a whelk."

"Where's your house?" I asked, and was directed by a wavering finger to the cottage by the stream.

"Well, back to your bed", I said, "and sleep in peace. I'll take on your job for a bit and see the Surveyor."

He stared at me blankly; then, as the notion dawned on his fuddled brain, his face broke into the vacant drunkard's smile.

"You're the billy", he cried. "It'll be easy eneuch managed. I've finished that bing o' stanes, so you needna chap ony mair this forenoon. Just take the barry, and wheel eneuch metal frae yon quarry doon the road to mak anither bing the morn. My name's Alexander Turnbull, and I've been seeven year at the trade, and twenty afore that herdin' on Leithen Water. My freens ca' me Ecky, and whiles Specky, for I wear glesses, being waik i' the sicht. Just you speak the Surveyor fair, and ca' him Sir, and he'll be fell pleased. I'll be back or mid-day."

I borrowed his spectacles and filthy old hat; stripped off coat, waistcoat, and collar, and gave him them to carry home; borrowed, too, the foul stump of a clay pipe as an extra property. He indicated my simple tasks, and without more ado set off at an amble bedwards. Bed may have been his chief object, but I think there was also something left in the foot of a bottle. I prayed that he might be safe under cover before my friends arrived on the scene.

Then I set to work to dress for the part. I opened the collar of my shirt – it was a vulgar blue-and-white check such as ploughmen wear – and revealed a neck as brown as any tinker's. I rolled up my sleeves, and there was a forearm which might have been a blacksmith's, sunburnt and rough with old scars. I got my boots

Era uma figura grosseira, mais ou menos do meu tamanho, mas muito curvado, com barba de uma semana no queixo e um par de grandes óculos de chifre.

"Não posso fazer isso", exclamou ele de novo. "O inspetor pode até me denunciar. Vou atrás da minha cama."

Perguntei-lhe qual era o problema, embora na verdade estivesse bem claro.

"O problema é que não *tô* sóbrio. Na noite passada minha filha Megan se casou, e eles dançaram até tarde no celeiro. Eu e alguns camaradas sentamos pra beber, e aqui estou. Pena que não reparei no vinho que estava bebendo!"

Concordei com ele a respeito da cama.

"Falar é fácil", gemeu ele. "Mas ontem recebi um cartão pelo correio dizendo que o novo inspetor de estradas ia estar por aqui hoje. Ele vai vir e não vai me achar, ou então vai me achar doido, e de qualquer jeito *tô* acabado. Eu vou voltar *pra* minha cama e dizer que não *tô* bem, mas duvido que isso me ajude, porque eles conhecem o meu tipo de *não-tô-bem*."

Então eu tive uma inspiração. "O novo Inspetor conhece você?", perguntei.

"Ele não. Faz só uma semana que *tá* no emprego. Ele corre por aí num carro pequeno, e *fuça* até o interior de uma ferida."

"Onde é sua casa?", perguntei, e fui direcionado por um dedo vacilante para a cabana ao lado do riacho.

"Bem, volte para sua cama", disse eu, "e durma em paz. Eu assumirei seu trabalho por um tempo, e atenderei o Inspetor."

Ele me encarou de modo inexpressivo; então, à medida que a ideia clareava em seu cérebro embriagado, seu rosto se distendeu no vago sorriso de beberrão.

"Você é calceteiro", exclamou ele. "Será bem fácil de se arranjar. Terminei aquela pilha de pedras, assim não precisa rachar mais nenhuma esta manhã. Só pegue o carrinho e transporte material da pedreira perto da estrada para fazer outra pilha amanhã. Meu nome é Alexander Turnbull e estive sete anos no comércio, e vinte naquele rebanho em Leithen Water. Meus amigos me chamam de Olhos, e às vezes de Quatro-Olhos, pois uso óculos, sou míope. Apenas fale bonito com o Inspetor, chame ele de senhor e ele ficará bem contente. Estarei de volta ao meio-dia."

Peguei emprestados os óculos e o velho chapéu sujo; tirei o casaco, o colete e o colarinho e os dei a ele para levar para casa; peguei também o toco entupido dum cachimbo de barro como uma propriedade extra. Indicou-me minhas tarefas simples e sem mais delonga partiu num trote para a cama, que até pode ter sido seu objetivo principal, mas acho que havia também algo no fundo duma garrafa. Rezei para que ele estivesse seguro e abrigado antes que meus amigos chegassem à cena.

Então me pus a trabalhar conforme o meu papel. Abri o colarinho da camisa – uma camisa vulgar de xadrez azul-e-branco como as que os camponeses usam – e revelei um pescoço tão moreno quanto o de qualquer funileiro. Arregacei as mangas, e eis um antebraço que poderia ter sido dum ferreiro, bronzeado e áspero com

and trouser-legs all white from the dust of the road, and hitched up my trousers, tying them with string below the knee. Then I set to work on my face. With a handful of dust I made a water-mark round my neck, the place where Mr. Turnbull's Sunday ablutions might be expected to stop. I rubbed a good deal of dirt also into the sunburn of my cheeks. A roadman's eyes would no doubt be a little inflamed, so I contrived to get some dust in both of mine, and by dint of vigorous rubbing produced a bleary effect.

The sandwiches Sir Harry had given me had gone off with my coat, but the roadman's lunch, tied up in a red handkerchief, was at my disposal. I ate with great relish several of the thick slabs of scone and cheese and drank a little of the cold tea. In the handkerchief was a local paper tied with string and addressed to Mr. Turnbull – obviously meant to solace his mid-day leisure. I did up the bundle again, and put the paper conspicuously beside it.

My boots did not satisfy me, but by dint of kicking among the stones I reduced them to the granite-like surface which marks a roadman's foot-gear. Then I bit and scraped my finger-nails till the edges were all cracked and uneven. The men I was matched against would miss no detail. I broke one of the bootlaces and retied it in a clumsy knot, and loosed the other so that my thick grey socks bulged over the uppers. Still no sign of anything on the road. The motor I had observed half an hour ago must have gone home.

My toilet complete, I took up the barrow and began my journeys to and from the quarry a hundred yards off.

I remember an old scout in Rhodesia, who had done many queer things in his day, once telling me that the secret of playing a part was to think yourself into it. You could never keep it up, he said, unless you could manage to convince yourself that you were it. So I shut off all other thoughts and switched them on to the road-mending. I thought of the little white cottage as my home, I recalled the years I had spent herding on Leithen Water, I made my mind dwell lovingly on sleep in a box-bed and a bottle of cheap whisky. Still nothing appeared on that long white road.

Now and then a sheep wandered off the heather to stare at me. A heron flopped down to a pool in the stream and started to fish, taking no more notice of me than if I had been a milestone. On I went, trundling my loads of stone, with the heavy step of the professional. Soon I grew warm, and the dust on my face changed into solid and abiding grit. I was already counting the hours till evening should put a limit to Mr. Turnbull's monotonous toil. Suddenly a crisp voice spoke from the road, and looking up I saw a little Ford two-seater, and a round-faced young man in a bowler hat.

"Are you Alexander Turnbull?" he asked. "I am the new County Road Surveyor. You live at Blackhopefoot, and have charge of the section from Laidlawbyres to the Riggs? Good! A fair bit of road, Turnbull, and not badly engineered. A little soft about a mile off, and the edges want cleaning. See you look after that. Good morning. You'll know me the next time you see me."

velhas cicatrizes. Deixei as botas e calças todas brancas do pó da estrada, e dobrei minhas calças, atando-as com um elástico abaixo do joelho. Então comecei a trabalhar o meu rosto. Com um punhado de pó, fiz uma marca d'água ao redor do pescoço, onde se esperaria que acabasse a lavagem dominical de Mr. Turnbull. Também esfreguei um bocado de sujeira no bronzeado nas faces. Os olhos de um calceteiro sem dúvida seriam um pouco inflamados, então inventei de pôr um pouco de pó em ambos os olhos, e por meio de vigorosa fricção produzi um efeito embaçado.

Os sanduíches que Sir Harry havia me dado tinham ido junto com meu casaco, mas o almoço do calceteiro, amarrado num lenço vermelho, estava à minha disposição. Comi com grande prazer várias fatias grossas de bolinho, queijo, e bebi um pouco do chá frio. No lenço havia um jornal local amarrado com barbante e endereçado a Mr. Turnbull – obviamente destinado a amenizar sua folga do meio-dia. Refiz o pacote e pus o jornal ostensivamente ao lado dele.

Minhas botas não me satisfaziam, mas à custa de chutes entre as pedras as deixei com o aspecto do granito que marca as botinas de um calceteiro. Então roí e arranhei minhas unhas até que estivessem rachadas e desiguais. Os homens com os quais media forças não perderiam nenhum detalhe. Arrebentei um dos cadarços e o atei de novo num nó desajeitado, e soltei o outro de modo que minhas grossas meias cinzentas caíssem sobre o cano das botas. Ainda não havia sinal de coisa alguma na estrada. O automóvel que eu observara meia hora atrás devia ter ido para casa.

Terminada minha toalete, peguei o carrinho de mão e comecei minhas viagens de e para a pedreira, cem jardas adiante.

Lembro-me dum velho explorador na Rodésia, que fizera muitas coisas esquisitas em sua época, me dizendo uma vez que o segredo de representar um papel era se imaginar nele. Nunca poderia mantê-lo, disse ele, a menos que pudesse dar um jeito de se convencer de que de fato era aquilo. Então bloqueei todos os outros pensamentos e os coloquei no ato de consertar a estrada. Pensei na cabaninha branca como a minha casa, recordei os anos que passara pastoreando em Leithen Water, fiz minha mente pensar com carinho em dormir numa cama-armário e numa garrafa de uísque barato. Ainda não se via nada naquela longa estrada branca.

Vez ou outra, uma ovelha perambulava para fora da charneca para me encarar. Uma garça deixou-se cair com grande ruído numa poça do riacho e começou a pescar, não tomando mais conhecimento da minha presença do que se eu fosse um marco de estrada. Segui em frente, rodando minhas cargas de pedra, com o passo pesado de um profissional. Logo me aqueci e o pó em meu rosto se transformou em um sólido e constante sofrimento. Já estava contando as horas até que a noite pusesse um termo à labuta monótona de Mr. Turnbull. De repente, uma voz animada veio da estrada, e levantando os olhos vi um pequeno automóvel Ford de dois lugares, e um jovem de rosto redondo com um chapéu-coco.

"Você é Alexander Turnbull?", perguntou ele. "Sou o novo inspetor de estradas da região. Você vive em Blackhopefoot e está encarregado da seção que vai de Laidlawbyres até Riggs? Bom! Um belo pedaço de estrada, Turnbull, e não mal projetada. Um pouco macia num trecho de quase uma milha e as margens precisam de limpeza. Procure cuidar disso. Bom dia. Da próxima vez saberá quem eu sou."

Clearly my get-up was good enough for the dreaded Surveyor. I went on with my work, and as the morning grew towards noon I was cheered by a little traffic. A baker's van breasted the hill, and sold me a bag of ginger biscuits which I stowed in my trouser-pockets against emergencies. Then a herd passed with sheep, and disturbed me somewhat by asking loudly, "What had become o' Specky?"

"In bed wi' the colic", I replied, and the herd passed on... just about mid-day a big car stole down the hill, glided past and drew up a hundred yards beyond. Its three occupants descended as if to stretch their legs, and sauntered towards me.

Two of the men I had seen before from the window of the Galloway inn – one lean, sharp, and dark, the other comfortable and smiling. The third had the look of a countryman... a vet, perhaps, or a small farmer. He was dressed in ill-cut knickerbockers, and the eye in his head was as bright and wary as a hen's.

"Morning", said the last. "That's a fine easy job o' yours."

I had not looked up on their approach, and now, when accosted, I slowly and painfully straightened my back, after the manner of roadmen; spat vigorously, after the manner of the low Scot; and regarded them steadily before replying. I confronted three pairs of eyes that missed nothing.

"There's waur jobs and there's better", I said sententiously. "I wad rather hae yours, sittin' a' day on your hinderlands on thae cushions. It's you and your muckle cawrs that wreck my roads! If we a' had oor richts, ye sud be made to mend what ye break."

The bright-eyed man was looking at the newspaper lying beside Turnbull's bundle.

"I see you get your papers in good time", he said.

I glanced at it casually. "Aye, in gude time. Seein' that that paper cam' out last Setterday I'm just Sax days late."

He picked it up, glanced at the superscription, and laid it down again. One of the others had been looking at my boots, and a word in German called the speaker's attention to them.

"You've a fine taste in boots", he said. "These were never made by a country shoemaker."

"They were not", I said readily. "They were made in London. I got them frae the gentleman that was here last year for the shootin". What was his name now?' And I scratched a forgetful head. Again the sleek one spoke in German. 'Let us get on,' he said. "This fellow is all right."

They asked one last question.

"Did you see anyone pass early this morning? He might be on a bicycle or he might be on foot."

Estava claro que meu vestuário fora bom o bastante para o temido inspetor. Continuei com meu trabalho e quando a manhã avançava para o meio-dia fui animado por um pouco de tráfego. O furgão de um padeiro enfrentou a colina, e me vendeu um pacote de biscoitos de gengibre que armazenei no bolso das calças para emergências. Depois um pastor passou com suas ovelhas, e me perturbou um pouco ao me perguntar bem alto, "Que fim levou o Quatro-Olhos?"

"De cama com cólica", respondi, e o pastor prosseguiu... Quase ao meio-dia, um carro grande desceu devagar a colina, passou deslizando e parou de repente com jardas adiante. Seus três ocupantes desceram como se para esticar as pernas, e saracotearam na minha direção.

Dois deles já vira da janela da pousada em Galloway – um magro, astuto e moreno, o outro satisfeito e sorridente. O terceiro tinha a aparência dum homem do campo... um veterinário, talvez, ou um granjeiro. Estava vestido com calções mal-cortados, e os olhos eram tão brilhantes e desconfiados quantos os de uma galinha.

"Bom dia", disse o último. "É um trabalhinho bem fácil esse seu."

Eu não tinha levantado os olhos à sua aproximação, e agora, ao ser interpelado, endireitei as costas lenta e dolorosamente, à maneira dos calceteiros; cuspi vigorosamente, à maneira dos escoceses pobres; e olhei-os com firmeza antes de responder. Confrontei três pares de olhos que não perdiam nada.

"Há trabalhos piores e há melhores", disse eu, de modo sentencioso. "Eu preferia ter o de vocês, sentados todo dia num assento estofado, em suas terras. São vocês e seus malditos carros que destroem as minhas estradas! Se a gente tivesse os nossos direitos, iriam fazer vocês consertarem aquilo que quebram."

O homem de olhos brilhantes estava olhando para o jornal que jazia ao lado do pacote de Turnbull.

"Vejo que recebe seus jornais a tempo", disse ele.

Lancei um olhar casual para o jornal. "Ora, a tempo. Já que o jornal saiu no último sábado, estou só seis dias atrasado."

Ele o pegou, olhou para o sobrescrito e o largou de novo. Um dos outros estivera olhando para as minhas botas, e uma palavra em alemão dirigiu a atenção do interlocutor para elas.

"Você tem um gosto refinado para botas", disse ele. "Essas jamais foram feitas por um sapateiro do interior."

"Não foram", disse eu prontamente. "Foram feitas em Londres. Consegui com o cavalheiro que esteve aqui no ano passado para a caçada. Qual era mesmo o nome dele?" E eu cocei uma cabeça esquecida. De novo o camarada polido e melífluo falou em alemão. "Vamos embora", disse ele. "Esse camarada é legal."

Eles fizeram uma última pergunta.

"Viu alguém passar bem cedo esta manhã? Ele poderia estar de bicicleta, ou então a pé."

I very nearly fell into the trap and told a story of a bicyclist hurrying past in the grey dawn. But I had the sense to see my danger. I pretended to consider very deeply.

"I wasna up very early", I said. "Ye see, my dochter was merrit last nicht, and we keepit it up late. I opened the house door about seeven and there was naebody on the road then. Since I cam' up here there has just been the baker and the Ruchill herd, besides you gentlemen."

One of them gave me a cigar, which I smelt gingerly and stuck in Turnbull's bundle. They got into their car and were out of sight in three minutes.

My heart leaped with an enormous relief, but I went on wheeling my stones. It was as well, for ten minutes later the car returned, one of the occupants waving a hand to me. Those gentry left nothing to chance.

I finished Turnbull's bread and cheese, and pretty soon I had finished the stones. The next step was what puzzled me. I could not keep up this roadmaking business for long. A merciful Providence had kept Mr Turnbull indoors, but if he appeared on the scene there would be trouble. I had a notion that the cordon was still tight round the glen, and that if I walked in any direction I should meet with questioners. But get out I must. No man's nerve could stand more than a day of being spied on.

I stayed at my post till five o'clock. By that time I had resolved to go down to Turnbull's cottage at nightfall and take my chance of getting over the hills in the darkness. But suddenly a new car came up the road, and slowed down a yard or two from me. A fresh wind had risen, and the occupant wanted to light a cigarette. It was a touring car, with the tonneau full of an assortment of baggage. One man sat in it, and by an amazing chance I knew him. His name was Marmaduke Jopley, and he was an offence to creation. He was a sort of blood stockbroker, who did his business by toadying eldest sons and rich young peers and foolish old ladies. "Marmie" was a familiar figure, I understood, at balls and polo-weeks and country houses. He was an adroit scandal-monger, and would crawl a mile on his belly to anything that had a title or a million. I had a business introduction to his firm when I came to London, and he was good enough to ask me to dinner at his club. There he showed off at a great rate, and pattered about his duchesses till the snobbery of the creature turned me sick. I asked a man afterwards why nobody kicked him, and was told that Englishmen reverenced the weaker sex.

Anyhow there he was now, nattily dressed, in a fine new car, obviously on his way to visit some of his smart friends. A sudden daftness took me, and in a second I had jumped into the tonneau and had him by the shoulder.

"Hullo, Jopley", I sang out. "Well met, my lad!" He got a horrid fright. His chin dropped as he stared at me. "Who the devil are YOU?", he gasped.

"My name's Hannay", I said. "From Rhodesia, you remember."

"Good God, the murderer!", he choked.

Eu por muito pouco não caí na armadilha e contei uma história sobre um ciclista que passara correndo ao amanhecer. Mas tive o bom senso de perceber o perigo. Fingi considerar o assunto com muita profundidade.

"Não me levantei muito cedo", disse eu. "Você vê, minha filha se casou a noite passada, e fui dormir bem tarde. Abri a porta de casa às sete, e então não havia ninguém na estrada. Desde que eu cheguei aqui, só passou o padeiro e o pastor de Ruchill, além de vocês, cavalheiros."

Um deles me deu um charuto, que eu cheirei cautelosamente e meti no pacote de Turnbull. Eles entraram no carro, e estavam fora de vista em três minutos.

Meu coração deu um salto de enorme alívio, mas continuei transportando minhas pedras. Foi bom, pois dez minutos depois o carro voltou, e um dos ocupantes acenou para mim. Esses nobres não deixam nada ao acaso.

Terminei o pão e o queijo de Turnbull, e logo terminei também as pedras. O próximo passo era o que me intrigava. Eu não podia manter por muito tempo esse negócio de consertar estradas. A Providência misericordiosa tinha mantido Mr. Turnbull em casa, mas se ele aparecesse em cena haveria problemas. Eu tinha uma ideia de que o cordão ainda estava fechado em torno do vale, e que se eu andasse em qualquer direção encontraria questionadores. Mas sair era o que eu tinha que fazer. Não há nervos humanos que aguentem mais de um dia sendo espionado.

Fiquei no meu posto até às cinco. A essa altura já resolvera descer para a cabana de Turnbull ao anoitecer, e me arriscar a atravessar as colinas na escuridão. Mas de repente um novo carro surgiu na estrada, e reduziu a velocidade a uma ou duas jardas de mim. Um vento fresco começara a soprar, e o ocupante queria acender um cigarro. Era um carro de passeio, com o assento traseiro tomado por uma coleção de malas. Um homem estava nele e por um acaso extraordinário eu o conhecia. Seu nome era Marmaduke Jopley e era uma ofensa à natureza. Era uma espécie de corretor de títulos picareta, que fez fortuna bajulando filhos primogênitos, nobres jovens e ricos e damas velhas e tolas. "Marmie" era uma figura familiar, pelo o que eu via, em bailes e campeonatos de polo e casas de campo. Era um hábil boateiro, e rastejaria de barriga por uma milha atrás de algo que possuísse um título ou um milhão. Fui apresentado comercialmente à sua empresa ao vir para Londres e ele foi gentil o bastante para me convidar para jantar em seu clube. Lá ele se exibiu em alto grau, e tagarelou sobre suas duquesas até que o esnobismo da criatura me deixou doente. Perguntei depois a um homem por que ninguém o chutava longe, e me disseram que os ingleses reverenciavam o sexo fraco.

De todo modo, lá estava ele vestido com elegância, num belo carro novo, obviamente a caminho de visitar algum de seus amigos espertos. Uma loucura súbita me tomou e num segundo eu pulara para o banco de trás e o segurava pelo ombro.

"Olá, Jopley", gritei. "Que belo encontro, rapaz!" Ele levou um susto horrível. Seu queixo caiu enquanto ele me encarava. "Quem diabos é VOCÊ?", ele arquejou.

"Meu nome é Hannay", disse eu. "Da Rodésia, você se lembra."

"Bom Deus, o assassino!", ele engasgou.

"Just so. And there'll be a second murder, my dear, if you don't do as I tell you. Give me that coat of yours. That cap, too."

He did as bid, for he was blind with terror. Over my dirty trousers and vulgar shirt I put on his smart driving-coat, which buttoned high at the top and thereby hid the deficiencies of my collar. I stuck the cap on my head, and added his gloves to my get-up. The dusty roadman in a minute was transformed into one of the neatest motorists in Scotland. On Mr Jopley's head I clapped Turnbull's unspeakable hat, and told him to keep it there.

Then with some difficulty I turned the car. My plan was to go back the road he had come, for the watchers, having seen it before, would probably let it pass unremarked, and Marmie's figure was in no way like mine.

"Now, my child", I said, "sit quite still and be a good boy. I mean you no harm. I'm only borrowing your car for an hour or two. But if you play me any tricks, and above all if you open your mouth, as sure as there's a God above me I'll wring your neck. *Savez?*"

I enjoyed that evening's ride. We ran eight miles down the valley, through a village or two, and I could not help noticing several strange-looking folk lounging by the roadside. These were the watchers who would have had much to say to me if I had come in other garb or company. As it was, they looked incuriously on. One touched his cap in salute, and I responded graciously.

As the dark fell I turned up a side glen which, as I remember from the map, led into an unfrequented corner of the hills. Soon the villages were left behind, then the farms, and then even the wayside cottage. Presently we came to a lonely moor where the night was blackening the sunset gleam in the bog pools. Here we stopped, and I obligingly reversed the car and restored to Mr. Jopley his belongings.

"A thousand thanks", I said. "There's more use in you than I thought. Now be off and find the police."

As I sat on the hillside, watching the tail-light dwindle, I reflected on the various kinds of crime I had now sampled. Contrary to general belief, I was not a murderer, but I had become an unholy liar, a shameless impostor, and a highwayman with a marked taste for expensive motor-cars.

"Exatamente. E haverá um segundo assassinato, meu caro, se não fizer o que eu lhe digo. Me dê esse seu casaco. Esse boné, também."

Ele fez o que mandei, pois estava cego de terror. Sobre as calças sujas e a camisa vulgar vesti seu elegante casaco de viagem, que era abotoado até o alto, e assim escondia as deficiências do meu colarinho. Enfiei o boné na cabeça, e acrescentei suas luvas à minha indumentária. O calceteiro coberto de pó num minuto fora transformado em um dos motoristas mais elegantes da Escócia. Enfiei na cabeça de Mr. Jopley o indescritível chapéu de Turnbull, e lhe disse que o mantivesse ali.

Então, com certa dificuldade, virei o carro. Meu plano era voltar pela estrada que ele tinha vindo, pois os vigias, tendo-o visto antes, provavelmente o deixariam passar despercebido e a figura de Marmie não era de modo algum como a minha.

"Agora, meu garoto", disse eu, "sente-se bem quietinho e seja um bom menino. Não quero lhe causar nenhum mal. Só estou pegando seu carro emprestado por uma ou duas horas. Mas se me tentar qualquer truque e, acima de tudo, se abrir sua boca, tão certo quanto há um Deus lá no alto eu torcerei seu pescoço. *Savez?*"

Desfrutei do passeio daquela noite. Rodamos oito milhas descendo o vale, atravessando uma ou duas aldeias, e não pude deixar de notar várias pessoas de aparência estranha passeando sem destino à margem da estrada. Esses eram os vigias, que teriam tido muito a me dizer se eu tivesse vindo em outro traje ou companhia. Nestas circunstâncias, observaram com apatia. Um deles tocou o boné em saudação, e eu respondi cortesmente.

Ao escurecer, descobri um vale secundário que, pelo que eu me lembrava do mapa, conduzia a um canto pouco frequentado das colinas. Logo as aldeias ficaram para trás, depois as fazendas, e depois até mesmo as cabanas à margem do caminho. Então chegamos a uma charneca desolada, onde a noite enegrecia os lampejos do pôr-do-sol nas poças do pântano. Aqui paramos, e eu amavelmente inverti o sentido do carro e devolvi a Mr. Jopley os seus pertences.

"Milhões de obrigados", disse eu. "Você tem mais utilidade do que eu pensei. Agora vá embora e procure a polícia."

Ao me sentar no declive, observando as luzes traseiras diminuírem à distância, refleti sobre os vários tipos de crime que agora havia experimentado. Ao contrário da convicção geral, eu não era um assassino, mas tinha me tornado um terrível mentiroso, um impostor descarado e um ladrão de estradas com um gosto notável por carros de passeio caríssimos.

CHAPTER SIX

THE ADVENTURE OF THE BALD ARCHAEOLOGIST

I spent the night on a shelf of the hillside, in the lee of a boulder where the heather grew long and soft. It was a cold business, for I had neither coat nor waistcoat. These were in Mr. Turnbull's keeping, as was Scudder's little book, my watch and – worst of all – my pipe and tobacco pouch. Only my money accompanied me in my belt, and about half a pound of ginger biscuits in my trousers pocket.

I supped off half those biscuits, and by worming myself deep into the heather got some kind of warmth. My spirits had risen, and I was beginning to enjoy this crazy game of hide-and-seek. So far I had been miraculously lucky. The milkman, the literary innkeeper, Sir Harry, the roadman, and the idiotic Marmie, were all pieces of undeserved good fortune. Somehow the first success gave me a feeling that I was going to pull the thing through.

My chief trouble was that I was desperately hungry. When a Jew shoots himself in the City and there is an inquest, the newspapers usually report that the deceased was "well-nourished". I remember thinking that they would not call me well-nourished if I broke my neck in a bog-hole. I lay and tortured myself – for the ginger biscuits merely emphasized the aching void – with the memory of all the good food I had thought so little of in London. There were Paddock's crisp sausages and fragrant shavings of bacon, and shapely poached eggs – how often I had turned up my nose at them! There were the cutlets they did at the club, and a particular ham that stood on the cold table, for which my soul lusted. My thoughts hovered over all varieties of mortal edible, and finally settled on a porterhouse steak and a quart of bitter with a welsh rabbit to follow. In longing hopelessly for these dainties I fell asleep.

CAPÍTULO SEIS

A AVENTURA DO ARQUEÓLOGO CARECA

Passei a noite numa saliência do declive, no lado contrário ao vento de uma grande pedra, onde as urzes cresciam longas e macias. Era um negócio bem frio, pois não tinha nem casaco nem paletó. Estes estavam na posse de Mr. Turnbull, assim como o livrinho de Scudder, meu relógio e – pior do que tudo – meu cachimbo e a bolsa de fumo. Só meu dinheiro me acompanhava dentro do cinto, e mais ou menos duzentos gramas de biscoitos de gengibre no bolso das calças.

Jantei metade desses biscoitos e me enfiando nas urzes consegui obter uma espécie de calor. Meu estado de ânimo melhorara, e estava começando a desfrutar desse jogo louco de esconde-esconde. Até agora eu tinha sido miraculosamente sortudo. O leiteiro, o estalajadeiro literato, sir Harry, o calceteiro e o idiota do Marmie, todos eram lances de boa sorte não merecida. De algum modo, o primeiro sucesso me trouxe o sentimento de que eu ia conseguir escapar das dificuldades da coisa.

Meu problema principal era que estava morrendo de fome. Quando um judeu atira em si mesmo na City e há um inquérito, os jornais normalmente relatam que o defunto era "bem-nutrido". Lembro-me de ter pensado que eles não me chamariam de bem-nutrido se eu quebrasse o pescoço em um buraco no pântano. Deitei-me e fiquei me torturando – pois os biscoitos de gengibre apenas enfatizaram o doloroso vazio – com a lembrança de toda a boa comida na qual pensara tão pouco em Londres. Havia as linguiças crocantes de Paddock, e perfumadas fatias finas de bacon e ovos pochés bem apresentados – com que frequência eu torcera o nariz para eles! Havia as costeletas que preparavam no clube, e um presunto em especial que ficava na mesa de frios, pelo qual minha alma ansiava. Meus pensamentos flutuaram sobre todas as variedades de víveres humanos, e finalmente se decidiram por um bife de taberna e um canecão de cerveja amarga, seguidos por um welsh rabbit[15]. Ansiando desesperadamente por essas iguarias, caí no sono.

---

15 Welsh rabbit é um prato feito com um saboroso molho a base de queijo, manteiga e especiarias, servido quente sobre fatias de pão torrado. O prato teve origem no século XVIII, na Inglaterra, como forma pejorativa aos galeses, mais pobres e que não possuíam condições de comer carne.

I woke very cold and stiff about an hour after dawn. It took me a little while to remember where I was, for I had been very weary and had slept heavily. I saw first the pale blue sky through a net of heather, then a big shoulder of hill, and then my own boots placed neatly in a blaeberry bush. I raised myself on my arms and looked down into the valley, and that one look set me lacing up my boots in mad haste.

For there were men below, not more than a quarter of a mile off, spaced out on the hillside like a fan, and beating the heather. Marmie had not been slow in looking for his revenge.

I crawled out of my shelf into the cover of a boulder, and from it gained a shallow trench which slanted up the mountain face. This led me presently into the narrow gully of a burn, by way of which I scrambled to the top of the ridge. From there I looked back, and saw that I was still undiscovered. My pursuers were patiently quartering the hillside and moving upwards.

Keeping behind the skyline I ran for maybe half a mile, till I judged I was above the uppermost end of the glen. Then I showed myself, and was instantly noted by one of the flankers, who passed the word to the others. I heard cries coming up from below, and saw that the line of search had changed its direction. I pretended to retreat over the skyline, but instead went back the way I had come, and in twenty minutes was behind the ridge overlooking my sleeping place. From that viewpoint I had the satisfaction of seeing the pursuit streaming up the hill at the top of the glen on a hopelessly false scent.

I had before me a choice of routes, and I chose a ridge which made an angle with the one I was on, and so would soon put a deep glen between me and my enemies. The exercise had warmed my blood, and I was beginning to enjoy myself amazingly. As I went I breakfasted on the dusty remnants of the ginger biscuits.

I knew very little about the country, and I hadn't a notion what I was going to do. I trusted to the strength of my legs, but I was well aware that those behind me would be familiar with the lie of the land, and that my ignorance would be a heavy handicap. I saw in front of me a sea of hills, rising very high towards the south, but northwards breaking down into broad ridges which separated wide and shallow dales. The ridge I had chosen seemed to sink after a mile or two to a moor which lay like a pocket in the uplands. That seemed as good a direction to take as any other.

My stratagem had given me a fair start – call it twenty minutes – and I had the width of a glen behind me before I saw the first heads of the pursuers. The police had evidently called in local talent to their aid, and the men I could see had the appearance of herds or gamekeepers. They hallooed at the sight of me, and I waved my hand. Two dived into the glen and began to climb my ridge, while the others kept their own side of the hill. I felt as if I were taking part in a schoolboy game of hare and hounds.

But very soon it began to seem less of a game. Those fellows behind were hefty men on their native heath. Looking back I saw that only three were

Acordei gelado e rígido cerca de uma hora após o amanhecer. Levei algum tempo para me lembrar de onde estava, pois me sentira muito cansado e dormira profundamente. Vi primeiro o céu azul pálido por uma rede de urzes, depois um cume de montanha e então minhas próprias botas colocadas de modo ordeiro sobre um arbusto de mirtilos. Ergui-me com o apoio dos braços e olhei para baixo para o vale e esse único olhar me fez amarrar o cadarço das botas numa pressa louca.

Pois havia homens lá embaixo, a não mais que um quarto de milha de distância, distribuídos pela encosta da colina como um leque, e vasculhando as urzes. Marmie não tinha sido lento em buscar sua vingança.

Rastejei para fora do meu abrigo até a proteção duma rocha grande, e dali alcancei uma valeta rasa que subia inclinada pela face da montanha. Isso me conduziu na hora ao sulco estreito de um riacho, por meio do qual subi ao topo da colina. De lá olhei para trás, e vi que ainda não fora descoberto. Meus perseguidores estavam pacientemente percorrendo a colina em todas as direções, e se dirigindo para cima.

Mantendo-me atrás da linha do horizonte, corri por cerca de meia milha, até que julguei estar acima da extremidade superior do vale. Então fiquei à vista, e fui imediatamente notado por um dos flanqueadores que passou a senha para os outros. Ouvi gritos vindos de baixo, e vi que a linha de busca mudara de direção. Pretendia escapar pela linha do horizonte, mas em vez disso voltei pelo caminho que viera, e em vinte minutos estava atrás do cume, contemplando do alto o lugar onde dormira. Daquele ponto, tive a satisfação de ver os perseguidores subindo com rapidez para a colina no alto do vale, seguindo uma pista irremediavelmente falsa.

Tinha diante de mim uma variedade de rotas para escolher, e escolhi um cume que fazia um ângulo com aquele em que estava, e assim logo poria um vale profundo entre eu e meus inimigos. O exercício aquecera meu sangue e estava começando a me divertir incrivelmente. Ao andar, fiz o desjejum comendo os restos secos dos biscoitos de gengibre.

Conhecia muito pouco sobre a região, e não tinha uma ideia do que ia fazer. Confiava na força das minhas pernas, mas estava bem a par de que aqueles atrás de mim estavam familiarizados com o estado das coisas, e que a minha ignorância seria um pesado obstáculo. Vi um mar de colinas à minha frente, subindo muito alto para o sul, mas caindo em direção ao norte em cumes largos que separavam vales amplos e rasos. O cume que eu tinha escolhido parecia afundar depois de uma ou duas milhas numa charneca que se estendia como um saco nos planaltos. Aquela parecia uma direção tão boa para se tomar quanto qualquer outra.

Meu estratagema me proporcionara uma bela dianteira – uns vinte minutos – e tinha a largura dum vale atrás de mim antes que visse as primeiras cabeças dos perseguidores. A polícia evidentemente chamara talentos locais em sua ajuda, e os homens que pude ver tinham a aparência de pastores ou guarda-caças. Atiçavam os cães ao me verem e eu acenava. Dois deles mergulharam no vale e começaram a escalar o cume em que eu estava, enquanto os outros se mantinham no seu lado da montanha. Sentia-me como se tomasse parte dum jogo infantil de caça à lebre.

Mas logo começou a parecer menos com um jogo. Aqueles camaradas lá atrás eram homens fortes em terreno nativo. Olhando para trás vi que só três me

following direct, and I guessed that the others had fetched a circuit to cut me off. My lack of local knowledge might very well be my undoing, and I resolved to get out of this tangle of glens to the pocket of moor I had seen from the tops. I must so increase my distance as to get clear away from them, and I believed I could do this if I could find the right ground for it. If there had been cover I would have tried a bit of stalking, but on these bare slopes you could see a fly a mile off. My hope must be in the length of my legs and the soundness of my wind, but I needed easier ground for that, for I was not bred a mountaineer. How I longed for a good Afrikander pony!

I put on a great spurt and got off my ridge and down into the moor before any figures appeared on the skyline behind me. I crossed a burn, and came out on a highroad which made a pass between two glens. All in front of me was a big field of heather sloping up to a crest which was crowned with an odd feather of trees. In the dyke by the roadside was a gate, from which a grass-grown track led over the first wave of the moor.

I jumped the dyke and followed it, and after a few hundred yards – as soon as it was out of sight of the highway – the grass stopped and it became a very re-spectable road, which was evidently kept with some care. Clearly it ran to a house, and I began to think of doing the same. Hitherto my luck had held, and it might be that my best chance would be found in this remote dwelling. Anyhow there were trees there, and that meant cover.

I did not follow the road, but the burnside which flanked it on the right, where the bracken grew deep and the high banks made a tolerable screen. It was well I did so, for no sooner had I gained the hollow than, looking back, I saw the pursuit topping the ridge from which I had descended.

After that I did not look back; I had no time. I ran up the burnside, crawl-ing over the open places, and for a large part wading in the shallow stream. I found a deserted cottage with a row of phantom peat-stacks and an overgrown garden. Then I was among young hay, and very soon had come to the edge of a plantation of wind-blown firs. From there I saw the chimneys of the house smoking a few hundred yards to my left. I forsook the burnside, crossed another dyke, and almost before I knew was on a rough lawn. A glance back told me that I was well out of sight of the pursuit, which had not yet passed the first lift of the moor.

The lawn was a very rough place, cut with a scythe instead of a mower, and planted with beds of scrubby rhododendrons. A brace of black-game, which are not usually garden birds, rose at my approach. The house before me was the ordinary moorland farm, with a more pretentious whitewashed wing added. Attached to this wing was a glass veranda, and through the glass I saw the face of an elderly gentle-man meekly watching me.

I stalked over the border of coarse hill gravel and entered the open ve-randa door. Within was a pleasant room, glass on one side, and on the other a mass of books. More books showed in an inner room. On the floor, instead of tables, stood cases such as you see in a museum, filled with coins and queer stone

seguiam diretamente e supus que os outros montaram uma circunferência para me isolar. Minha falta de conhecimento local podia muito bem ser minha ruína, e resolvi sair dessa confusão de vales para a charneca que vira dos cumes. O que tinha a fazer era aumentar a distância de modo a me afastar deles, e acreditava que poderia fazer isso se encontrasse o terreno. Se houvesse algum lugar abrigado poderia espreitar um pouco, mas nessas encostas nuas se podia ver uma mosca a uma milha de distância. Minha esperança devia estar no comprimento das minhas pernas e na sanidade do meu fôlego, mas eu precisava de um terreno mais fácil para isso, pois não havia nascido montanhista. Como eu ansiava por um bom pônei africânder!

Fiz um grande esforço e desci do cume onde estava para a charneca abaixo, antes que alguma figura aparecesse no horizonte atrás de mim. Cruzei um riacho e saí numa estrada que fazia a passagem entre dois vales. Tudo que havia à minha frente era um grande campo de urzes que se inclinava até uma crista coroada por uma estranha espécie de árvores. No dique à beira da estrada havia um portão, onde uma faixa coberta de grama conduzia à primeira parte da charneca.

Saltei o dique e segui o caminho, e após algumas centenas de jardas – assim que ficara fora de vista da rodovia – a grama terminava e o caminho se tornava uma estrada bem decente que dava mostras de ser mantida com certo cuidado. Estava claro que se dirigia para uma casa e comecei a pensar em fazer o mesmo. Até aqui minha sorte durara e podia ser que minha melhor chance se encontrasse naquela moradia remota. De qualquer modo havia árvores ali e isso significava proteção.

Não segui a estrada, mas a margem do regato que a flanqueava à direita, onde cresciam samambaias e as margens altas forneciam uma proteção tolerável. Foi bom que assim o fizesse, pois nem bem chegara ao fundo do barranco quando, olhando para trás, vi o grupo de perseguição no cume da colina da qual eu descera.

Depois disso não olhei mais para trás; não tinha tempo. Subi correndo pelas margens do riacho, rastejando nos lugares abertos, e por grande parte do caminho vadeando o curso estreito da água. Encontrei um chalé deserto, com uma fileira de pilhas de turfa fantasmas e um jardim enorme. Então me vi entre feno novo, e logo em seguida cheguei à extremidade duma plantação de abetos inclinados pelo vento. De lá vi as chaminés da casa fumegando cem jardas à esquerda. Abandonei a margem do riacho, cruzei outro dique, e quase antes de me dar conta estava num gramado tosco. Um olhar de relance para trás me disse que estava bem longe da vista dos perseguidores que ainda não ultrapassaram a primeira elevação da charneca.

O gramado era muito tosco, cortado com uma foice em vez de um cortador de grama, e plantado com canteiros de rododentros raquíticos. Um casal de tetrazes, que normalmente não são pássaros de jardim, ergueu-se à minha aproximação. A casa diante de mim era a fazenda de charneca usual, com a adição de uma ala caiada mais pretensiosa. Junto desta ala havia uma varanda envidraçada, e pelo vidro eu vi o rosto de um cavalheiro idoso me observando docilmente.

Segui pela borda de cascalhos grossos, e entrei pela porta aberta da varanda. Dentro havia uma sala agradável, envidraçada de um lado e do outro uma enorme quantidade de livros. Mais livros apareciam numa sala interna. No chão, em vez de mesas, ficavam escrínios como os que se vê em museus, cheios de moedas e

implements.

There was a knee-hole desk in the middle, and seated at it, with some papers and open volumes before him, was the benevolent old gentleman. His face was round and shiny, like Mr. Pickwick's, big glasses were stuck on the end of his nose, and the top of his head was as bright and bare as a glass bottle. He never moved when I entered, but raised his placid eyebrows and waited on me to speak.

It was not an easy job, with about five minutes to spare, to tell a stranger who I was and what I wanted, and to win his aid. I did not attempt it. There was something about the eye of the man before me, something so keen and knowledgeable, that I could not find a word. I simply stared at him and stuttered.

"You seem in a hurry, my friend", he said slowly.

I nodded towards the window. It gave a prospect across the moor through a gap in the plantation, and revealed certain figures half a mile off straggling through the heather.

'Ah, I see,' he said, and took up a pair of field-glasses through which he patiently scrutinized the figures.

"A fugitive from justice, eh? Well, we'll go into the matter at our leisure. Meantime I object to my privacy being broken in upon by the clumsy rural policeman. Go into my study, and you will see two doors facing you. Take the one on the left and close it behind you. You will be perfectly safe."

And this extraordinary man took up his pen again.

I did as I was bid, and found myself in a little dark chamber which smelt of chemicals, and was lit only by a tiny window high up in the wall. The door had swung behind me with a click like the door of a safe. Once again I had found an unexpected sanctuary.

All the same I was not comfortable. There was something about the old gentleman which puzzled and rather terrified me. He had been too easy and ready, almost as if he had expected me. And his eyes had been horribly intelligent.

No sound came to me in that dark place. For all I knew the police might be searching the house, and if they did they would want to know what was behind this door. I tried to possess my soul in patience, and to forget how hungry I was.

Then I took a more cheerful view. The old gentleman could scarcely refuse me a meal, and I fell to reconstructing my breakfast. Bacon and eggs would content me, but I wanted the better part of a flitch of bacon and half a hundred eggs. And then, while my mouth was watering in anticipation, there was a click and the door stood open.

I emerged into the sunlight to find the master of the house sitting in a deep armchair in the room he called his study, and regarding me with curious eyes.

"Have they gone?", I asked.

estranhos instrumentos de pedra.

No meio havia uma escrivaninha com abertura para os joelhos, e sentado ali, com alguns papéis e volumes abertos diante de si, estava o benévolo e idoso cavalheiro. Seu rosto era redondo e reluzente, igual ao de Mr. Pickwick, com grandes óculos presos na ponta do nariz, e o topo de sua cabeça era tão brilhante e descoberto como uma garrafa de vidro. Ele nem se moveu quando eu entrei, mas ergueu as sobrancelhas serenas e esperou que eu falasse.

Não era um trabalho fácil, com cerca de cinco minutos à disposição, contar a um estranho quem eu era e o que queria, e obter sua ajuda. Não tentei isso. Havia algo no olhar do homem diante de mim, algo tão sábio e perspicaz, que não consegui encontrar uma palavra. Eu simplesmente o encarei e gaguejei.

"Você parece estar com pressa, meu amigo", disse ele lentamente.

Fiz um sinal com a cabeça na direção da janela. Ela proporcionava uma perspectiva da charneca por uma abertura na plantação, e revelava certas figuras a meia milha de distância espalhando-se pelas urzes.

"Ah, entendo", disse ele, e pegou um binóculo, com o qual examinou as figuras pacientemente.

"Um fugitivo da justiça, hem? Bem, entraremos no assunto quando nos apetecer. Enquanto isso, faço objeção a ver minha privacidade invadida pelos grosseiros policiais rurais. Vá para o meu estúdio, e verá duas portas à sua frente. Pegue a da esquerda e feche-a atrás de si. Estará perfeitamente seguro."

E esse homem extraordinário pegou sua caneta de novo.

Fiz como me foi mandado, e me encontrei em uma pequena câmara escura que cheirava a produtos químicos, e era iluminada apenas por uma janela minúscula no alto da parede. A porta girara atrás de mim com um clique, como a porta de um cofre. Uma vez mais eu tinha encontrado um santuário inesperado.

Mesmo assim, não me sentia à vontade. Havia algo no velho cavalheiro que me desconcertava e, mais ainda, me assustava. Tinha sido muito natural e disposto, quase como se me esperasse. E seus olhos eram terrivelmente inteligentes.

Nenhum som chegava a mim naquele lugar escuro. Por tudo que sabia, a polícia podia estar vasculhando a casa, e se o faziam iriam querer saber o que estava atrás da porta. Tentei inundar minha alma de paciência e esquecer como estava faminto.

Então adotei um ponto de vista mais animador. O velho cavalheiro dificilmente me recusaria uma refeição, e comecei a remontar meu café da manhã. Bacon e ovos me contentariam, mas eu queria a melhor parte de uma manta de bacon e meia centena de ovos. E então, enquanto minha boca salivava em antecipação, ouviu-se um clique e a porta estava aberta.

Saí para a luz solar para encontrar o dono da casa sentado numa poltrona funda na sala que ele chamava de estúdio, e olhando para mim com olhos curiosos.

"Eles foram embora?", perguntei.

"They have gone. I convinced them that you had crossed the hill. I do not choose that the police should come between me and one whom I am delighted to honour. This is a lucky morning for you, Mr. Richard Hannay."

As he spoke his eyelids seemed to tremble and to fall a little over his keen grey eyes. In a flash the phrase of Scudder's came back to me, when he had described the man he most dreaded in the world. He had said that he 'could hood his eyes like a hawk'. Then I saw that I had walked straight into the enemy's headquarters.

My first impulse was to throttle the old ruffian and make for the open air. He seemed to anticipate my intention, for he smiled gently, and nodded to the door behind me.

I turned, and saw two men-servants who had me covered with pistols.

He knew my name, but he had never seen me before. And as the reflection darted across my mind I saw a slender chance.

"I don't know what you mean", I said roughly. "And who are you calling Richard Hannay? My name's Ainslie."

"So?", he said, still smiling. "But of course you have others. We won't quarrel about a name."

I was pulling myself together now, and I reflected that my garb, lacking coat and waistcoat and collar, would at any rate not betray me. I put on my surliest face and shrugged my shoulders.

"I suppose you're going to give me up after all, and I call it a damned dirty trick. My God, I wish I had never seen that cursed motor-car! Here's the money and be damned to you", and I flung four sovereigns on the table.

He opened his eyes a little. "Oh no, I shall not give you up. My friends and I will have a little private settlement with you, that is all. You know a little too much, Mr. Hannay. You are a clever actor, but not quite clever enough."

He spoke with assurance, but I could see the dawning of a doubt in his mind.

"Oh, for God's sake stop jawing", I cried. "Everything's against me. I haven't had a bit of luck since I came on shore at Leith. What's the harm in a poor devil with an empty stomach picking up some money he finds in a bust-up motor-car? That's all I done, and for that I've been chivvied for two days by those blasted bobbies over those blasted hills. I tell you I'm fair sick of it. You can do what you like, old boy! Ned Ainslie's got no fight left in him."

I could see that the doubt was gaining.

"Will you oblige me with the story of your recent doings?", he asked.

"I can't, guv'nor", I said in a real beggar's whine. "I've not had a bite to eat for two days. Give me a mouthful of food, and then you'll hear God's truth."

I must have showed my hunger in my face, for he signalled to one of the men in the doorway. A bit of cold pie was brought and a glass of beer, and I wolfed them down like a pig – or rather, like Ned Ainslie, for I was keeping up my character. In

"Foram. Eu os convenci de que você tinha cruzado a colina. Não permito que a polícia venha se colocar entre mim e alguém a quem estou encantado em fazer as honras. Esta é uma manhã afortunada para você, Mr. Richard Hannay."

Ao falar suas pálpebras pareciam tremer e cair um pouco sobre os penetrantes olhos cinzentos. Num instante a frase de Scudder voltou a mim, ao descrever o homem que mais temia no mundo. Tinha dito que ele "podia encobrir seus olhos como um falcão". Então vi que entrara diretamente no quartel general do inimigo.

Meu primeiro impulso foi estrangular o velho rufião e sair para o ar livre. Ele pareceu antecipar minha intenção, pois sorriu gentilmente e fez um sinal com a cabeça para a porta atrás de mim.

Eu me virei, e vi dois criados me apontando suas pistolas.

Ele sabia o meu nome, mas nunca tinha me visto antes. E quando esse pensamento atravessou minha mente, vi que havia uma escassa chance.

"Não sei o que quer dizer", disse eu asperamente. "E quem você está chamando de Richard Hannay? Meu nome é Ainslie."

"É mesmo?", disse ele, ainda sorrindo. "Mas é óbvio que você tem outros. Não vamos discutir a respeito de um nome."

Eu agora estava me recompondo, e refleti que minha roupa, a falta de um casaco, um colete e um colarinho, de todo modo não me trairia Fiz a cara mais grosseira que consegui e dei de ombros.

"Suponho que vai desistir de mim, afinal, e eu chamo isso de um maldito golpe baixo. Meu Deus, quem dera nunca tivesse visto aquele carro desgraçado! Aqui está o dinheiro, e maldito seja você", e atirei quatro soberanos na mesa.

Ele abriu um pouco os olhos. "Ó não, não vou desistir de você. Meus amigos e eu vamos fazer um pequeno acordo privado com você, isso é tudo. Sabe um pouco demais, Mr. Hannay. É um ator esperto, mas não esperto o bastante."

Falou com segurança, mas eu podia ver o início duma dúvida em sua mente.

"Ó, pelo amor de Deus, pare de tagarelar", exclamei. "Tudo está contra mim. Não tive nenhuma sorte desde que desembarquei em Leith. Qual é o problema dum pobre diabo com o estômago vazio pegar um pouco de dinheiro que achou num carro destruído? Foi tudo o que fiz, e por isso fui importunado por dois dias por esses malditos policiais nessas malditas colinas. Eu lhe digo que já estou cheio disso. Pode fazer o que quiser, garotão! Ned Ainslie não tem mais ânimo para qualquer briga."

Podia ver que a dúvida o estava ganhando.

"Você me obsequiaria com a história de seus feitos recentes?", perguntou ele.

"Não, patrão", disse lamentando como um verdadeiro mendigo. "Não como nada há dois dias. Dê-me um pouco de comida e então ouvirá a verdade de Deus."

Devo ter mostrado minha fome estampada no rosto, pois ele sinalizou a um dos homens no vão da porta. Trouxeram um pouco de torta fria e um copo de cerveja, e os devorei como um porco – ou melhor, como Ned Ainslie, pois estava

the middle of my meal he spoke suddenly to me in German, but I turned on him a face as blank as a stone wall.

Then I told him my story – how I had come off an Archangel ship at Leith a week ago, and was making my way overland to my brother at Wigtown. I had run short of cash – I hinted vaguely at a spree – and I was pretty well on my uppers when I had come on a hole in a hedge, and, looking through, had seen a big motor-car lying in the burn. I had poked about to see what had happened, and had found three sovereigns lying on the seat and one on the floor. There was nobody there or any sign of an owner, so I had pocketed the cash. But somehow the law had got after me. When I had tried to change a sovereign in a baker's shop, the woman had cried on the police, and a little later, when I was washing my face in a burn, I had been nearly gripped, and had only got away by leaving my coat and waistcoat behind me.

"They can have the money back", I cried, "for a fat lot of good it's done me. Those perishers are all down on a poor man. Now, if it had been you, guv'nor, that had found the quids, nobody would have troubled you."

"You're a good liar, Hannay", he said.

I flew into a rage. "Stop fooling, damn you! I tell you my name's Ainslie, and I never heard of anyone called Hannay in my born days. I'd sooner have the police than you with your Hannays and your monkey-faced pistol tricks… No, guv'nor, I beg pardon, I don't mean that. I'm much obliged to you for the grub, and I'll thank you to let me go now the coast's clear."

It was obvious that he was badly puzzled. You see he had never seen me, and my appearance must have altered considerably from my photographs, if he had got one of them. I was pretty smart and well dressed in London, and now I was a regular tramp.

"I do not propose to let you go. If you are what you say you are, you will soon have a chance of clearing yourself. If you are what I believe you are, I do not think you will see the light much longer."

He rang a bell, and a third servant appeared from the veranda.

"I want the Lanchester in five minutes", he said. "There will be three to luncheon."

Then he looked steadily at me, and that was the hardest ordeal of all.

There was something weird and devilish in those eyes, cold, malignant, un-earthly, and most hellishly clever. They fascinated me like the bright eyes of a snake. I had a strong impulse to throw myself on his mercy and offer to join his side, and if you consider the way I felt about the whole thing you will see that that impulse must have been purely physical, the weakness of a brain mesmerized and mastered by a stronger spirit. But I managed to stick it out and even to grin.

"You'll know me next time, guv'nor", I said.

"Karl", he spoke in German to one of the men in the doorway, "you will put

mantendo meu personagem. No meio da refeição ele de repente falou comigo em alemão, mas virei para ele um rosto tão vazio quanto uma parede de pedra.

Então lhe contei minha história – como desembarcara dum navio de assalto uma semana antes em Leith, e estava abrindo caminho por terra até a casa de meu irmão em Wigtown. Tinha ficado sem dinheiro – insinuei vagamente uma farra – e estava de fato na miséria quando cheguei a um buraco numa cerca viva, e, olhando por ele, tinha visto um automóvel grande estendido no riacho. Havia mexido no carro para ver o que tinha acontecido, e achara três soberanos largados no assento e um no chão. Não havia ninguém lá, ou qualquer sinal de um dono, então eu embolsara o dinheiro. Mas de algum modo a lei saíra atrás de mim. Quando eu tinha tentado trocar um soberano na loja de um padeiro, a mulher havia gritado chamando a polícia, e um pouco depois, quando estava lavando o rosto no riacho, quase tinha sido apanhado, e só conseguira escapar deixando meu casaco e colete para trás.

"Eles podem ter seu dinheiro de volta", exclamei, "pois já me fez bem demais. Esses sujeitos irritantes estão todos zangados com um pobre homem. Agora, se tivesse sido você, patrão, que tivesse achado as libras, ninguém o teria aborrecido."

"Você é um bom mentiroso, Hannay", disse ele.

Eu tive um ataque de raiva. "Deixe de besteiras, maldito! Estou lhe dizendo que meu nome é Ainslie, e nunca ouvi falar de alguém chamado Hannay em toda minha vida. Prefiro a polícia a você, com seus Hannays e seus pistoleiros fajutos com cara de macaco... Não, patrão, peço perdão, não quis dizer isso. Fico muito grato pela gororoba e lhe agradecerei se me deixar ir agora que a costa está limpa."

Era óbvio que ele estava muito intrigado. Veja bem, ele nunca tinha me visto, e minha aparência devia estar consideravelmente diferente das minhas fotografias, se ele tivesse conseguido uma delas. Eu era muito vistoso e bem vestido em Londres, e agora era um mendigo normal.

"Minha proposta não é deixá-lo ir. Se você for o que diz que é, logo terá uma oportunidade de se inocentar. Se for o que eu acredito que seja, não acho que verá a luz do dia por muito mais tempo."

Ele tocou uma sineta, e um terceiro criado surgiu da varanda.

"Quero o Lanchester em cinco minutos", disse ele. "Serão três pessoas para o almoço."

Então ele me olhou fixamente, e essa foi a prova mais dura de todas.

Havia algo estranho e diabólico naqueles olhos, frio, maligno, sobrenatural, e abominavelmente inteligente. Eles me fascinavam como os olhos brilhantes de uma cobra. Tive um forte impulso de me colocar à mercê dele e me oferecer para me unir a ele, e se você considerar o modo como me sentia sobre a coisa toda verá que aquele impulso deve ter sido puramente físico, a fraqueza de um cérebro hipnotizado e dominado por um espírito mais forte. Mas consegui aguentar e até mesmo sorrir.

"Da próxima vez saberá quem eu sou, patrão", disse eu.

"Karl", ele falou em alemão com um dos homens no vão da porta, "você irá

this fellow in the storeroom till I return, and you will be answerable to me for his keeping."

I was marched out of the room with a pistol at each ear.

The storeroom was a damp chamber in what had been the old farmhouse. There was no carpet on the uneven floor, and nothing to sit down on but a school form. It was black as pitch, for the windows were heavily shuttered. I made out by groping that the walls were lined with boxes and barrels and sacks of some heavy stuff. The whole place smelt of mould and disuse. My gaolers turned the key in the door, and I could hear them shifting their feet as they stood on guard outside.

I sat down in that chilly darkness in a very miserable frame of mind. The old boy had gone off in a motor to collect the two ruffians who had interviewed me yesterday. Now, they had seen me as the roadman, and they would remember me, for I was in the same rig. What was a roadman doing twenty miles from his beat, pursued by the police? A question or two would put them on the track. Probably they had seen Mr. Turnbull, probably Marmie too; most likely they could link me up with Sir Harry, and then the whole thing would be crystal clear. What chance had I in this moorland house with three desperadoes and their armed servants?

I began to think wistfully of the police, now plodding over the hills after my wraith. They at any rate were fellow-countrymen and honest men, and their tender mercies would be kinder than these ghoulish aliens. But they wouldn't have listened to me. That old devil with the eyelids had not taken long to get rid of them. I thought he probably had some kind of graft with the constabulary. Most likely he had letters from Cabinet Ministers saying he was to be given every facility for plotting against Britain. That's the sort of owlish way we run our politics in the Old Country.

The three would be back for lunch, so I hadn't more than a couple of hours to wait. It was simply waiting on destruction, for I could see no way out of this mess. I wished that I had Scudder's courage, for I am free to confess I didn't feel any great fortitude. The only thing that kept me going was that I was pretty furious. It made me boil with rage to think of those three spies getting the pull on me like this. I hoped that at any rate I might be able to twist one of their necks before they downed me.

The more I thought of it the angrier I grew, and I had to get up and move about the room. I tried the shutters, but they were the kind that lock with a key, and I couldn't move them. From the outside came the faint clucking of hens in the warm sun. Then I groped among the sacks and boxes. I couldn't open the latter, and the sacks seemed to be full of things like dog-biscuits that smelt of cinnamon. But, as I circumnavigated the room, I found a handle in the wall which seemed worth investigating.

It was the door of a wall cupboard – what they call a "press" in Scotland – and it was locked. I shook it, and it seemed rather flimsy. For want of something better to do I put out my strength on that door, getting some purchase on the handle by

colocar este sujeito na despensa até que eu retorne, e você responderá a mim pela guarda dele."

Fui conduzido para fora da sala com uma pistola em cada orelha.

A despensa era uma câmara úmida onde era a antiga casa da fazenda. Não havia tapete no chão irregular e nada onde sentar a não ser um banco escolar. Estava escuro como breu, pois as janelas estavam fortemente blindadas. Entendi, tateando na escuridão que as paredes eram forradas com caixas, barris e sacos dalgum material pesado. O lugar todo cheirava a mofo e falta de uso. Meus carcereiros trancaram a porta e pude ouvi-los mexendo os pés ao montar guarda do lado de fora.

Sentei-me naquela escuridão fria num estado de espírito muito infeliz. O garotão tinha saído num automóvel para buscar os dois rufiões que tinham me entrevistado ontem. Ora, eles tinham me visto como o calceteiro, e se lembrariam de mim, pois eu estava com a mesma roupa. O que estava fazendo um calceteiro a vinte milhas de sua jurisdição, procurado pela polícia? Bastavam uma ou duas perguntas para colocá-los na pista. Eles provavelmente tinham visto Mr. Turnbull, e provavelmente Marmie também; era muito provável que pudessem me ligar a Sir Harry, e então a coisa toda ficaria clara como cristal. Que chance tinha eu nesta casa de charneca com três bandidos e seus criados armados?

Comecei a pensar com tristeza na polícia, arrastando-se agora pelas colinas atrás do meu espectro. De qualquer modo, eram homens do campo, honestos, e sua compaixão seria mais agradável que estes estrangeiros macabros. Mas eles não teriam me escutado. Aquele diabo velho com suas pálpebras não tinha levado muito tempo para livrar-se deles. Pensei que ele provavelmente tinha algum esquema de suborno com a força policial. O mais provável é que tivesse cartas do Ministério dizendo que deveria gozar de todas as facilidades para tramar contra a Inglaterra. É desse modo semelhante à coruja que conduzimos nossas políticas no Velho País.

Os três estariam de volta para o almoço, de modo que não tinha mais que um par de horas de espera. Era esperar simplesmente pela destruição, pois não podia ver qualquer saída dessa confusão. Quem dera tivesse a coragem de Scudder, pois me sinto à vontade para confessar que não sentia nenhuma grande bravura. A única coisa que me fazia prosseguir era o fato de estar furioso. Fervia de raiva ao pensar naqueles três espiões levando vantagem sobre mim daquele jeito. Esperava que, de qualquer modo, pudesse torcer um dos seus pescoços antes que me derrubassem.

Quanto mais pensava nisso mais furioso ficava, e tive que levantar e me movimentar pelo quarto. Experimentei as venezianas, mas eram do tipo que se trancava a chave, e não pude movê-las. Lá de fora veio o fraco cacarejar de galinhas sob o sol quente. Então tateei entre os sacos e caixas. Não pude abrir as últimas, e os sacos pareciam estar cheio de coisas como biscoitos de cachorro que cheiravam a canela. Mas, enquanto eu circundava o quarto, encontrei uma maçaneta na parede que parecia valer a pena investigar.

Era a porta de um armário de parede – o que eles chamam de "armário de cozinha" na Escócia – e estava trancada. Eu a sacudi, e me pareceu bastante frágil. Por falta de algo melhor para fazer botei minha força naquela porta, e fiz da maçaneta

looping my braces round it. Presently the thing gave with a crash which I thought would bring in my warders to inquire. I waited for a bit, and then started to explore the cupboard shelves.

There was a multitude of queer things there. I found an odd vesta or two in my trouser pockets and struck a light. It was out in a second, but it showed me one thing. There was a little stock of electric torches on one shelf. I picked up one, and found it was in working order.

With the torch to help me I investigated further. There were bottles and cases of queer-smelling stuffs, chemicals no doubt for experiments, and there were coils of fine copper wire and yanks and yanks of thin oiled silk. There was a box of detonators, and a lot of cord for fuses. Then away at the back of the shelf I found a stout brown cardboard box, and inside it a wooden case. I managed to wrench it open, and within lay half a dozen little grey bricks, each a couple of inches square.

I took up one, and found that it crumbled easily in my hand. Then I smelt it and put my tongue to it. After that I sat down to think. I hadn't been a mining engineer for nothing, and I knew lentonite when I saw it.

With one of these bricks I could blow the house to smithereens. I had used the stuff in Rhodesia and knew its power. But the trouble was that my knowledge wasn't exact. I had forgotten the proper charge and the right way of preparing it, and I wasn't sure about the timing. I had only a vague notion, too, as to its power, for though I had used it I had not handled it with my own fingers.

But it was a chance, the only possible chance. It was a mighty risk, but against it was an absolute black certainty. If I used it the odds were, as I reckoned, about five to one in favour of my blowing myself into the tree-tops; but if I didn't I should very likely be occupying a six-foot hole in the garden by the evening. That was the way I had to look at it. The prospect was pretty dark either way, but anyhow there was a chance, both for myself and for my country.

The remembrance of little Scudder decided me. It was about the beastliest moment of my life, for I'm no good at these cold-blooded resolutions. Still I managed to rake up the pluck to set my teeth and choke back the horrid doubts that flooded in on me. I simply shut off my mind and pretended I was doing an experiment as simple as Guy Fawkes fireworks.

I got a detonator, and fixed it to a couple of feet of fuse. Then I took a quarter of a lentonite brick, and buried it near the door below one of the sacks in a crack of the floor, fixing the detonator in it. For all I knew half those boxes might be dynamite. If the cupboard held such deadly explosives, why not the boxes? In that case there would be a glorious skyward journey for me and the German servants and about an acre of surrounding country. There was also the risk that the detonation might set off the other bricks in the cupboard, for I had forgotten most that I knew

um ponto de apoio atando meus suspensórios em volta dela. Naquele momento a coisa cedeu com um estrondo, o que eu achei que traria meus carcereiros para investigar. Esperei um pouco, e então comecei a explorar as prateleiras do armário.

Havia uma profusão de coisas esquisitas ali. Achei um ou dois fósforos perdidos no bolso das calças e acendi para iluminar. Apagou-se num segundo, mas me mostrou uma coisa. Havia um pequeno estoque de lanternas numa das prateleiras. Apanhei uma, e descobri que estava funcionando bem.

Com a lanterna para me ajudar, investiguei mais a fundo. Havia garrafas e estojos de materiais de cheiro esquisito, sem dúvida substâncias químicas para experiências, rolos de fios de cobre puro e montes e montes de seda fina lubrificada. Havia uma caixa de detonadores e grande quantidade de fio para estopins. Então, bem no fundo da prateleira, achei uma pesada caixa de papelão marrom, e dentro dela um estojo de madeira. Consegui abri-lo, e no interior havia meia dúzia de pequenos tijolos cinzentos, cada um medindo algumas polegadas quadradas.

Peguei um e vi que se esfarelava com facilidade em minha mão. Então o cheirei e passei a língua nele. Depois disso me sentei para pensar. Eu não tinha sido um engenheiro de minas à toa, e conhecia lentonite quando o via.

Com um desses tijolos poderia explodir a casa em pedacinhos. Usara esse material na Rodésia e conhecia seu poder. Mas o problema era que meu conhecimento não era exato. Esquecera-me da carga adequada e do modo de prepará-lo e não estava seguro sobre o tempo necessário. Tinha só uma vaga noção, também, sobre o seu poder, pois embora o usasse não o manipulara com meus próprios dedos.

Mas era uma chance, a única possível. Era um risco enorme, mas a isso se opunha uma certeza absoluta e sombria. Ao usá-lo as chances eram, calculei, em torno de cinco para um de que me explodisse indo parar no topo das árvores; mas se não o fizesse, era bem provável que estivesse ocupando uma cova de seis palmos no jardim ao cair a noite. Era dessa maneira que tinha que ver a coisa. A perspectiva era negra de qualquer modo, porém havia uma chance, para mim e para o meu país.

A lembrança do pequeno Scudder me decidiu. Era o momento mais abominável de minha vida, pois não sou nada bom nessas decisões a sangue frio. Ainda assim, consegui encontrar coragem para cerrar meus dentes e sufocar as dúvidas atrozes que tomavam conta de mim. Simplesmente bloqueei minha mente e fingi que fazia uma experiência tão simples como os fogos de artifícios de Guy Fawkes.[16]

Peguei um detonador, e o fixei a um estopim de mais ou menos meio metro. Então peguei um quarto de um tijolo de lentonite e o enterrei perto da porta, debaixo de um dos sacos, numa rachadura do chão, prendendo nele o detonador. Por tudo que eu sabia, metade dessas caixas poderia conter dinamite. Se o armário continha tais explosivos mortais, por que não as caixas? Nesse caso, haveria uma gloriosa viagem em direção ao céu para mim e os criados alemães e cerca de um acre da região ao redor. Também havia o risco de que a detonação pudesse ativar os outros tijolos no armário, pois eu tinha esquecido a quase tudo que sabia sobre len-

---

16 Guy Fawkes (1570-1606) foi um soldado inglês católico que participou da Conspiração da Pólvora, na qual se pretendia explodir o Parlamento inglês durante uma sessão, assassinando o rei Jaime I e os membros do Parlamento. Guy Fawkes era o responsável pela guarda dos explosivos.

about lentonite. But it didn't do to begin thinking about the possibilities. The odds were horrible, but I had to take them.

I ensconced myself just below the sill of the window, and lit the fuse. Then I waited for a moment or two. There was dead silence – only a shuffle of heavy boots in the passage, and the peaceful cluck of hens from the warm out-of-doors. I commended my soul to my Maker, and wondered where I would be in five seconds...

A great wave of heat seemed to surge upwards from the floor, and hang for a blistering instant in the air. Then the wall opposite me flashed into a golden yellow and dissolved with a rending thunder that hammered my brain into a pulp. Something dropped on me, catching the point of my left shoulder.

And then I think I became unconscious.

My stupor can scarcely have lasted beyond a few seconds. I felt myself being choked by thick yellow fumes, and struggled out of the debris to my feet. Somewhere behind me I felt fresh air. The jambs of the window had fallen, and through the ragged rent the smoke was pouring out to the summer noon. I stepped over the broken lintel, and found myself standing in a yard in a dense and acrid fog. I felt very sick and ill, but I could move my limbs, and I staggered blindly forward away from the house.

A small mill-lade ran in a wooden aqueduct at the other side of the yard, and into this I fell. The cool water revived me, and I had just enough wits left to think of escape. I squirmed up the lade among the slippery green slime till I reached the mill-wheel. Then I wriggled through the axle hole into the old mill and tumbled on to a bed of chaff. A nail caught the seat of my trousers, and I left a wisp of heather-mixture behind me.

The mill had been long out of use. The ladders were rotten with age, and in the loft the rats had gnawed great holes in the floor. Nausea shook me, and a wheel in my head kept turning, while my left shoulder and arm seemed to be stricken with the palsy. I looked out of the window and saw a fog still hanging over the house and smoke escaping from an upper window. Please God I had set the place on fire, for I could hear confused cries coming from the other side.

But I had no time to linger, since this mill was obviously a bad hiding-place. Anyone looking for me would naturally follow the lade, and I made certain the search would begin as soon as they found that my body was not in the storeroom. From another window I saw that on the far side of the mill stood an old stone dovecot. If I could get there without leaving tracks I might find a hiding-place, for I argued that my enemies, if they thought I could move, would conclude I had made for open country, and would go seeking me on the moor.

I crawled down the broken ladder, scattering chaff behind me to cover my footsteps. I did the same on the mill floor, and on the threshold where the door hung on broken hinges. Peeping out, I saw that between me and the dovecot was a piece of bare cobbled ground, where no footmarks would show. Also it was mercifully hid by the mill buildings from any view from the house. I slipped across the space, got to the back of the dovecot and prospected a way of ascent.

tonite. Mas não dava para começar a pensar nas possibilidades. As probabilidades eram terríveis, mas eu tinha que aceitá-las.

Eu me escondi bem debaixo do peitoril da janela e acendi o estopim. Então esperei alguns momentos. O silêncio era mortal – só um arrastar de botas pesadas no corredor e o pacífico cacarejar de galinhas no calor do lado de fora da casa. Encomendei minha alma ao Criador e me perguntei onde estaria em cinco segundos...

Uma grande onda de calor pareceu surgir acima do chão, e pairou no ar por um momento devastador. Então a parede do lado oposto a mim rompeu em chamas de um amarelo dourado e evaporou com um estrondo arrasador, que martelou meu cérebro até virar uma pasta. Algo caiu sobre mim, atingindo meu ombro esquerdo.

E então acho que perdi a consciência.

Meu torpor dificilmente pode ter durado mais que alguns segundos. Senti que estava sendo sufocado por grossos rolos de fumaça amarela e esforcei-me para sair dos escombros e colocar-me de pé. Em algum lugar atrás de mim senti o ar fresco. Os batentes da janela tinham caído e, pelo rasgão irregular, a fumaça saía para o meio-dia de verão. Passei pela verga quebrada, e me encontrei de pé num pátio em meio a uma névoa densa e acre. Senti-me muito enjoado e doente, mas podia mover meus membros, e avancei cambaleando cegamente para longe da casa.

Uma pequena calha de moinho corria num aqueduto de madeira do outro lado do pátio, e me deixei cair nela. A água fresca me reavivou, e só me restou inteligência suficiente para pensar em fugir. Eu me contorci subindo pela calha em meio ao limo verde e escorregadio, até que alcancei a roda do moinho. Então ziguezagueei pelo buraco do eixo até o velho moinho, e desabei numa cama de debulho. Um prego prendeu no fundilho das minhas calças, e deixei um fragmento de lã para trás.

O moinho estava há tempos fora de uso. As escadas estavam podres de velhas e no sótão os ratos fizeram grandes buracos no chão. A náusea me fez estremecer e minha cabeça continuava a girar, enquanto meu ombro esquerdo e meu braço pareciam estar feridos com o torpor. Olhei pela janela e vi uma névoa ainda pairando sobre a casa, e fumaça saindo de uma janela no andar de cima. Por Deus, eu tinha ateado fogo ao lugar, pois podia ouvir gritos confusos vindos do outro lado.

Mas não tinha tempo a perder, já que era óbvio que esse moinho era um mau esconderijo. Qualquer um que procurasse por mim iria naturalmente seguir a calha, e estava certo de que a busca começaria assim que descobrissem que meu corpo não estava na despensa. De outra janela, vi que no lado mais distante do moinho ficava um velho pombal de pedra. Se pudesse chegar lá sem deixar rastros poderia encontrar um esconderijo, pois deduzi que meus inimigos, se achassem que podia me mover, concluiriam que tinha saído a campo aberto e iriam me procurar na charneca.

Rastejei pela escada quebrada, espalhando debulho atrás de mim para cobrir as pegadas. Fiz o mesmo no chão do moinho e na soleira, onde a porta pendia das dobradiças quebradas. Espiando fora, vi que entre mim e o pombal ficava um trecho de terreno pavimentado vazio, onde pegadas não apareceriam. Também era miraculosamente escondido de qualquer vista da casa pelos blocos do moinho. Deslizei pelo espaço, cheguei aos fundos do pombal e avaliei de que maneira poderia subir.

That was one of the hardest jobs I ever took on. My shoulder and arm ached like hell, and I was so sick and giddy that I was always on the verge of falling. But I managed it somehow. By the use of out-jutting stones and gaps in the masonry and a tough ivy root I got to the top in the end. There was a little parapet behind which I found space to lie down. Then I proceeded to go off into an old-fashioned swoon.

I woke with a burning head and the sun glaring in my face. For a long time I lay motionless, for those horrible fumes seemed to have loosened my joints and dulled my brain. Sounds came to me from the house – men speaking throatily and the throbbing of a stationary car. There was a little gap in the parapet to which I wriggled, and from which I had some sort of prospect of the yard. I saw figures come out – a servant with his head bound up, and then a younger man in knicker-bockers. They were looking for something, and moved towards the mill. Then one of them caught sight of the wisp of cloth on the nail, and cried out to the other. They both went back to the house, and brought two more to look at it. I saw the rotund figure of my late captor, and I thought I made out the man with the lisp. I noticed that all had pistols.

For half an hour they ransacked the mill. I could hear them kicking over the barrels and pulling up the rotten planking. Then they came outside, and stood just below the dovecot arguing fiercely. The servant with the bandage was being soundly rated. I heard them fiddling with the door of the dovecote and for one horrid moment I fancied they were coming up. Then they thought better of it, and went back to the house.

All that long blistering afternoon I lay baking on the rooftop. Thirst was my chief torment. My tongue was like a stick, and to make it worse I could hear the cool drip of water from the mill-lade. I watched the course of the little stream as it came in from the moor, and my fancy followed it to the top of the glen, where it must issue from an icy fountain fringed with cool ferns and mosses. I would have given a thousand pounds to plunge my face into that.

I had a fine prospect of the whole ring of moorland. I saw the car speed away with two occupants, and a man on a hill pony riding east. I judged they were looking for me, and I wished them joy of their quest.

But I saw something else more interesting. The house stood almost on the summit of a swell of moorland which crowned a sort of plateau, and there was no higher point nearer than the big hills six miles off. The actual summit, as I have mentioned, was a biggish clump of trees – firs mostly, with a few ashes and beeches. On the dovecot I was almost on a level with the tree-tops, and could see what lay beyond. The wood was not solid, but only a ring, and inside was an oval of green turf, for all the world like a big cricket-field.

I didn't take long to guess what it was. It was an aerodrome, and a secret one. The place had been most cunningly chosen. For suppose anyone were watching an aeroplane descending here, he would think it had gone over the hill beyond the trees. As the place was on the top of a rise in the midst of a big amphitheatre, any observer from any direction would conclude it had passed

Aquela era uma das tarefas mais árduas que eu já tinha assumido. Meu ombro e o braço doíam como o diabo, e eu estava tão tonto e doente que me sentia sempre a ponto de cair. Mas de alguma maneira consegui. Utilizando pedras salientes e aberturas na alvenaria e uma dura raiz de hera cheguei afinal ao topo. Havia um pequeno parapeito, atrás do qual encontrei espaço para me deitar. Então caí adormecido num antiquado desmaio.

Acordei com a cabeça ardendo e o sol brilhando em meu rosto. Fiquei deitado imóvel por um longo tempo, pois aquela fumaça horrível parecia ter enfraquecido minhas juntas e entorpecido meu cérebro. Sons chegaram até mim vindos da casa – homens falando com voz rouca e o ruído do motor dum carro parado. Havia uma pequena abertura no parapeito no qual eu me enfiara, e dela eu tinha uma espécie de visão geral do pátio. Vi pessoas saindo – um criado com a cabeça enfaixada, e depois um homem mais jovem de calções até os joelhos. Estavam procurando alguma coisa, e saíram na direção do moinho. Então um deles avistou o fragmento de tecido no prego, e gritou para o outro. Os dois voltaram para a casa, e trouxeram mais dois para ver. Vi a figura rotunda do meu recente capturador, e pensei ter distinguido o homem que falava ceceando. Notei que todos tinham pistolas.

Durante meia hora eles vasculharam o moinho. Eu podia ouvi-los chutando os barris e levantando as pranchas de madeira podres. Então eles saíram, e pararam bem embaixo do pombal, discutindo furiosamente. O criado com a bandagem estava sendo repreendido com toda firmeza. Eu os ouvi ocupando-se com a porta do pombal, e por um terrível momento imaginei que estavam subindo. Então eles pensaram melhor, e voltaram para a casa.

Passei toda aquela tarde longa e devastadora cozinhando no telhado. A sede era o meu principal tormento. Minha língua parecia um graveto, e para piorar as coisas eu podia ouvir o gotejar da água fresca na calha do moinho. Observei o curso do pequeno riacho ao entrar na charneca, e minha imaginação seguiu-o ao topo do vale, onde devia se originar de uma fonte gelada, enfeitada com samambaias frescas e musgos. Eu teria dado mil libras para mergulhar meu rosto nela.

Tinha uma boa perspectiva da área toda da charneca. Vi o carro partir apressado com dois ocupantes e um homem num pônei de montanha cavalgando para leste. Julguei que procuravam por mim, e lhes desejei felicidades em sua busca.

Mas vi algo mais interessante. A casa ficava quase no cume duma elevação de terreno que coroava uma espécie de platô e não havia nenhum ponto mais alto do que as grandes colinas a seis milhas de distância. O verdadeiro cume, como mencionei, era um grande grupo de árvores – abetos, principalmente, com alguns freixos e faias. No pombal eu estava quase no mesmo nível dos topos das árvores, e podia ver o que se estendia mais além. O bosque não era fechado, mas apenas um anel, e dentro havia um oval de relva verde, exatamente como um grande campo de críquete.

Não demorei muito para adivinhar o que era. Era um aeroporto, e secreto. O lugar tinha sido habilmente escolhido. Pois suponha que alguém estivesse observando um aeroplano descendo aqui, ele pensaria que o avião tinha ido para a colina além das árvores. Como o lugar estava no topo de uma elevação no meio de um grande anfiteatro, qualquer observador em qualquer direção concluiria que

out of view behind the hill. Only a man very close at hand would realize that the aeroplane had not gone over but had descended in the midst of the wood. An observer with a telescope on one of the higher hills might have discovered the truth, but only herds went there, and herds do not carry spy-glasses. When I looked from the dovecot I could see far away a blue line which I knew was the sea, and I grew furious to think that our enemies had this secret conning-tower to rake our waterways.

Then I reflected that if that aeroplane came back the chances were ten to one that I would be discovered. So through the afternoon I lay and prayed for the coming of darkness, and glad I was when the sun went down over the big western hills and the twilight haze crept over the moor. The aeroplane was late. The gloaming was far advanced when I heard the beat of wings and saw it volplaning downward to its home in the wood. Lights twinkled for a bit and there was much coming and going from the house. Then the dark fell, and silence.

Thank God it was a black night. The moon was well on its last quarter and would not rise till late. My thirst was too great to allow me to tarry, so about nine o'clock, so far as I could judge, I started to descend. It wasn't easy, and half-way down I heard the back door of the house open, and saw the gleam of a lantern against the mill wall. For some agonizing minutes I hung by the ivy and prayed that whoever it was would not come round by the dovecot. Then the light disappeared, and I dropped as softly as I could on to the hard soil of the yard.

I crawled on my belly in the lee of a stone dyke till I reached the fringe of trees which surrounded the house. If I had known how to do it I would have tried to put that aeroplane out of action, but I realized that any attempt would probably be futile. I was pretty certain that there would be some kind of defence round the house, so I went through the wood on hands and knees, feeling carefully every inch before me. It was as well, for presently I came on a wire about two feet from the ground. If I had tripped over that, it would doubtless have rung some bell in the house and I would have been captured.

A hundred yards farther on I found another wire cunningly placed on the edge of a small stream. Beyond that lay the moor, and in five minutes I was deep in bracken and heather. Soon I was round the shoulder of the rise, in the little glen from which the mill-lade flowed. Ten minutes later my face was in the spring, and I was soaking down pints of the blessed water.

But I did not stop till I had put half a dozen miles between me and that accursed dwelling.

ele tinha desaparecido de vista atrás da colina. Só um homem muito próximo perceberia que o aeroplano não tinha seguido adiante, mas descido no meio do bosque. Um observador com um telescópio numa das colinas mais altas poderia ter descoberto a verdade, mas lá só iam rebanhos, e rebanhos não carregam telescópios. Quando olhava do pombal eu podia ver ao longe uma linha azul, que eu sabia que era o mar, e fiquei furioso ao pensar que nossos inimigos tinham essa torre de observação secreta para sondar nossas águas.

Então refleti que, se aquele aeroplano voltasse, as chances eram de dez contra um de que eu seria descoberto. De modo que passei a tarde deitado e rezando pela chegada da escuridão, e fiquei contente quando o sol se pôs sobre as grandes colinas a oeste, e a névoa do crepúsculo arrastou-se sobre a charneca. O aeroplano estava atrasado. O crepúsculo já ia avançado quando ouvi a batida das asas e o vi planando e descendo para sua casa no bosque. Luzes cintilaram por um momento, e houve muitas idas e vindas na casa. Então a escuridão desceu, e o silêncio.

Graças a Deus era uma noite escura. A lua estava bem no último quarto e não surgiria até tarde. Minha sede era muito grande para me permitir ficar, então em torno das nove, tanto quanto podia julgar, comecei a descer. Não era fácil, e a meio caminho da descida ouvi a porta dos fundos da casa se abrir, e vi o brilho duma lanterna contra a parede do moinho. Por alguns minutos agonizantes fiquei pendurado na hera, e rezei para que quem quer que fosse não viesse para o lado do pombal. Então a luz desapareceu e caí tão suavemente quanto pude na terra dura do pátio.

Rastejei de barriga ao abrigo de um dique de pedra, até alcançar a faixa de árvores que cercavam a casa. Se eu soubesse como fazer isso, teria tentado pôr aquele aeroplano fora de ação, mas percebi que qualquer tentativa provavelmente seria inútil. Eu tinha plena certeza de que havia algum tipo de defesa em volta da casa, então atravessei o bosque engatinhando, experimentando com todo cuidado cada polegada de terreno diante de mim. Foi melhor assim, pois eu agora deparava com um fio a cerca de meio metro do chão. Se eu tivesse tropeçado nele, sem dúvida teria tocado alguma campainha na casa e eu teria sido pego.

Cem jardas adiante achei outro fio, habilmente colocado na beira de um pequeno regato. Além dele se estendia a charneca, e em cinco minutos eu estava enfiado entre samambaias e urzes. Logo estava em volta da elevação, no pequeno vale do qual fluía a calha do moinho. Dez minutos depois estava com o rosto na fonte, e absorvia litros da bendita água.

Mas não parei até que tivesse posto meia dúzia de milhas entre mim e aquela maldita casa.

CHAPTER SEVEN

THE DRY–FLY FISHERMAN

I sat down on a hill-top and took stock of my position. I wasn't feeling very happy, for my natural thankfulness at my escape was clouded by my severe discomfort. The lentonite fumes had fairly poisoned me, and the baking hours on the dove-cot hadn't helped matters. I had a crushing headache, and felt as sick as a cat. Also my shoulder was in a bad way. At first I thought it was only a bruise, but it seemed to be swelling, and I had no use of my left arm.

My plan was to seek Mr. Turnbull's cottage, recover my garments, and especially Scudder's notebook, and then make for the main line and get back to the south. It seemed to me that the sooner I got in touch with the Foreign Office man, Sir Walter Bullivant, the better. I didn't see how I could get more proof than I had got already. He must just take or leave my story, and anyway, with him I would be in better hands than those devilish Germans. I had begun to feel quite kindly towards the British police.

It was a wonderful starry night, and I had not much difficulty about the road. Sir Harry's map had given me the lie of the land, and all I had to do was to steer a point or two west of southwest to come to the stream where I had met the roadman. In all these travels I never knew the names of the places, but I believe this stream was no less than the upper waters of the river Tweed. I calculated I must be about eighteen miles distant, and that meant I could not get there before morning. So I must lie up a day somewhere, for I was too outrageous a figure to be seen in the sunlight. I had neither coat, waistcoat, collar, nor hat, my trousers were badly torn, and my face and hands were black with the explosion. I daresay I had other beauties, for my eyes felt as if they were furiously bloodshot. Altogether I was no spectacle for God-fearing citizens to see on a highroad.

Very soon after daybreak I made an attempt to clean myself in a hill burn, and then approached a herd's cottage, for I was feeling the need of food. The herd was away from home, and his wife was alone, with no neighbour for five miles. She was a decent old body, and a plucky one, for though she got a fright when she saw me, she had an axe handy, and would have used it on any evil-

CAPÍTULO SETE

O PESCADOR DA ISCA SECA

Sentei-me no topo da colina e avaliei a situação. Não estava muito feliz, pois minha gratidão natural pela minha fuga era obscurecida por meu severo desconforto. A fumaça do lentonite claramente me envenenara, e as horas cozinhando no pombal não ajudaram muito. Tinha uma dor de cabeça excruciante, e me sentia bem nauseado. Meu ombro também estava bem ruim. A princípio pensei que era só uma contusão, mas parecia estar inchando e não conseguia mexer meu braço esquerdo.

Meu plano era procurar a cabana de Mr. Turnbull, recuperar minha roupa, e especialmente a caderneta de Scudder, e então seguir à linha principal e voltar para o sul. Parecia-me que quanto antes eu entrasse em contato com o homem do Ministério do Exterior, Sir Walter Bullivant, melhor. Não via como poderia conseguir mais provas do que já tinha. Ele devia apenas pegar ou largar minha história e, de qualquer modo, com ele estaria em melhores mãos que com aqueles alemães diabólicos. Havia começado a me sentir muito amigável com respeito à polícia britânica.

Era uma linda noite estrelada, e não tive muita dificuldade com a estrada. O mapa de Sir Harry havia me dado a situação da região, e tudo que tinha a fazer era me dirigir a um ponto ou dois a sudoeste para chegar ao riacho onde conhecera o calceteiro. Em todas essas viagens nunca soube os nomes dos lugares, mas acredito que esse riacho não era nada menos que a nascente do rio Tweed. Calculei que devia estar a umas dezoito milhas de distância e isso significava que não poderia chegar lá antes da manhã. Assim, teria que me esconder por um dia em algum lugar, pois eu era uma figura ultrajante demais para ser vista à luz do dia. Não tinha casaco, colete, colarinho e nem chapéu, minhas calças estavam severamente rasgadas, e meu rosto e mãos pretos da explosão. Ouso dizer que tinha outros encantos, pois sentia como se meus olhos estivessem violentamente injetados. Isso tudo somado, eu não era nenhum espetáculo para cidadãos tementes a Deus avistarem numa estrada.

Logo após amanhecer fiz uma tentativa de me limpar num regato e então me aproximei da cabana dum pastor, pois sentia necessidade de comida. O pastor não estava em casa e sua esposa estava só, sem vizinhos por cinco milhas. Ela era uma idosa respeitável e corajosa, pois embora tenha levado um susto ao me ver, tinha

doer. I told her that I had had a fall – I didn't say how – and she saw by my looks that I was pretty sick. Like a true Samaritan she asked no questions, but gave me a bowl of milk with a dash of whisky in it, and let me sit for a little by her kitchen fire. She would have bathed my shoulder, but it ached so badly that I would not let her touch it.

I don't know what she took me for – a repentant burglar, perhaps; for when I wanted to pay her for the milk and tendered a sovereign, which was the smallest coin I had, she shook her head and said something about "giving it to them that had a right to it". At this I protested so strongly that I think she believed me honest, for she took the money and gave me a warm new plaid for it, and an old hat of her man's. She showed me how to wrap the plaid around my shoulders, and when I left that cottage I was the living image of the kind of Scotsman you see in the illustrations to Burns's poems. But at any rate I was more or less clad.

It was as well, for the weather changed before midday to a thick drizzle of rain. I found shelter below an overhanging rock in the crook of a burn, where a drift of dead brackens made a tolerable bed. There I managed to sleep till nightfall, waking very cramped and wretched, with my shoulder gnawing like a toothache. I ate the oatcake and cheese the old wife had given me and set out again just before the darkening.

I passed over the miseries of that night among the wet hills. There were no stars to steer by, and I had to do the best I could from my memory of the map. Twice I lost my way, and I had some nasty falls into peat-bogs. I had only about ten miles to go as the crow flies, but my mistakes made it nearer twenty. The last bit was completed with set teeth and a very light and dizzy head. But I managed it, and in the early dawn I was knocking at Mr. Turnbull's door. The mist lay close and thick, and from the cottage I could not see the highroad.

Mr Turnbull himself opened to me – sober and something more than sober. He was primly dressed in an ancient but well-tended suit of black; he had been shaved not later than the night before; he wore a linen collar; and in his left hand he carried a pocket Bible. At first he did not recognize me.

'Whae are ye that comes stravaigin' here on the Sabbath mornin'?' he asked.

I had lost all count of the days. So the Sabbath was the reason for this strange decorum.

My head was swimming so wildly that I could not frame a coherent answer. But he recognized me, and he saw that I was ill.

'Hae ye got my specs?' he asked.

I fetched them out of my trouser pocket and gave him them.

"Ye'll hae come for your jaicket and westcoat", he said. "Come in-bye. Losh, man, ye're terrible dune i' the legs. Haud up till I get ye to a chair."

I perceived I was in for a bout of malaria. I had a good deal of fever in my bones, and the wet night had brought it out, while my shoulder and the effects of

um machado à mão e o teria usado em qualquer malfeitor. Disse -lhe que eu sofrera uma queda – não disse como – e ela viu pelo meu aspecto que eu estava bem doente. Como uma verdadeira samaritana, não fez perguntas, mas me deu uma tigela de leite com uma dose de uísque, e me deixou sentar por algum tempo junto ao fogo da cozinha. Ela queria lavar o meu ombro, mas doía tanto que não deixei que o tocasse.

Não sei pelo o que ela me tomou – um ladrão arrependido, talvez; pois quando quis pagar pelo leite e ofereci um soberano, que era a menor moeda que eu tinha, ela sacudiu a cabeça e disse algo sobre "dar para aqueles que tinham direito a isso". Protestei com tanta veemência que acho que ela acreditou que eu era honesto, pois pegou o dinheiro e me deu uma manta escocesa nova e quente por conta dele, e um chapéu velho do seu marido. Ela me mostrou como enrolar a manta em volta dos ombros, e ao deixar aquela cabana eu era a imagem viva do tipo de escocês que se vê nas ilustrações dos poemas de Burns. Mas afinal estava mais ou menos vestido.

Foi melhor assim, pois antes do meio-dia o tempo mudou para uma chuva forte. Encontrei abrigo debaixo de uma rocha saliente na curva de um riacho, onde um depósito de samambaias mortas fornecia uma cama tolerável. Ali consegui dormir até anoitecer, acordando com muitas câimbras e infeliz, com meu ombro me atormentando como uma dor de dente. Comi o bolo de aveia e o queijo que a velha senhora tinha me dado, e parti de novo logo antes de escurecer.

Passei por cima das agruras daquela noite entre as colinas molhadas. Não havia estrelas a me guiar, e tive que fazer o melhor que pude com minha lembrança do mapa. Por duas vezes me perdi, e tive algumas quedas vexatórias em buracos de turfa. Tinha de percorrer umas dez milhas em linha reta, mas meus enganos as fizeram quase vinte. O último trecho foi completado com os dentes cerrados e uma cabeça muito leve e tonta. Mas consegui, e ao raiar da aurora estava batendo na porta de Mr. Turnbull. A névoa era cerrada e espessa, e da cabana eu não podia ver a estrada.

O próprio Mr. Turnbull a abriu para mim – sóbrio, e algo mais do que sóbrio. Ele estava meticulosamente vestido com um velho, mas bem-cuidado terno preto; tinha se barbeado não mais que na noite anterior; usava um colarinho de linho; e na mão esquerda carregava uma Bíblia de bolso. A princípio ele não me reconheceu.

"Quem é você que chega extraviado aqui na manhã do sabá?", perguntou ele.

Eu tinha perdido totalmente a conta dos dias. Então o sabá era a razão para aquele estranho decoro.

Minha cabeça estava girando de modo tão violento que não pude articular uma resposta coerente. Mas ele me reconheceu, e viu que eu estava doente.

"Trouxe os meus óculos?", perguntou ele.

Tirei-os do bolso das calças e os entreguei a ele.

"Veio buscar seu casaco e seu colete", disse ele. "Entra aqui. Poxa, homem, você mal se aguenta nas pernas. Aguente aí que vou levar você até uma cadeira."

Percebi que estava à beira de um acesso de malária. Eu tinha uma boa dose de febre nos ossos, e a noite úmida a tinha feito surgir, enquanto meu ombro e os

the fumes combined to make me feel pretty bad. Before I knew, Mr Turnbull was helping me off with my clothes, and putting me to bed in one of the two cupboards that lined the kitchen walls.

He was a true friend in need, that old roadman. His wife was dead years ago, and since his daughter's marriage he lived alone.

For the better part of ten days he did all the rough nursing I needed. I simply wanted to be left in peace while the fever took its course, and when my skin was cool again I found that the bout had more or less cured my shoulder. But it was a baddish go, and though I was out of bed in five days, it took me some time to get my legs again.

He went out each morning, leaving me milk for the day, and locking the door behind him; and came in in the evening to sit silent in the chimney corner. Not a soul came near the place. When I was getting better, he never bothered me with a question. Several times he fetched me a two days' old Scotsman, and I noticed that the interest in the Portland Place murder seemed to have died down. There was no mention of it, and I could find very little about anything except a thing called the General Assembly – some ecclesiastical spree, I gathered.

One day he produced my belt from a lockfast drawer. "There's a terrible heap o' siller in't", he said. "Ye'd better coont it to see it's a' there."

He never even sought my name. I asked him if anybody had been around making inquiries subsequent to my spell at the road-making.

"Ay, there was a man in a motor-cawr. He speired whae had ta'en my place that day, and I let on I thocht him daft. But he keepit on at me, and syne I said he maun be thinkin' o' my gude-brither frae the Cleuch that whiles lent me a haun'. He was a wersh-lookin' sowl, and I couldna understand the half o' his English tongue."

I was getting restless those last days, and as soon as I felt myself fit I decided to be off. That was not till the twelfth day of June, and as luck would have it a drover went past that morning taking some cattle to Moffat. He was a man named Hislop, a friend of Turnbull's, and he came in to his breakfast with us and offered to take me with him.

I made Turnbull accept five pounds for my lodging, and a hard job I had of it. There never was a more independent being. He grew positively rude when I pressed him, and shy and red, and took the money at last without a thank you. When I told him how much I owed him, he grunted something about "ae guid turn deservin' anither". You would have thought from our leave-taking that we had parted in disgust.

Hislop was a cheery soul, who chattered all the way over the pass and down the sunny vale of Annan. I talked of Galloway markets and sheep prices, and he made up his mind I was a "pack-shepherd" from those parts – whatever that may be. My plaid and my old hat, as I have said, gave me a fine theatrical Scots look. But driving cattle is a mortally slow job, and we took the better part of the day to cover a dozen miles.

efeitos da fumaça combinados me faziam sentir muito mal. Antes que eu me desse conta, Mr. Turnbull estava me ajudando a tirar a roupa, e me pondo para dormir em uma das duas camas-armário que revestiam as paredes da cozinha.

Ele era um verdadeiro amigo na necessidade, aquele velho calceteiro. Sua esposa morrera anos atrás, e desde o casamento da filha ele vivia só.

Por quase dez dias ele me prestou toda a árdua assistência que eu precisava. Eu simplesmente queria ser deixado em paz enquanto a febre seguia seu curso, e quando minha pele estava de novo fresca descobri que o acesso tinha mais ou menos curado meu ombro. Mas não dava para andar muito bem, e embora eu estivesse fora da cama em cinco dias me tomou algum tempo readquirir o uso das pernas.

Saía todas as manhãs, me deixando leite para o dia, e trancando a porta atrás de si; e voltava à noitinha, para sentar-se calado no canto junto à lareira. Nem uma alma se aproximou do lugar. Quando eu estava melhorando, ele nunca me aborreceu com uma pergunta. Várias vezes foi buscar para mim um Scotsman de dois dias antes, e notei que o interesse pelo Assassinato de Portland Place parecia ter diminuído. Não havia qualquer menção a isso, e encontrei muito pouco sobre qualquer coisa, exceto algo chamado Assembleia Geral – alguma farra eclesiástica, deduzi.

Um dia, ele exibiu meu cinto tirado de uma gaveta trancada. "Tem um montão de grana aí, *né?*", disse ele. "É melhor você contar para ver se *tá* tudo aí."

Ele jamais sequer perguntou meu nome. Eu lhe perguntei se alguém estivera por ali fazendo indagações logo depois do meu turno no conserto da estrada.

"Sim, teve um homem num automóvel. Perguntou quem tinha tomado meu lugar aquele dia, e deixei ele pensar que eu achava ele maluco. Mas ele grudou em mim, e então eu disse que ele devia *tá* falando do meu grande e bom colega de Cleuch que às vezes me empresta um martelo. Era um camarada meio galês, e eu não conseguia entender nem a metade do inglês dele."

Eu estava ficando inquieto naqueles últimos dias, e decidi ir embora assim que me sentisse em forma. Isso não aconteceu até o décimo segundo dia de junho, e por um golpe de sorte um boiadeiro passou naquela manhã levando algum gado para Moffat. Era um homem chamado Hislop, um amigo de Turnbull, e ele entrou para tomar o café da manhã conosco e se ofereceu para me levar com ele.

Fiz Turnbull aceitar cinco libras pelo meu alojamento, e isso me deu um bocado de trabalho. Nunca houve um ser mais independente. Ele se tornou positivamente rude quando eu o pressionei, ficou tímido e corado, e pegou o dinheiro afinal sem dizer um obrigado. Ao lhe dizer o quanto eu lhe devia, ele grunhiu algo sobre "uma boa ação merecer outra". Daria para pensar por nossa despedida que tínhamos nos afastado com rancor.

Hislop era uma alma alegre, que tagarelou o caminho todo sobre o desfiladeiro e na descida para o vale ensolarado de Annan. Falei dos mercados de Galloway e do preço das ovelhas, e ele concluiu que eu era um "pastor agregado" daquela região – o que quer que isso fosse. Minha manta e o chapéu velho, como eu disse, me davam uma bela e teatral aparência escocesa. Mas conduzir gado é um trabalho mortalmente lento e levamos quase um dia para cobrir uma dúzia de milhas.

If I had not had such an anxious heart I would have enjoyed that time. It was shining blue weather, with a constantly changing prospect of brown hills and far green meadows, and a continual sound of larks and curlews and falling streams. But I had no mind for the summer, and little for Hislop's conversation, for as the fateful fifteenth of June drew near I was overweighed with the hopeless difficulties of my enterprise.

I got some dinner in a humble Moffat public-house, and walked the two miles to the junction on the main line. The night express for the south was not due till near midnight, and to fill up the time I went up on the hillside and fell asleep, for the walk had tired me. I all but slept too long, and had to run to the station and catch the train with two minutes to spare. The feel of the hard third-class cushions and the smell of stale tobacco cheered me up wonderfully. At any rate, I felt now that I was getting to grips with my job.

I was decanted at Crewe in the small hours and had to wait till six to get a train for Birmingham. In the afternoon I got to Reading, and changed into a local train which journeyed into the deeps of Berkshire. Presently I was in a land of lush water-meadows and slow reedy streams. About eight o'clock in the evening, a weary and travel-stained being – a cross between a farm-labourer and a vet – with a checked black-and-white plaid over his arm (for I did not dare to wear it south of the Border), descended at the little station of Artinswell. There were several people on the platform, and I thought I had better wait to ask my way till I was clear of the place.

The road led through a wood of great beeches and then into a shallow valley, with the green backs of downs peeping over the distant trees. After Scotland the air smelt heavy and flat, but infinitely sweet, for the limes and chestnuts and lilac bushes were domes of blossom. Presently I came to a bridge, below which a clear slow stream flowed between snowy beds of water-buttercups. A little above it was a mill; and the lasher made a pleasant cool sound in the scented dusk. Somehow the place soothed me and put me at my ease. I fell to whistling as I looked into the green depths, and the tune which came to my lips was "Annie Laurie".

A fisherman came up from the waterside, and as he neared me he too began to whistle. The tune was infectious, for he followed my suit. He was a huge man in untidy old flannels and a wide-brimmed hat, with a canvas bag slung on his shoulder. He nodded to me, and I thought I had never seen a shrewder or better-tempered face. He leaned his delicate ten-foot split-cane rod against the bridge, and looked with me at the water.

"Clear, isn't it?" he said pleasantly. "I back our Kenner anyday against the Test. Look at that big fellow. Four pounds if he's an ounce. But the evening rise is over and you can't tempt 'em."

"I don't see him", said I.

"Look! There! A yard from the reeds just above that stickle."

"I've got him now. You might swear he was a black stone."

"So", he said, and whistled another bar of "Annie Laurie".

Se não estivesse com o coração tão ansioso, teria desfrutado daquele tempo. O clima era bom, brilhante e azul, com um panorama constantemente mutável de colinas marrons e prados verdes distantes, e um som ininterrupto de cotovias e maçaricos e quedas d'água. Mas não tinha cabeça para apreciar o verão, e pouca para a conversa de Hislop, pois à medida que o fatal quinze de junho se aproximava me sentia sobrecarregado com as dificuldades desesperadoras da minha tarefa.

Jantei algo num humilde *pub* de Moffat, e caminhei as duas milhas até a conexão da linha principal. O expresso noturno para o sul não era esperado senão próximo da meia-noite, e para matar o tempo subi a colina e adormeci, pois o passeio tinha me cansado. Eu quase dormi demais, e tive que correr para a estação e pegar o trem faltando dois minutos. O toque das almofadas duras da terceira classe e o cheiro de fumo fedido me animaram de forma admirável. De todo modo, eu agora sentia que estava me aferrando ao meu trabalho.

Desembarquei em Crewe de madrugada, e tive que esperar até as seis para pegar um trem para Birmingham. À tarde cheguei a Reading, e mudei para um trem local que viajava pelo interior de Berkshire. Agora eu estava numa região de prados inundados luxuriantes e lentos regatos cobertos de juncos. Em torno das oito horas da noite, um ser cansado e marcado pela viagem – uma mistura de trabalhador de fazenda e veterinário – com uma manta xadrez branca e preta sobre o braço (pois eu não ousava usar aquilo ao sul da fronteira), desceu na pequena estação de Artinswell. Havia várias pessoas na plataforma, e pensei que seria melhor esperar para perguntar o caminho quando estivesse longe do lugar.

A estrada passava por um bosque de grandes faias e então por um vale plano, com as encostas verdes surgindo por sobre as árvores distantes. Depois da Escócia o ar era pesado e denso, mas infinitamente doce, pois as limas, castanhas e lilases estavam em flor. Chegara à uma ponte, sob a qual um regato límpido fluía lentamente entre leitos de ranúnculos cobertos de neve. Um pouco acima havia um moinho; e a água represada produzia um agradável som fresco no crepúsculo perfumado. De algum modo, o lugar me tranquilizou e me pôs à vontade. Comecei a assobiar, ao olhar para as profundezas verdes e a melodia que me veio aos lábios era "Annie Laurie".

Um pescador surgiu da margem, e enquanto se aproximava de mim, também começou a assobiar. A melodia era contagiante, pois ele seguiu meu exemplo. Era um homem enorme, com calças de flanela velhas e desmazeladas, um largo chapéu de abas e uma bolsa de lona pendurada no ombro. Ele acenou com a cabeça, e pensei que nunca tinha visto um rosto mais sagaz ou bem-humorado. Ele apoiou seu delicado caniço de dez pés contra a ponte e olhou junto comigo para a água.

"Clara, não é?", disse ele de modo agradável. "Eu apoio nosso Kenner contra o Test em qualquer situação. Olhe para aquele camarada. Quatro libras como é uma onça. Mas a noite já chegou, e não dá para atraí-los."

"Não consigo vê-lo", disse eu.

"Olhe! Ali! A uma jarda dos juncos, logo acima daquele galho."

"Agora estou vendo. Poderia jurar que era uma pedra negra."

"Algo assim" disse ele, e assobiou outro compasso de "Annie Laurie".

"Twisdon's the name, isn't it?", he said over his shoulder, his eyes still fixed on the stream.

"No", I said. "I mean to say, YES." I had forgotten all about my alias.

"It's a wise conspirator that knows his own name", he observed, grinning broadly at a moor-hen that emerged from the bridge's shadow.

I stood up and looked at him, at the square, cleft jaw and broad, lined brow and the firm folds of cheek, and began to think that here at last was an ally worth having. His whimsical blue eyes seemed to go very deep.

Suddenly he frowned. "I call it disgraceful", he said, raising his voice. "Disgraceful that an able-bodied man like you should dare to beg. You can get a meal from my kitchen, but you'll get no money from me."

A dog-cart was passing, driven by a young man who raised his whip to salute the fisherman. When he had gone, he picked up his rod.

"That's my house", he said, pointing to a white gate a hundred yards on. "Wait five minutes and then go round to the back door."

And with that he left me.

I did as I was bidden. I found a pretty cottage with a lawn running down to the stream, and a perfect jungle of guelder-rose and lilac flanking the path. The back door stood open, and a grave butler was awaiting me.

"Come this way, Sir", he said, and he led me along a passage and up a back staircase to a pleasant bedroom looking towards the river. There I found a complete outfit laid out for me: dress clothes with all the fixings, a brown flannel suit, shirts, collars, ties, shaving things and hair-brushes, even a pair of patent shoes. "Sir Walter thought as how Mr. Reggie's things would fit you, Sir", said the butler. "He keeps some clothes 'ere, for he comes regular on the weekends. There's a bathroom next door, and I've prepared a 'ot bath. Dinner in 'alf an hour, Sir. You'll 'ear the gong."

The grave being withdrew, and I sat down in a chintz-covered easychair and gaped. It was like a pantomime, to come suddenly out of beggardom into this orderly comfort. Obviously Sir Walter believed in me, though why he did I could not guess. I looked at myself in the mirror and saw a wild, haggard brown fellow, with a fortnight's ragged beard, and dust in ears and eyes, collarless, vulgarly shirted, with shapeless old tweed clothes and boots that had not been cleaned for the better part of a month. I made a fine tramp and a fair drover; and here I was ushered by a prim butler into this temple of gracious ease. And the best of it was that they did not even know my name.

I resolved not to puzzle my head but to take the gifts the gods had provided. I shaved and bathed luxuriously, and got into the dress clothes and clean crackling shirt, which fitted me not so badly. By the time I had finished the looking-glass showed a not unpersonable young man.

Sir Walter awaited me in a dusky dining-room where a little round table

"O nome é Twisdon, não é?", disse ele por sobre o ombro, os olhos ainda fixos no riacho.

"Não", disse eu. "Quero dizer, SIM." Esquecera totalmente do meu nome falso.

"É um conspirador esperto aquele que sabe o próprio nome", observou ele, abrindo um amplo sorriso para um frango d'água que emergia da sombra da ponte.

Parei e olhei para ele, para o queixo quadrado e fendido, as sobrancelhas largas e marcadas e as dobras firmes das faces, e comecei a pensar que eis afinal um aliado que valia a pena ter. Seus olhos azuis irônicos pareciam penetrar bem fundo.

De repente, ele franziu o cenho. "Acho isso infame", disse, erguendo sua voz. "Infame que um homem saudável como você ouse implorar. Você pode conseguir uma refeição da minha cozinha, mas não conseguirá dinheiro nenhum de mim."

Um cabriolé estava passando, dirigido por um jovem que levantou seu chicote para saudar o pescador. Quando ele se foi, o outro apanhou sua vara de pescar.

"Aquela é a minha casa", disse ele, apontando para um portão branco cem jardas adiante. "Espere cinco minutos e então dê a volta até a porta dos fundos."

E com isso ele me deixou.

Fiz como ordenado. Encontrei um belo chalé com um gramado que se estendia até o riacho e uma perfeita selva de viburnos e lilases flanqueando o caminho. A porta dos fundos estava aberta, e um mordomo respeitável estava me esperando.

"Por aqui, meu senhor", disse ele, e me conduziu ao longo de um corredor e por uma escada de serviço até um quarto agradável com vista para o rio. Lá encontrei um enxoval completo: roupas de noite com todos os acessórios, um terno de flanela marrom, camisas, colarinhos, gravatas, apetrechos de barbear e escovas de cabelo, até um par de belos sapatos. "Sir Walter achou que as coisas de Mr. Reggie lhe serviriam, senhor", disse o mordomo. "Ele mantém algumas roupas aqui, pois vem regularmente nos finais de semana. Há um banheiro na porta ao lado, e preparei um banho quente. O jantar será servido em meia hora, senhor. Ouvirá o gongo.

A criatura respeitável retirou-se, lancei-me numa poltrona forrada de chita e fiquei boquiaberto. Era como uma pantomima, sair de repente da mendicância para este pacífico conforto. Obviamente Sir Walter acreditara em mim, embora não adivinhasse por que o fizera. Olhei-me no espelho e vi um camarada moreno e desfigurado, com barba duma quinzena e poeira nos olhos e ouvidos, sem colarinho, com uma camisa vulgar, velhas roupas de tweed desalinhadas e botas que não eram limpas há quase um mês. Passara-me por um belo mendigo e um honrado boiadeiro; e eis-me aqui, acompanhado por um mordomo afetado para dentro deste templo de agradável sossego. E o melhor de tudo era que eles nem sabiam meu nome.

Resolvi não perturbar minha cabeça, mas aceitar as dádivas que os deuses tinham concedido. Barbeei-me e tomei banho luxuosamente, e entrei no traje de noite e na camisa estalando de limpa, que não me caíram tão mal. Quando havia terminado, o espelho mostrava um homem jovem até que bem apessoado.

Sir Walter me esperava numa sala de jantar a meia-luz, onde uma pequena

was lit with silver candles. The sight of him – so respectable and established and secure, the embodiment of law and government and all the conventions – took me aback and made me feel an interloper. He couldn't know the truth about me, or he wouldn't treat me like this. I simply could not accept his hospitality on false pretences.

"I'm more obliged to you than I can say, but I'm bound to make things clear", I said. "I'm an innocent man, but I'm wanted by the police. I've got to tell you this, and I won't be surprised if you kick me out."

He smiled. "That's all right. Don't let that interfere with your appetite. We can talk about these things after dinner".

I never ate a meal with greater relish, for I had had nothing all day but railway sandwiches. Sir Walter did me proud, for we drank a good champagne and had some uncommon fine port afterwards. It made me almost hysterical to be sitting there, waited on by a footman and a sleek butler, and remember that I had been living for three weeks like a brigand, with every man's hand against me. I told Sir Walter about tiger-fish in the Zambesi that bite off your fingers if you give them a chance, and we discussed sport up and down the globe, for he had hunted a bit in his day.

We went to his study for coffee, a jolly room full of books and trophies and untidiness and comfort. I made up my mind that if ever I got rid of this business and had a house of my own, I would create just such a room. Then when the coffee-cups were cleared away, and we had got our cigars alight, my host swung his long legs over the side of his chair and bade me get started with my yarn.

"I've obeyed Harry's instructions", he said, "and the bribe he offered me was that you would tell me something to wake me up. I'm ready, Mr. Hannay."

I noticed with a start that he called me by my proper name.

I began at the very beginning. I told of my boredom in London, and the night I had come back to find Scudder gibbering on my doorstep. I told him all Scudder had told me about Karolides and the Foreign Office conference, and that made him purse his lips and grin.

Then I got to the murder, and he grew solemn again. He heard all about the milkman and my time in Galloway, and my deciphering Scudder's notes at the inn.

"You've got them here?" he asked sharply, and drew a long breath when I whipped the little book from my pocket.

I said nothing of the contents. Then I described my meeting with Sir Harry, and the speeches at the hall. At that he laughed uproariously.

"Harry talked dashed nonsense, did he? I quite believe it. He's as good a chap as ever breathed, but his idiot of an uncle has stuffed his head with maggots. Go on, Mr. Hannay."

My day as roadman excited him a bit. He made me describe the two fellows

mesa redonda era iluminada por castiçais de prata. A visão dele – tão respeitável e renomado e seguro de si, a personificação da lei e do governo e de todas as convenções – me surpreendeu e me fez sentir um intruso. Ele não devia saber a verdade a meu respeito, ou não me trataria desse modo. Eu simplesmente não podia aceitar sua hospitalidade sob falsos pretextos.

"Estou em dívida com o senhor, mais do que posso expressar, mas sou obrigado a deixar as coisas claras", disse eu. "Sou inocente, mas a polícia procura por mim. Tenho que lhe dizer isso, e não ficarei surpreso se o senhor me expulsar."

Ele sorriu. "Está tudo bem. Não deixe que isso interfira com seu apetite. Podemos falar sobre essas coisas depois do jantar.

Nunca comi uma refeição com maior prazer, pois não comera nada o dia todo a não ser sanduíches servidos em ferrovias. Sir Walter me fez as honras, pois bebemos um bom champanha, e um ótimo e raro porto após o jantar. Deixou-me quase histérico ficar sentado lá, servido por um lacaio e um mordomo polido, e lembrar que eu estivera vivendo durante três semanas como um bandido, com a mão de cada homem apontada contra mim. Contei a Sir Walter sobre os peixes-tigre da Zambézia, que mordiam seus dedos se você lhes desse oportunidade, e discutimos o esporte de um lado a outro do globo, pois ele tinha caçado um pouco em sua época.

Fomos ao seu estúdio para o café, um cômodo agradável, cheio de livros e troféus e desordem e conforto. Decidi que se algum dia eu ficasse livre desse negócio e tivesse uma casa minha, criaria um cômodo igual a esse. Então, depois que tiraram as xícaras de café e acendemos nossos charutos, meu anfitrião mexeu as longas pernas sobre o lado da cadeira e mandou que eu começasse com minha história.

"Obedeci às ordens de Harry", disse ele, "e o suborno que ele me ofereceu foi que você me contaria algo que me faria despertar. Estou pronto, Mr. Hannay."

Notei com espanto que ele me chamou pelo meu próprio nome.

Comecei bem do princípio. Contei do meu aborrecimento em Londres, e da noite em que voltara para casa para encontrar Scudder gaguejando na soleira da minha porta. Contei-lhe tudo que Scudder tinha me falado sobre Karolides e a conferência do Ministério do Exterior, e isso o fez franzir os lábios e sorrir.

Então cheguei ao assassinato e ele ficou sério de novo. Ouviu tudo sobre o leiteiro e o tempo que passei em Galloway, e como decifrei as anotações de Scudder na pousada.

"Você as tem aqui?", perguntou ele de modo incisivo, e soltou um longo suspiro quando arranquei o livrinho do bolso.

Não disse nada sobre o conteúdo. Então descrevi meu encontro com Sir Harry, e o discurso no auditório. Ao ouvir isso, ele deu uma sonora risada.

"Harry falou uma porção de bobagens, não é? Acredito totalmente nisso. Ele é o melhor sujeito que já existiu, mas o idiota do tio dele encheu sua cabeça com ideias fantásticas e excêntricas. Continue, Mr. Hannay."

O dia que passei como calceteiro excitou-o um pouco. Ele me fez descrever

in the car very closely, and seemed to be raking back in his memory. He grew merry again when he heard of the fate of that ass Jopley.

But the old man in the moorland house solemnized him. Again I had to describe every detail of his appearance.

"Bland and bald-headed and hooded his eyes like a bird... He sounds a sinister wild-fowl! And you dynamited his hermitage, after he had saved you from the police. Spirited piece of work, that!"

Presently I reached the end of my wanderings. He got up slowly, and looked down at me from the hearth-rug.

"You may dismiss the police from your mind", he said. "You're in no danger from the law of this land."

"Great Scot!", I cried. "Have they got the murderer?"

"No. But for the last fortnight they have dropped you from the list of possibles."

"Why?", I asked in amazement.

"Principally because I received a letter from Scudder. I knew something of the man, and he did several jobs for me. He was half crank, half genius, but he was wholly honest. The trouble about him was his partiality for playing a lone hand. That made him pretty well useless in any Secret Service – a pity, for he had uncommon gifts. I think he was the bravest man in the world, for he was always shivering with fright, and yet nothing would choke him off. I had a letter from him on the 31st of May."

"But he had been dead a week by then."

"The letter was written and posted on the 23rd. He evidently did not anticipate an immediate decease. His communications usually took a week to reach me, for they were sent under cover to Spain and then to Newcastle. He had a mania, you know, for concealing his tracks."

"What did he say?' I stammered.

"Nothing. Merely that he was in danger, but had found shelter with a good friend, and that I would hear from him before the 15th of June. He gave me no address, but said he was living near Portland Place. I think his object was to clear you if anything happened. When I got it I went to Scotland Yard, went over the details of the inquest, and concluded that you were the friend. We made inquiries about you, Mr. Hannay, and found you were respectable. I thought I knew the motives for your disappearance – not only the police, the other one too – and when I got Harry's scrawl I guessed at the rest. I have been expecting you any time this past week."

You can imagine what a load this took off my mind. I felt a free man once more, for I was now up against my country's enemies only, and not my country's law.

os dois camaradas no carro com muitos detalhes, e parecia estar remexendo na memória. Ficou alegre de novo quando ouviu sobre o destino daquele asno do Jopley.

Mas o velho na casa da charneca deixou-o sério. De novo tive que descrever cada detalhe de sua aparência.

"Suave e careca, e encobria os olhos como um pássaro... Dá a impressão de uma ave selvagem e sinistra! E você dinamitou sua casa isolada, depois que ele o salvou da polícia. Trabalhinho animado, esse!"

Então cheguei ao fim das minhas perambulações. Ele levantou-se lentamente, e me olhou do tapete da lareira.

"Pode tirar a polícia da sua mente", disse ele. "Você não está em apuros com a lei deste país."

"Grande escocês!", exclamei. "Eles pegaram o assassino?"

"Não. Mas ao longo da última quinzena eles retiraram você da lista de possibilidades."

"Por quê?", perguntei espantado.

"Principalmente porque recebi uma carta de Scudder. Eu conhecia um pouco o homem, e ele fez vários trabalhos para mim. Era meio excêntrico, meio gênio, mas completamente honesto. O problema com ele era sua predileção por agir sozinho. Isso o tornou inútil para qualquer Serviço Secreto – uma pena, pois ele tinha dons naturais raros. Acho que era o homem mais corajoso do mundo, pois estava sempre tremendo de medo, e ainda assim nada o desencorajava. Recebi uma carta dele em 31 de maio."

"Mas a essa altura ele já estava morto há uma semana."

"A carta foi escrita e postada no dia 23. É evidente que ele não previa uma morte imediata. Suas comunicações normalmente levavam uma semana para chegar a mim, pois eram enviadas em segredo para a Espanha, e depois para Newcastle. Ele tinha uma mania, você sabe, de encobrir seus rastros."

"O que ele disse?", gaguejei.

"Nada. Apenas que estava em perigo, mas tinha encontrado abrigo com um bom amigo, e que eu teria notícias dele antes do dia 15 de junho. Não me deu nenhum endereço, mas disse que estava vivendo perto de Portland Place. Acho que sua intenção era inocentar você se alguma coisa acontecesse. Quando recebi a carta fui até a Scotland Yard, verifiquei os detalhes do inquérito, e concluí que você era o amigo. Fizemos investigações sobre você, Mr. Hannay, e descobrimos que era respeitável. Achei que sabia os motivos para o seu desaparecimento – não apenas a polícia, o outro também – e quando recebi os rabiscos de Harry adivinhei o resto. Tenho esperado por você a qualquer momento nesta última semana."

Vocês podem imaginar a carga que isso tirou da minha mente. Me senti um homem livre de novo, pois eu agora estava apenas contra os inimigos do meu país, e não contra a lei do meu país.

"Now let us have the little notebook," said Sir Walter.

It took us a good hour to work through it. I explained the cypher, and he was jolly quick at picking it up. He emended my reading of it on several points, but I had been fairly correct, on the whole. His face was very grave before he had finished, and he sat silent for a while.

"I don't know what to make of it", he said at last. "He is right about one thing – what is going to happen the day after tomorrow. How the devil can it have got known? That is ugly enough in itself. But all this about war and the Black Stone – it reads like some wild melodrama. If only I had more confidence in Scudder's judgement. The trouble about him was that he was too romantic. He had the artistic temperament, and wanted a story to be better than God meant it to be. He had a lot of odd biases, too. Jews, for example, made him see red. Jews and the high finance.

"The Black Stone", he repeated. *"Der Schwarze Stein.* It's like a penny novelette. And all this stuff about Karolides. That is the weak part of the tale, for I happen to know that the virtuous Karolides is likely to outlast us both. There is no State in Europe that wants him gone. Besides, he has just been playing up to Berlin and Vienna and giving my Chief some uneasy moments. No! Scudder has gone off the track there. Frankly, Hannay, I don't believe that part of his story. There's some nasty business afoot, and he found out too much and lost his life over it. But I am ready to take my oath that it is ordinary spy work. A certain great European Power makes a hobby of her spy system, and her methods are not too particular. Since she pays by piecework her blackguards are not likely to stick at a murder or two. They want our naval dispositions for their collection at the *Marineamt*; but they will be pigeon-holed – nothing more."

Just then the butler entered the room.

"There's a trunk-call from London, Sir Walter. It's Mr. Eath, and he wants to speak to you personally."

My host went off to the telephone.

He returned in five minutes with a whitish face. 'I apologize to the shade of Scudder,' he said. 'Karolides was shot dead this evening at a few minutes after seven."

"Agora vamos ver essa pequena caderneta", disse Sir Walter.

Levamos uma boa hora trabalhando nisso. Eu expliquei o código, e ele foi muito rápido em assimilá-lo. Ele corrigiu minha interpretação em vários pontos, mas eu estivera bastante certo, de modo geral. Seu rosto ficou muito sério antes que ele terminasse, e sentou-se calado por algum tempo.

"Eu não sei o que fazer com isso", disse ele afinal. "Ele está certo sobre uma coisa: o que vai acontecer depois de amanhã. Como o diabo pode ter sabido? Isso, por si só, já é horrível o bastante. Mas isso tudo sobre a guerra e a Pedra Negra – parece algum melodrama desvairado. Se eu ao menos tivesse um pouco mais de confiança no julgamento de Scudder. O problema com ele é que era muito romântico. Tinha um temperamento artístico, e queria que uma história fosse melhor do que Deus pretendia que ela fosse. Tinha muitos preconceitos estranhos, também. Os judeus, por exemplo, o deixavam louco de raiva. Os judeus e as altas finanças."

"A Pedra Negra" repetiu ele. "*Der Schwarze Stein*. É como uma novela barata. E todo esse negócio sobre Karolides. Essa é a parte fraca da história, pois acontece que eu sei que é provável que o honrado Karolides sobreviva a nós dois. Não há nenhuma nação na Europa que o queira morto. Além disso, ele ultimamente tem estado se divertindo em Berlim e Viena, e fazendo meu chefe passar alguns momentos inquietantes. Não! Scudder saiu da trilha aqui. Com toda franqueza, Hannay, não acredito nessa parte da história dele. Há algum negócio sórdido em andamento, e ele descobriu demais e perdeu sua vida por isso. Mas estou pronto a jurar que se trata de espionagem comum. Certa grande potência europeia faz do seu sistema de espionagem um passatempo, e seus métodos não são muito fora do comum. Considerando que ela paga por tarefa, não é provável que seus patifes tenham escrúpulos com um ou dois assassinatos. Eles querem nossos planos navais para sua coleção no *Marineamt*[17]; mas eles serão frustrados – nada mais."

Nesse exato momento o mordomo entrou na sala.

"Há uma ligação interurbana de Londres, Sir Walter. É Mr. Eath, e ele quer falar pessoalmente com o senhor.

Meu anfitrião saiu para atender ao telefone.

Voltou em cinco minutos, com o rosto pálido. "Peço desculpas ao fantasma de Scudder", disse ele. "Karolides foi morto a tiros esta noite, alguns minutos depois das sete."

---

17   Corpo Administrativo da Marinha da Alemanha nos tempos da Primeira Guerra Mundial.

CHAPTER EIGHT

THE COMING OF THE BLACK STONE

I came down to breakfast next morning, after eight hours of blessed dreamless sleep, to find Sir Walter decoding a telegram in the midst of muffins and marmalade. His fresh rosiness of yesterday seemed a thought tarnished.

"I had a busy hour on the telephone after you went to bed", he said. "I got my Chief to speak to the First Lord and the Secretary for War, and they are bringing Royer over a day sooner. This wire clinches it. He will be in London at five. Odd that the code word for a *Sous-chef d'état* Major-General should be 'Porker'."

He directed me to the hot dishes and went on.

"Not that I think it will do much good. If your friends were clever enough to find out the first arrangement they are clever enough to discover the change. I would give my head to know where the leak is. We believed there were only five men in England who knew about Royer's visit, and you may be certain there were fewer in France, for they manage these things better there."

While I ate he continued to talk, making me to my surprise a present of his full confidence.

"Can the dispositions not be changed?" I asked.

"They could", he said. "But we want to avoid that if possible. They are the result of immense thought, and no alteration would be as good. Besides, on one or two points change is simply impossible. Still, something could be done, I suppose, if it were absolutely necessary. But you see the difficulty, Hannay. Our enemies are not going to be such fools as to pick Royer's pocket or any childish game like that. They know that would mean a row and put us on our guard. Their aim is to get the details without any one of us knowing, so that Royer will go back to Paris in the belief that the whole business is still deadly secret. If they can't do that they fail, for, once we suspect, they know that the whole thing must be altered."

"Then we must stick by the Frenchman's side till he is home again", I said.

CAPÍTULO OITO

A CHEGADA DA PEDRA NEGRA

Desci para o desjejum na manhã seguinte, após oito horas dum abençoado sono livre de sonhos, para encontrar Sir Walter decifrando um telegrama em meio a bolinhos e geleia. Sua tez rosada e fresca de ontem parecia um tanto maculada.

"Passei uma boa hora ao telefone após você ir para cama", disse ele. "Consegui que meu chefe falasse com o Primeiro Lorde e o Ministro da Guerra, e estão trazendo Royer um dia antes. Este telegrama encerra a questão. Estará em Londres às cinco. Curioso que a palavra-código para *Sous-chef d'état* Major-General seja 'Leitão'."

Ele me apontou os pratos quentes e continuou.

"Não que ache que isso ajude muito. Se seus amigos foram bastante inteligentes para descobrir o primeiro arranjo, também o são para descobrir a alteração. Daria a minha cabeça para saber onde está o vazamento. Acreditamos que havia apenas cinco homens na Inglaterra que sabiam sobre a visita de Royer e pode ter certeza de que havia menos em França, pois lá eles administram melhor essas coisas."

Enquanto eu comia ele continuou falando, concedendo-me a dádiva de sua plena confiança, para minha surpresa.

"Os planos não podem ser alterados?", perguntei.

"Podem", disse ele. "Mas queremos evitar isso, se possível. Eles são o resultado de enorme reflexão e nenhuma alteração seria tão boa. Além disso, em um ou dois pontos a alteração é simplesmente impossível. Apesar de que algo poderia ser feito, suponho, se fosse absolutamente necessário. Mas veja a dificuldade, Hannay. Nossos inimigos não serão tão tolos a ponto de bater a carteira de Royer ou alguma brincadeira infantil como essa. Sabem que isso significaria um distúrbio e nos deixaria em alerta. Seu objetivo é conseguir os detalhes sem que nenhum de nós saiba, de modo que Royer voltará para Paris na crença de que o negócio todo ainda é um segredo mortal. Se não puderem fazer isso falharam, pois, uma vez que suspeitarmos, eles sabem que o negócio todo deverá ser alterado."

"Por isso devemos permanecer fiéis ao lado do francês até que ele esteja no-

"If they thought they could get the information in Paris they would try there. It means that they have some deep scheme on foot in London which they reckon is going to win out."

"Royer dines with my Chief, and then comes to my house where four people will see him: Whittaker, from the Admiralty, myself, Sir Arthur Drew, and General Winstanley. The First Lord is ill, and has gone to Sheringham. At my house he will get a certain document from Whittaker, and after that he will be motored to Portsmouth where a destroyer will take him to Havre. His journey is too important for the ordinary boat-train. He will never be left unattended for a moment till he is safe on French soil. The same with Whittaker till he meets Royer. That is the best we can do, and it's hard to see how there can be any miscarriage. But I don't mind admitting that I'm horribly nervous. This murder of Karolides will play the deuce in the chancelleries of Europe."

After breakfast he asked me if I could drive a car. "Well, you'll be my chauffeur today and wear Hudson's rig. You're about his size. You have a hand in this business and we are taking no risks. There are desperate men against us, who will not respect the country retreat of an overworked official."

When I first came to London I had bought a car and amused myself with running about the south of England, so I knew something of the geography. I took Sir Walter to town by the Bath Road and made good going. It was a soft breathless June morning, with a promise of sultriness later, but it was delicious enough swinging through the little towns with their freshly watered streets, and past the summer gardens of the Thames valley. I landed Sir Walter at his house in Queen Anne's Gate punctually by half-past eleven. The butler was coming up by train with the luggage.

The first thing he did was to take me round to Scotland Yard. There we saw a prim gentleman, with a clean-shaven, lawyer's face.

"I've brought you the Portland Place murderer", was Sir Walter's introduction.

The reply was a wry smile. "It would have been a welcome present, Bullivant. This, I presume, is Mr. Richard Hannay, who for some days greatly interested my department."

"Mr. Hannay will interest it again. He has much to tell you, but not today. For certain grave reasons his tale must wait for four hours. Then, I can promise you, you will be entertained and possibly edified. I want you to assure Mr. Hannay that he will suffer no further inconvenience."

This assurance was promptly given.

"You can take up your life where you left off", I was told. "Your flat, which probably you no longer wish to occupy, is waiting for you, and your man is still there. As you were never publicly accused, we considered that there was no need of a public exculpation. But on that, of course, you must please yourself."

"We may want your assistance later on, MacGillivray", Sir Walter said as we left.

vamente em casa", disse eu. "Se eles pensassem que poderiam conseguir a informação em Paris, eles tentariam lá. Isso significa que eles têm algum grande esquema em andamento em Londres, que eles acham que vai ter sucesso."

"Royer janta com meu Chefe e depois vem para minha casa, onde quatro pessoas irão recebê-lo: Whittaker, do Almirantado, eu, Sir Arthur Drew e o general Winstanley. O Primeiro Lorde está doente, e foi para Sheringham. Na minha casa ele obterá certo documento de Whittaker e depois será levado de carro a Portsmouth, onde um destróier o levará ao Havre. Sua viagem é importante demais para que use o trem para o porto. Ele nunca será deixado sozinho, nem por um momento, até que esteja seguro em solo francês. O mesmo com Whittaker até que encontre Royer. Isso é o melhor que podemos fazer e é difícil imaginar como poderia haver qualquer falha. Mas não me importo de admitir que estou terrivelmente nervoso. Esse assassinato de Karolides vai desencadear o inferno nas chancelarias da Europa."

Após o desjejum ele me perguntou se eu sabia dirigir um carro. "Bem, hoje será meu chofer e usará o uniforme de Hudson. Você é quase do tamanho dele. Está com a mão nesse negócio e não queremos correr riscos. Estamos enfrentando homens desesperados que não respeitarão o retiro rural dum oficial sobrecarregado."

Ao chegar a Londres eu havia comprado um carro e me divertira percorrendo o sul da Inglaterra, de modo que conhecia algo da geografia. Levei Sir Walter para a cidade pela estrada de Bath, e fiz um bom percurso. Era uma manhã de junho suave e abafada, com uma promessa de mormaço mais tarde, mas era bastante agradável dar voltas pelas pequenas cidades, com suas ruas recém-aguadas, e passar pelos jardins de verão do vale do Tâmisa. Desembarquei Sir Walter em sua casa em Queen Anne's Gate pontualmente às onze e meia. O mordomo estava vindo de trem com a bagagem.

A primeira coisa que ele fez foi me levar até a Scotland Yard. Lá nós vimos um cavalheiro afetado, com um rosto de advogado, sem barba, .

"Eu lhes trouxe o Assassino de Portland Place", foi como me apresentou Sir Walter.

A resposta foi um sorriso irônico. "Teria sido um presente bem-vindo, Bullivant. Este, presumo, é Mr. Richard Hannay, que durante alguns dias interessou grandemente ao meu departamento."

"Mr. Hannay irá interessá-lo de novo. Ele tem muito para lhe contar, mas não hoje. Por certas razões muito sérias a história dele deve esperar por quatro horas. Então, prometo-lhe, você será entretido e possivelmente esclarecido. Gostaria que garantisse a Mr. Hannay que ele não sofrerá mais nenhuma inconveniência."

A garantia foi dada prontamente.

"Pode retomar sua vida de onde a deixou", me disseram. "Seu apartamento, que provavelmente não desejará ocupar mais, está lhe esperando e seu criado ainda está lá. Como nunca foi acusado publicamente, achamos que não havia necessidade de uma escusa pública. Mas quanto a isso, é claro, deve fazer como lhe aprouver."

"Podemos precisar de sua ajuda mais tarde, MacGillivraym", disse Sir Walter quando saímos.

Then he turned me loose.

"Come and see me tomorrow, Hannay. I needn't tell you to keep deadly quiet. If I were you I would go to bed, for you must have considerable arrears of sleep to overtake. You had better lie low, for if one of your Black Stone friends saw you there might be trouble."

I felt curiously at a loose end. At first it was very pleasant to be a free man, able to go where I wanted without fearing anything. I had only been a month under the ban of the law, and it was quite enough for me. I went to the Savoy and ordered very carefully a very good luncheon, and then smoked the best cigar the house could provide. But I was still feeling nervous. When I saw anybody look at me in the lounge, I grew shy, and wondered if they were thinking about the murder.

After that I took a taxi and drove miles away up into North London. I walked back through fields and lines of villas and terraces and then slums and mean streets, and it took me pretty nearly two hours. All the while my restlessness was growing worse. I felt that great things, tremendous things, were happening or about to happen, and I, who was the cog-wheel of the whole business, was out of it. Royer would be landing at Dover, Sir Walter would be making plans with the few people in England who were in the secret, and somewhere in the darkness the Black Stone would be working. I felt the sense of danger and impending calamity, and I had the curious feeling, too, that I alone could avert it, alone could grapple with it. But I was out of the game now. How could it be otherwise? It was not likely that Cabinet Ministers and Admiralty Lords and Generals would admit me to their councils.

I actually began to wish that I could run up against one of my three enemies. That would lead to developments. I felt that I wanted enormously to have a vulgar scrap with those gentry, where I could hit out and flatten something. I was rapidly getting into a very bad temper.

I didn't feel like going back to my flat. That had to be faced some time, but as I still had sufficient money I thought I would put it off till next morning, and go to a hotel for the night.

My irritation lasted through dinner, which I had at a restaurant in Jermyn Street. I was no longer hungry, and let several courses pass untasted. I drank the best part of a bottle of Burgundy, but it did nothing to cheer me. An abominable restlessness had taken possession of me. Here was I, a very ordinary fellow, with no particular brains, and yet I was convinced that somehow I was needed to help this business through... that without me it would all go to blazes. I told myself it was sheer silly conceit, that four or five of the cleverest people living, with all the might of the British Empire at their back, had the job in hand. Yet I couldn't be convinced. It seemed as if a voice kept speaking in my ear, telling me to be up and doing, or I would never sleep again.

The upshot was that about half-past nine I made up my mind to go to Queen Anne's Gate. Very likely I would not be admitted, but it would ease my conscience to try.

Então ele me liberou.

"Venha me ver amanhã, Hannay. Não preciso lhe dizer que mantenha um silêncio mortal. Se eu fosse você iria para cama, pois deve ter uma considerável quantidade de sono atrasado para pôr em dia. Seria melhor que se escondesse, pois se algum dos seus amigos da Pedra Negra o vir poderia haver problemas."

Curiosamente, sentia que havia pontas soltas. A princípio foi bem agradável ser um homem livre, capaz de ir aonde quisesse sem temer nada. Passara só um mês à margem da lei, e fora o bastante para mim. Fui para o Savoy e pedi com muito cuidado um ótimo almoço e depois fumei o melhor charuto que a casa podia fornecer. Mas ainda me sentia nervoso. Ao ver qualquer pessoa olhando para mim no saguão, ficava desconfiado e me perguntava se estavam pensando no assassinato.

Depois disso tomei um táxi e rodei várias milhas em direção ao norte de Londres. Voltei caminhando, através de campos e fileiras de casas de campo e terraços, e depois favelas e ruas miseráveis, e isso me tomou umas duas horas. O tempo todo meu nervosismo aumentava. Eu sentia que coisas grandes, coisas tremendas, estavam acontecendo ou para acontecer, e eu, que era a engrenagem do negócio todo, estava de fora. Royer estaria desembarcando em Dover, Sir Walter estaria fazendo planos com as poucas pessoas na Inglaterra que estavam de posse do segredo, e em algum lugar na escuridão a Pedra Negra estaria trabalhando. Tinha a sensação de perigo e calamidade iminentes, e o curioso sentimento, também, de que somente eu poderia evitar isso, somente eu poderia lutar contra isso. Mas eu estava fora do jogo agora. Como poderia ser de outro modo? Não era provável que Ministros do Gabinete e Lordes do Almirantado e generais me admitissem em suas reuniões.

Eu na verdade comecei a desejar que pudesse me deparar com um de meus três inimigos. Isso produziria desdobramentos. Eu sentia que desejava muitíssimo ter uma briga vulgar com essa pequena nobreza, onde pudesse bater e caluniar alguma coisa. Estava rapidamente me tornando muito mal humorado.

Não tinha vontade de voltar para o meu apartamento. Teria que enfrentar isso em algum momento, mas como ainda tinha dinheiro suficiente, pensei em adiar a volta até a manhã seguinte e ir passar a noite num hotel.

Minha irritação durou durante o jantar num restaurante em Jermyn Street. Não tinha mais fome e deixei vários pratos sem provar. Bebi uma boa parte dum Burgundy, mas não serviu para me animar. Uma inquietação abominável tomara conta de mim. Eis-me aqui, um sujeito bem comum, sem possuir nenhuma inteligência especial, e mesmo assim estava convencido de que, de alguma maneira, era necessário para ajudar com esse caso... que sem mim tudo iria para o inferno. Disse a mim mesmo que essa era uma ideia totalmente tola, que quatro ou cinco das pessoas mais espertas, com todo o poder do Império Britânico a respaldá-las, tinham a coisa sob controle. Mesmo assim não podia me convencer. Parecia que uma voz continuava a falar em meu ouvido, a me dizer que ficasse ativo, ou nunca dormiria outra vez.

O resultado foi que em torno das nove e meia decidi ir até Queen Anne's Gate. Era bem provável que não permitissem minha entrada, mas aliviaria minha consciência se eu tentasse.

I walked down Jermyn Street, and at the corner of Duke Street passed a group of young men. They were in evening dress, had been dining somewhere, and were going on to a music-hall. One of them was Mr. Marmaduke Jopley.

He saw me and stopped short.

"By God, the murderer!", he cried. "Here, you fellows, hold him! That's Hannay, the man who did the Portland Place murder!" He gripped me by the arm, and the others crowded round. I wasn't looking for any trouble, but my ill-temper made me play the fool. A policeman came up, and I should have told him the truth, and, if he didn't believe it, demanded to be taken to Scotland Yard, or for that matter to the nearest police station. But a delay at that moment seemed to me unendurable, and the sight of Marmie's imbecile face was more than I could bear. I let out with my left, and had the satisfaction of seeing him measure his length in the gutter.

Then began an unholy row. They were all on me at once, and the policeman took me in the rear. I got in one or two good blows, for I think, with fair play, I could have licked the lot of them, but the policeman pinned me behind, and one of them got his fingers on my throat.

Through a black cloud of rage I heard the officer of the law asking what was the matter, and Marmie, between his broken teeth, declaring that I was Hannay the murderer.

"Oh, damn it all", I cried, "make the fellow shut up. I advise you to leave me alone, constable. Scotland Yard knows all about me, and you'll get a proper wigging if you interfere with me."

"You've got to come along of me, young man", said the policeman. "I saw you strike that gentleman crool 'ard. You began it too, for he wasn't doing nothing. I seen you. Best go quietly or I'll have to fix you up."

Exasperation and an overwhelming sense that at no cost must I delay gave me the strength of a bull elephant. I fairly wrenched the constable off his feet, floored the man who was gripping my collar, and set off at my best pace down Duke Street. I heard a whistle being blown, and the rush of men behind me.

I have a very fair turn of speed, and that night I had wings. In a jiffy I was in Pall Mall and had turned down towards St James's Park. I dodged the policeman at the Palace gates, dived through a press of carriages at the entrance to the Mall, and was making for the bridge before my pursuers had crossed the roadway. In the open ways of the Park I put on a spurt. Happily there were few people about and no one tried to stop me. I was staking all on getting to Queen Anne's Gate.

When I entered that quiet thoroughfare it seemed deserted. Sir Walter's house was in the narrow part, and outside it three or four motor-cars were drawn up. I slackened speed some yards off and walked briskly up to the door. If the butler refused me admission, or if he even delayed to open the door, I was done.

He didn't delay. I had scarcely rung before the door opened.

"I must see Sir Walter", I panted. "My business is desperately important."

Desci a Jermyn Street, e na esquina da Duke Street passou um grupo de rapazes. Estavam em trajes de noite, tinham jantado em algum lugar e iam para um teatro de variedades. Um deles era Mr. Marmaduke Jopley.

Ele me viu e parou bruscamente.

"Por Deus, o assassino!", exclamou ele. "Aqui, rapazes, agarrem-no! Esse é Hannay, o homem que cometeu o Assassinato de Portland Place!" Ele me agarrou pelo braço, e os outros se aglomeraram em volta. Eu não estava procurando problemas, mas meu mau humor me fez bancar o bobo. Um policial surgiu, e eu deveria ter lhe contado a verdade, e, se ele não acreditasse, deveria ter exigido que me levasse à Scotland Yard, ou, quanto a isso, à delegacia de polícia mais próxima. Mas uma demora naquele momento me parecia insuportável, e a visão do rosto imbecil de Marmie era mais do que eu podia aguentar. Soltei um direto de esquerda, e tive a satisfação de vê-lo estendido ao comprido na sarjeta.

Então começou uma briga terrível. Eles vieram todos para cima de mim ao mesmo tempo, e o policial me pegou pelas costas. Dei um ou dois golpes bons, pois acho, honestamente, que poderia ter derrotado o grupo todo, mas o policial me imobilizou por trás, e um deles pôs a mão em meu pescoço.

Através de uma nuvem negra de raiva ouvi o oficial da lei perguntando qual era o problema, e Marmie, por entre os dentes quebrados, declarando que eu era Hannay, o assassino.

"Ó mas que diabo!", exclamei. "Faça esse sujeito calar a boca. Eu o aconselho a me deixar em paz, policial. A Scotland Yard sabe tudo sobre mim, e você receberá uma justa reprimenda se intrometer-se comigo."

"Você tem que vir comigo, meu jovem", disse o policial. "Eu o vi dar um soco neste cavalheiro. Foi você que começou, também, pois ele não estava fazendo nada. Eu vi. É melhor vir por bem ou terei que castigá-lo."

A irritação e um sentido esmagador de que não deveria me demorar de jeito nenhum me deram a força dum elefante macho. Arranquei completamente o policial do chão, joguei por terra o homem que agarrava meu colarinho, e corri o quanto pude pela Duke Street. Ouvi um apito ser soprado e o tropel de homens no meu encalço.

Tenho ótima velocidade, e naquela noite eu tinha asas. Num instante estava em Pall Mall e tinha virado para o parque St. James. Esquivei-me do policial nos portões do Palácio, me enfiei através duma multidão de carruagens na entrada para o Mall e já me dirigiria à ponte antes que meus perseguidores cruzassem a estrada. No parque, ao ar livre, fiz um esforço supremo. Felizmente havia poucas pessoas ali, e ninguém tentou me deter. Estava apostando tudo em chegar a Queen Anne's Gate.

Ao entrar naquela rua tranquila, ela parecia deserta. A casa de Sir Walter ficava na parte mais estreita, e do lado de fora havia três ou quatro automóveis. Diminuí a velocidade algumas jardas antes, e caminhei rapidamente até a porta. Se o mordomo impedisse a minha entrada, ou se demorasse a abrir a porta, eu estava perdido.

Ele não demorou. Eu mal tinha tocado a campainha quando a porta se abriu.

"Preciso ver Sir Walter", arquejei. "Meu assunto é deveras importante."

That butler was a great man. Without moving a muscle he held the door open, and then shut it behind me. "Sir Walter is engaged, Sir, and I have orders to admit no one. Perhaps you will wait."

The house was of the old-fashioned kind, with a wide hall and rooms on both sides of it. At the far end was an alcove with a telephone and a couple of chairs, and there the butler offered me a seat.

"See here", I whispered. "There's trouble about and I'm in it. But Sir Walter knows, and I'm working for him. If anyone comes and asks if I am here, tell him a lie."

He nodded, and presently there was a noise of voices in the street, and a furious ringing at the bell. I never admired a man more than that butler. He opened the door, and with a face like a graven image waited to be questioned. Then he gave them it. He told them whose house it was, and what his orders were, and simply froze them off the doorstep. I could see it all from my alcove, and it was better than any play.

I hadn't waited long till there came another ring at the bell. The butler made no bones about admitting this new visitor.

While he was taking off his coat I saw who it was. You couldn't open a newspaper or a magazine without seeing that face: the grey beard cut like a spade, the firm fighting mouth, the blunt square nose, and the keen blue eyes. I recognized the First Sea Lord, the man, they say, that made the new British Navy.

He passed my alcove and was ushered into a room at the back of the hall. As the door opened I could hear the sound of low voices. It shut, and I was left alone again.

For twenty minutes I sat there, wondering what I was to do next. I was still perfectly convinced that I was wanted, but when or how I had no notion. I kept looking at my watch, and as the time crept on to half-past ten I began to think that the conference must soon end. In a quarter of an hour Royer should be speeding along the road to Portsmouth...

Then I heard a bell ring, and the butler appeared. The door of the back room opened, and the First Sea Lord came out. He walked past me, and in passing he glanced in my direction, and for a second we looked each other in the face.

Only for a second, but it was enough to make my heart jump. I had never seen the great man before, and he had never seen me. But in that fraction of time something sprang into his eyes, and that something was recognition. You can't mistake it. It is a flicker, a spark of light, a minute shade of difference which means one thing and one thing only. It came involuntarily, for in a moment it died, and he passed on. In a maze of wild fancies I heard the street door close behind him.

I picked up the telephone book and looked up the number of his house. We were connected at once, and I heard a servant's voice.

"Is his Lordship at home?", I asked.

Aquele mordomo era um homem notável. Sem mover um músculo, segurou a porta aberta, e depois a fechou atrás de mim. "Sir Walter está ocupado, senhor, e tenho ordens para não permitir a entrada de ninguém. Talvez queira esperar."

A casa era do tipo antiquado, com um amplo vestíbulo e salas em ambos os lados. No extremo da peça havia um vão com um telefone e um par de cadeiras, e lá o mordomo me ofereceu assento.

"Veja aqui", sussurrei. "Há um problema acontecendo e eu estou envolvido. Mas Sir Walter sabe e estou a trabalhar para ele. Se alguém vier e perguntar se estou aqui, conte uma mentira."

Ele meneou a cabeça e naquele momento ouviu-se um ruído de vozes na rua, e um toque violento na campainha. Nunca admirei mais um homem do que aquele mordomo. Ele abriu a porta, e com um rosto igual ao de uma estátua de pedra esperou ser interrogado. Então ele lhes deu uma lição. Disse-lhes de quem era a casa, e quais eram as ordens dele, e simplesmente congelou-os do lado de fora da porta. Eu podia ver tudo do vão onde estava, e foi melhor que qualquer peça de teatro.

Eu não estava esperando há muito tempo quando houve outro toque na campainha. O mordomo não teve dúvidas em permitir a entrada desse novo visitante.

Enquanto ele tirava o casaco, vi quem era. Não se pode abrir um jornal ou uma revista sem ver aquele rosto: a barba grisalha bem pontiaguda, a boca firme e resoluta, o nariz quadrado e abrupto, os olhos azuis penetrantes. Reconheci o Primeiro Lorde do Almirantado, o homem, dizem, que criou a nova Marinha Britânica.

Ele passou pelo meu lugar e foi acompanhado até uma sala no fundo do vestíbulo. Quando a porta se abriu eu pude ouvir o som de vozes baixas. A porta se fechou, e fiquei sozinho de novo.

Por vinte minutos sentei-me lá, imaginando o que devia fazer em seguida. Ainda estava perfeitamente convencido de que era necessário, mas não tinha noção de quando ou como. Continuei a olhar para o meu relógio e enquanto o tempo se arrastava até às dez e meia comecei a pensar que a reunião tinha que terminar logo. Em quinze minutos Royer deveria estar correndo pela estrada de Portsmouth...

Então ouvi uma sineta tocar e o mordomo apareceu. A porta da sala dos fundos abriu-se, e o Primeiro Lorde do Almirantado saiu. Passou por mim, e ao passar olhou de relance na minha direção e por um segundo trocamos olhares diretos.

Foi por um segundo, mas o bastante para meu coração saltar. Nunca vira o grande homem antes e ele nunca me vira. Mas naquela fração de tempo algo surgiu nos olhos dele e essa coisa foi o reconhecimento. Não se pode equivocar com isso. É uma centelha, uma faísca de luz, uma diminuta sombra de discrepância que significa apenas uma coisa e uma coisa apenas. Foi involuntário e num momento passou e ele seguiu. Numa confusão de loucas fantasias, ouvi a porta da rua se fechar atrás dele.

Apanhei a lista telefônica e olhei o número da casa dele. A conexão foi imediata, e ouvi a voz de um criado.

"Sua Senhoria está em casa?", perguntei eu.

"His Lordship returned half an hour ago", said the voice, "and has gone to bed. He is not very well tonight. Will you leave a message, Sir?"

I rang off and almost tumbled into a chair. My part in this business was not yet ended. It had been a close shave, but I had been in time.

Not a moment could be lost, so I marched boldly to the door of that back room and entered without knocking.

Five surprised faces looked up from a round table. There was Sir Walter, and Drew the War Minister, whom I knew from his photographs. There was a slim elderly man, who was probably Whittaker, the Admiralty official, and there was General Winstanley, conspicuous from the long scar on his forehead. Lastly, there was a short stout man with an iron-grey moustache and bushy eyebrows, who had been arrested in the middle of a sentence.

Sir Walter's face showed surprise and annoyance.

"This is Mr. Hannay, of whom I have spoken to you", he said apologetically to the company. "I'm afraid, Hannay, this visit is ill-timed."

I was getting back my coolness. "That remains to be seen, Sir", I said; "but I think it may be in the nick of time. For God's sake, gentlemen, tell me who went out a minute ago?"

"Lord Alloa", Sir Walter said, reddening with anger.

"It was not", I cried; "it was his living image, but it was not Lord Alloa. It was someone who recognized me, someone I have seen in the last month. He had scarcely left the doorstep when I rang up Lord Alloa's house and was told he had come in half an hour before and had gone to bed."

"Who... who...", someone stammered.

"The Black Stone", I cried, and I sat down in the chair so recently vacated and looked round at five badly scared gentlemen.

"Sua Senhoria voltou há meia hora", disse a voz, "e foi se recolher. Ele não está muito bem esta noite. Quer deixar-lhe um recado, meu senhor?"

Eu desliguei e quase caí na cadeira. Minha participação nessa história ainda não estava terminada. Tinha passado bem perto, mas eu chegara na hora certa.

Não havia um momento a perder, então marchei corajosamente para a porta daquela sala dos fundos e entrei sem bater.

Cinco rostos surpresos me olharam de uma mesa-redonda. Lá estavam Sir Walter, e Drew, o Ministro da Guerra, a quem reconheci de suas fotografias. Havia um homem magro e idoso, que provavelmente era Whittaker, o funcionário do Almirantado, e o general Winstanley, reconhecível pela longa cicatriz na testa. Por fim, havia um homem robusto e baixo, com um bigode grisalho e sobrancelhas cerradas, que fora interrompido no meio de uma frase.

O rosto de Sir Walter mostrou surpresa e aborrecimento.

"Este é Mr. Hannay, de quem eu lhes falei", disse ele se desculpando com os visitantes. "Receio, Hannay, que esta visita seja inoportuna."

Eu estava recobrando minha frieza. "Isso ainda veremos, Sir", disse eu; "mas acho que talvez seja o momento oportuno. Pelo amor de Deus, cavalheiros, me digam quem saiu um minuto atrás?"

"Lorde Alloa", disse Sir Walter, enrubescendo de raiva.

"Não era ele", exclamei; "era a imagem viva dele, mas não era Lorde Alloa. Era alguém que me reconheceu, alguém que vi no último mês. Ele mal tinha passado pela soleira da porta quando telefonei para a casa de Lorde Alloa e me disseram que ele tinha chegado meia hora antes e tinha ido para cama."

"Quem... quem...", alguém gaguejou.

"A Pedra Negra", exclamei, e me sentei na cadeira desocupada há tão pouco tempo, e olhei em volta para os cinco cavalheiros terrivelmente assustados.

CHAPTER NINE

THE THIRTY-NINE STEPS

"Nonsense!" said the official from the Admiralty.

Sir Walter got up and left the room while we looked blankly at the table. He came back in ten minutes with a long face. "I have spoken to Alloa", he said. "Had him out of bed... very grumpy. He went straight home after Mulross's dinner."

"But it's madness", broke in General Winstanley. "Do you mean to tell me that that man came here and sat beside me for the best part of half an hour and that I didn't detect the imposture? Alloa must be out of his mind."

"Don't you see the cleverness of it?", I said. "You were too interested in other things to have any eyes. You took Lord Alloa for granted. If it had been anybody else you might have looked more closely, but it was natural for him to be here, and that put you all to sleep."

Then the Frenchman spoke, very slowly and in good English.

"The young man is right. His psychology is good. Our enemies have not been foolish!"

He bent his wise brows on the assembly.

"I will tell you a tale", he said. "It happened many years ago in Senegal. I was quartered in a remote station, and to pass the time used to go fishing for big barbel in the river. A little Arab mare used to carry my luncheon basket – one of the salted dun breed you got at Timbuctoo in the old days. Well, one morning I had good sport, and the mare was unaccountably restless. I could hear her whinnying and squealing and stamping her feet, and I kept soothing her with my voice while my mind was intent on fish. I could see her all the time, as I thought, out of a corner of my eye, tethered to a tree twenty yards away. After a couple of hours I began to think of food. I collected my fish in a tarpaulin bag, and moved down the stream towards the mare, trolling my line. When I got up to her I flung the tarpaulin on her back..."

CAPÍTULO NOVE

OS TRINTA E NOVE DEGRAUS

"Bobagem!", disse o funcionário do Almirantado.

Sir Walter se levantou e saiu, enquanto olhávamos de modo inexpressivo para a mesa. Voltou em dez minutos aborrecido. "Falei com Alloa", disse ele. "Tirei-o da cama... bastante irritado. Seguiu direto para casa após o jantar de Mulross."

"Mas isso é loucura", interrompeu o general Winstanley. "Você pretende me dizer que aquele homem veio aqui e sentou-se ao meu lado por quase meia hora e que eu não descobri a fraude? Alloa deve estar louco."

"Os senhores não percebem a inteligência disso?", disse eu. "Estavam interessados demais em outras coisas para ter prestado atenção. Tomaram como certo que era Lorde Alloa. Se tivesse sido qualquer outra pessoa, teriam olhado mais de perto, mas era natural que ele estivesse aqui e isso fez com que todos cochilassem."

Então o francês falou, de modo muito lento e em bom inglês.

"O rapaz está certo. A psicologia dele é boa. Os nossos inimigos não foram tolos!"

Ele inclinou suas sábias sobrancelhas para os participantes da reunião.

"Vou lhes contar uma história", disse ele. "Aconteceu no Senegal muitos anos atrás. Estava aquartelado numa estação remota, e para passar o tempo costumava ir pescar grandes barbilhões no rio. Uma pequena égua árabe levava minha cesta de almoço – um animal esperto daquela raça parda que se conseguia em Timbuktu nos velhos tempos. Bem, certa manhã a pescaria era boa, e a égua estava inexplicavelmente inquieta. Eu podia ouvi-la relinchando e batendo os cascos e guinchando, e continuei a acalmá-la com a minha voz enquanto minha mente estava fixada nos peixes. Eu podia vê-la o tempo todo, conforme pensei, pelo canto do olho, amarrada a uma árvore a vinte jardas de distância. Após algumas horas comecei a pensar em comida. Juntei meus peixes numa bolsa de lona encerada e desci pelo riacho em direção à égua, cantarolando um verso. Quando cheguei até ela joguei a bolsa em seu lombo..."

He paused and looked round.

"It was the smell that gave me warning. I turned my head and found myself looking at a lion three feet off... An old man-eater, that was the terror of the village... What was left of the mare, a mass of blood and bones and hide, was behind him."

"What happened?", I asked. I was enough of a hunter to know a true yarn when I heard it.

"I stuffed my fishing-rod into his jaws, and I had a pistol. Also my servants came presently with rifles. But he left his mark on me." He held up a hand which lacked three fingers.

"Consider", he said. "The mare had been dead more than an hour, and the brute had been patiently watching me ever since. I never saw the kill, for I was accustomed to the mare's fretting, and I never marked her absence, for my consciousness of her was only of something tawny, and the lion filled that part. If I could blunder thus, gentlemen, in a land where men's senses are keen, why should we busy preoccupied urban folk not err also?"

Sir Walter nodded. No one was ready to gainsay him.

"But I don't see", went on Winstanley. "Their object was to get these dispositions without our knowing it. Now it only required one of us to mention to Alloa our meeting tonight for the whole fraud to be exposed."

Sir Walter laughed dryly. "The selection of Alloa shows their acumen. Which of us was likely to speak to him about tonight? Or was he likely to open the subject?"

I remembered the First Sea Lord's reputation for taciturnity and shortness of temper.

"The one thing that puzzles me", said the General, "is what good his visit here would do that spy fellow? He could not carry away several pages of figures and strange names in his head."

"That is not difficult", the Frenchman replied. "A good spy is trained to have a photographic memory. Like your own Macaulay. You noticed he said nothing, but went through these papers again and again. I think we may assume that he has every detail stamped on his mind. When I was younger I could do the same trick."

"Well, I suppose there is nothing for it but to change the plans", said Sir Walter ruefully.

Whittaker was looking very glum. "Did you tell Lord Alloa what has happened?", he asked. "No? Well, I can't speak with absolute assurance, but I'm nearly certain we can't make any serious change unless we alter the geography of England."

"Another thing must be said", it was Royer who spoke. "I talked freely when that man was here. I told something of the military plans of my Government. I was

Ele fez uma pausa e olhou em volta.

"Foi o cheiro que me deu o aviso. Virei a cabeça e me encontrei olhando para um leão a três pés de distância... Um velho canibal que era o terror da aldeia... O que restava da égua, uma massa de sangue, ossos e pele, estava atrás dele."

"O que aconteceu?", perguntei. Eu já caçara o bastante para reconhecer uma história verdadeira quando ouvia uma.

"Enfiei minha vara de pescar nas mandíbulas dele, e eu tinha uma pistola. Meus criados também chegaram naquela hora com rifles. Mas ele deixou sua marca em mim." Ele levantou uma das mãos, na qual faltavam três dedos.

"Pensem", disse ele. "A égua estava morta há mais duma hora e a fera estivera me observando pacientemente desde então. Não vi a matança, pois estava acostumado ao nervosismo da égua e não reparei na ausência, pois a percepção que tinha dela era só de alguma coisa amarelada e o leão preencheu essa parte. Se pude cometer um erro desses, cavalheiros, numa terra em que os sentidos humanos são aguçados, por que não deveríamos nos preocupar que o povo da cidade não erre também?"

Sir Walter meneou a cabeça. Ninguém estava preparado para contradizê-lo.

"Mas não compreendo", prosseguiu Winstanley. "O objetivo deles era conseguir esses arranjos sem o nosso conhecimento. Agora só é preciso que um de nós mencione a Alloa nossa reunião desta noite para que a fraude inteira seja revelada."

Sir Walter riu causticamente. "A escolha de Alloa mostra a argúcia deles. Qual de nós se arriscaria a falar com ele sobre esta noite? Ou será que ele se arriscaria a expor o assunto?"

Lembrei-me da reputação do Primeiro Lorde do Almirantado de ser taciturno e irascível.

"A única coisa que me intriga", disse o General, "é que utilidade teria para aquele espião a visita dele aqui? Ele não poderia carregar várias páginas de números e nomes estranhos em sua cabeça."

"Isso não é difícil", respondeu o francês. "Um bom espião é treinado para ter uma memória fotográfica. Como o próprio Macaulay de vocês. Vocês notaram que ele não disse nada, mas examinou esses documentos diversas vezes. Acho que podemos assumir que ele tem cada detalhe impresso em sua mente. Quando eu era mais jovem, podia fazer o mesmo truque."

"Bem, suponho que não há outro jeito senão mudar os planos", disse Sir Walter com tristeza.

Whittaker parecia muito aborrecido. "Contou a Lorde Alloa o que aconteceu?", perguntou ele. "Não? Bem, não posso falar com absoluta certeza, mas estou quase certo de que não podemos fazer nenhuma mudança importante a menos que alteremos a geografia da Inglaterra."

"Outra coisa precisa ser dita", era Royer que falava. "Falei livremente quando aquele homem estava aqui. Contei sobre os planos militares do meu governo. Tive

permitted to say so much. But that information would be worth many millions to our enemies. No, my friends, I see no other way. The man who came here and his confederates must be taken, and taken at once."

"Good God", I cried, "and we have not a rag of a clue."

"Besides", said Whittaker, "there is the post. By this time the news will be on its way."

"No", said the Frenchman. "You do not understand the habits of the spy. He receives personally his reward, and he delivers personally his intelligence. We in France know something of the breed. There is still a chance, *mes amis*. These men must cross the sea, and there are ships to be searched and ports to be watched. Believe me, the need is desperate for both France and Britain."

Royer's grave good sense seemed to pull us together. He was the man of action among fumblers. But I saw no hope in any face, and I felt none. Where among the fifty millions of these islands and within a dozen hours were we to lay hands on the three cleverest rogues in Europe?

Then suddenly I had an inspiration.

"Where is Scudder's book?", I cried to Sir Walter. "Quick, man, I remember something in it."

He unlocked the door of a bureau and gave it to me.

I found the place. "Thirty-nine steps, I read, and again, "thirty-nine steps...", I counted them, "high tide 10.17 p.m."

The Admiralty man was looking at me as if he thought I had gone mad.

"Don't you see it's a clue", I shouted. "Scudder knew where these fellows laired... he knew where they were going to leave the country, though he kept the name to himself. Tomorrow was the day, and it was some place where high tide was at 10.17."

"They may have gone tonight", someone said.

"Not they. They have their own snug secret way, and they won't be hurried. I know Germans, and they are mad about working to a plan. Where the devil can I get a book of Tide Tables?"

Whittaker brightened up. "It's a chance", he said. "Let's go over to the Admiralty."

We got into two of the waiting motor-cars – all but Sir Walter, who went off to Scotland Yard – to "mobilize MacGillivray", so he said. We marched through empty corridors and big bare chambers where the charwomen were busy, till we reached a little room lined with books and maps. A resident clerk was unearthed, who presently fetched from the library the Admiralty Tide Tables. I sat at the desk and the others stood round, for somehow or other I had got charge of this expedition.

It was no good. There were hundreds of entries, and so far as I could see

permissão para falar tudo isso. Mas essa informação valeria muitos milhões para nossos inimigos. Não, meus amigos, não vejo outro jeito. O homem que veio aqui e os seus aliados precisam ser capturados, e capturados imediatamente."

"Deus do céu", exclamei, "e nós não temos nem um fiapo de uma pista."

"Além disso", disse Whittaker, "há o correio. A essa altura as notícias já devem estar a caminho."

"Não", disse o francês. "Vocês não entendem os hábitos do espião. Ele recebe pessoalmente sua recompensa e entrega pessoalmente sua informação. Nós em França conhecemos algo sobre a raça. Ainda há uma chance, *mes amis*. Esses homens precisam cruzar o mar e há navios a serem procurados e portos a serem observados. Acredite-me, a dificuldade é desesperadora para França e para a Inglaterra."

O profundo bom senso de Royer parecia nos unir. Ele era o homem de ação entre pessoas que tateavam. Mas não vi qualquer esperança em nenhum rosto, e eu não sentia nenhuma. Onde, dentre cinquenta milhões de ilhas e num prazo de doze horas, iríamos pôr as mãos nos três patifes mais espertos da Europa?

Então, de repente, tive uma inspiração.

"Onde está o livrinho de Scudder?", exclamei para Sir Walter. "Rápido, homem, lembro-me de algo que havia nele."

Ele destrancou a porta de uma escrivaninha e me entregou a caderneta.

Encontrei o lugar. "Trinta e nove degraus", eu li, e de novo, "trinta e nove degraus..." eu os contei, "maré alta às 10.17 da noite."

O homem do Almirantado olhava para mim como se pensasse que eu enlouquecera.

"Não veem que é uma pista?", gritei. "Scudder sabia onde esses camaradas se entocavam... sabia de onde iriam deixar o país, embora mantivesse o nome para si. Amanhã era o dia, e era em algum lugar onde a maré alta aconteceria às 10.17."

"Eles podem ter ido esta noite", disse alguém.

"Não eles. Eles têm seu próprio modo secreto organizado, e não se deixarão apressar. Conheço os alemães, e eles são inflexíveis quanto a manter um plano. Onde, diabos, posso conseguir uma tábua de marés?"

Whittaker se iluminou. "É uma probabilidade", disse ele. "Vamos verificar no Almirantado."

Entramos em dois dos automóveis que estavam à espera – todos menos Sir Walter, que foi para a Scotland Yard – para "mobilizar MacGillivray", como ele disse. Caminhamos por corredores vazios e grandes salas nuas, onde as arrumadeiras estavam ocupadas, até que chegamos a uma pequena sala com livros e mapas enfileirados. Desentocamos um escriturário residente, que então trouxe da biblioteca as tábuas de maré do Almirantado. Sentei-me à escrivaninha e os outros ficaram em volta, pois de um modo ou de outro havia me encarregado dessa expedição.

Mas não ajudou em nada. Havia centenas de lançamentos, e tanto quanto eu

10.17 might cover fifty places. We had to find some way of narrowing the possibilities.

I took my head in my hands and thought. There must be some way of reading this riddle. What did Scudder mean by steps? I thought of dock steps, but if he had meant that I didn't think he would have mentioned the number. It must be some place where there were several staircases, and one marked out from the others by having thirty-nine steps.

Then I had a sudden thought, and hunted up all the steamer sailings. There was no boat which left for the Continent at 10.17 p.m.

Why was high tide so important? If it was a harbour it must be some little place where the tide mattered, or else it was a heavy-draught boat. But there was no regular steamer sailing at that hour, and somehow I didn't think they would travel by a big boat from a regular harbour. So it must be some little harbour where the tide was important, or perhaps no harbour at all.

But if it was a little port I couldn't see what the steps signified. There were no sets of staircases on any harbour that I had ever seen. It must be some place which a particular staircase identified, and where the tide was full at 10.17. On the whole it seemed to me that the place must be a bit of open coast. But the staircases kept puzzling me.

Then I went back to wider considerations. Whereabouts would a man be likely to leave for Germany, a man in a hurry, who wanted a speedy and a secret passage? Not from any of the big harbours. And not from the Channel or the West Coast or Scotland, for, remember, he was starting from London. I measured the distance on the map, and tried to put myself in the enemy's shoes. I should try for Ostend or Antwerp or Rotterdam, and I should sail from somewhere on the East Coast between Cromer and Dover.

All this was very loose guessing, and I don't pretend it was ingenious or scientific. I wasn't any kind of Sherlock Holmes. But I have always fancied I had a kind of instinct about questions like this. I don't know if I can explain myself, but I used to use my brains as far as they went, and after they came to a blank wall I guessed, and I usually found my guesses pretty right.

So I set out all my conclusions on a bit of Admiralty paper. They ran like this:

FAIRLY CERTAIN

*(1) Place where there are several sets of stairs; one that
matters distinguished by having thirty-nine steps.*

(2) Full tide at 10.17 p.m. Leaving shore only possible at full tide.

(3) Steps not dock steps, and so place probably not harbour.

*(4) No regular night steamer at 10.17. Means of transport
must be tramp (unlikely), yacht, or fishing-boat.*

podia ver, 10.17 poderia cobrir cinquenta lugares. Tínhamos que encontrar algum modo de reduzir as possibilidades.

Coloquei a cabeça entre as mãos e pensei. Devia haver algum modo de interpretar esse enigma. O que Scudder quisera dizer com degraus? Pensei em degraus de cais, mas se ele tivesse pretendido dizer isso não acho que teria mencionado o número. Devia ser algum lugar onde havia várias escadas, e uma se destacaria das outras por ter trinta e nove degraus.

Então tive uma ideia repentina, e busquei todas as partidas de navios a vapor. Não havia nenhum navio que partisse para o continente às 10.17 da noite.

Por que a maré alta era tão importante? Se fosse um porto, devia ser um lugar pequeno onde a maré fosse importante, ou então era um navio de grande calado. Mas não havia nenhum barco comum navegando àquela hora, e de qualquer modo não achava que viajariam num navio grande saindo dum porto comum. Então devia ser algum porto pequeno onde a maré fosse importância ou talvez porto nenhum.

Mas se fosse um porto pequeno, eu não podia ver o que os degraus significavam. Não havia nenhum conjunto de escadarias em nenhum porto que eu já tivesse visto. Devia ser algum lugar que uma determinada escadaria identificasse, e onde a maré fosse cheia às 10.17. De modo geral, me parecia que o lugar devia ser um pequeno trecho de costa aberta. Mas as escadarias continuavam me intrigando.

Então voltei a considerações mais abrangentes. Por onde seria provável que um homem partisse para a Alemanha, um homem com pressa, que quisesse uma travessia veloz e secreta? Não de nenhum dos grandes portos. E nem do Canal da Mancha ou da costa oeste ou da Escócia, pois, lembre-se, ele estava partindo de Londres. Medi a distância no mapa, e tentei me pôr no lugar do inimigo. Eu tentaria ir para Ostende ou Antuérpia ou Roterdã, e navegaria de algum lugar na costa leste entre Cromer e Dover.

Tudo isso eram conjeturas bem livres e não finjo que eram engenhosas ou científicas. Eu não era nenhum Sherlock Holmes. Mas sempre imaginei ter uma espécie de instinto para questões como essas. Não sei se consigo me explicar, mas costumava usar meu cérebro até onde podia ir e, depois que ele chegava ao branco total, conjeturava e normalmente descobria que minhas suposições estavam bem corretas.

Assim, pus todas minhas conclusões num pedaço de papel do Almirantado. Ficaram assim:

PRATICAMENTE CERTO

(1) Lugar onde há vários conjuntos de escadarias; a única que importa distingue-se por ter trinta e nove degraus.

(2) Maré cheia às 10.17 da noite. Só possível deixar a costa na maré cheia.

(3) Degraus, não degraus de cais, e assim lugar provavelmente não é porto.

(4) Nenhum navio a vapor regular às 10.17. Meios de transporte devem ser viagem a pé (improvável), iate ou barco de pesca.

There my reasoning stopped. I made another list, which I headed 'Guessed', but I was just as sure of the one as the other.

GUESSED

(1) Place not harbour but open coast.

(2) Boat small – trawler, yacht, or launch.

(3) Place somewhere on East Coast between Cromer and Dover.

It struck me as odd that I should be sitting at that desk with a Cabinet Minister, a Field-Marshal, two high Government officials, and a French General watching me, while from the scribble of a dead man I was trying to drag a secret which meant life or death for us.

Sir Walter had joined us, and presently MacGillivray arrived. He had sent out instructions to watch the ports and railway stations for the three men whom I had described to Sir Walter. Not that he or anybody else thought that that would do much good.

"Here's the most I can make of it", I said. "We have got to find a place where there are several staircases down to the beach, one of which has thirty-nine steps. I think it's a piece of open coast with biggish cliffs, somewhere between the Wash and the Channel. Also it's a place where full tide is at 10.17 tomorrow night."

Then an idea struck me. "Is there no Inspector of Coastguards or some fellow like that who knows the East Coast?"

Whittaker said there was, and that he lived in Clapham. He went off in a car to fetch him, and the rest of us sat about the little room and talked of anything that came into our heads. I lit a pipe and went over the whole thing again till my brain grew weary.

About one in the morning the coastguard man arrived. He was a fine old fellow, with the look of a naval officer, and was desperately respectful to the company. I left the War Minister to cross-examine him, for I felt he would think it cheek in me to talk.

"We want you to tell us the places you know on the East Coast where there are cliffs, and where several sets of steps run down to the beach."

He thought for a bit. "What kind of steps do you mean, Sir? There are plenty of places with roads cut down through the cliffs, and most roads have a step or two in them. Or do you mean regular staircases... all steps, so to speak?"

Sir Arthur looked towards me. "We mean regular staircases", I said.

He reflected a minute or two.

"I don't know that I can think of any. Wait a second. There's a place in Norfolk – Brattlesham – beside a golf-course, where there are a couple of staircases, to let the gentlemen get a lost ball."

Aqui paravam as minhas conclusões. Fiz outra lista, que intitulei "Suposições", mas estava tão certo de uma quanto de outra.

SUPOSIÇÕES

(1) Lugar não é porto, mas costa aberta.

(2) Barco pequeno – traineira, iate ou lancha.

(3) Localização em algum ponto da costa leste, entre Cromer e Dover.

Ocorreu-me o quanto era estranho que estivesse sentando àquela escrivaninha com um ministro do Gabinete, um Marechal-de-campo, dois altos funcionários do Governo e um general francês me observando, enquanto tentava arrancar dos rabiscos dum homem morto um segredo que significava vida ou morte para nós.

Sir Walter tinha se juntado a nós, e agora chegava MacGillivray. Ele tinha dado ordens para que vigiassem os portos e estações de trem em busca dos três homens que eu havia descrito para Sir Walter. Não que ele ou qualquer outra pessoa achasse que ajudaria muito.

"Eis o máximo que consigo fazer", disse eu. "Temos que achar um lugar onde haja várias escadarias descendo para a praia, uma das quais com trinta e nove degraus. Penso ser um trecho de costa aberta com grandes falésias, talvez entre o Wash e o Canal. Também é um lugar onde a maré cheia ocorre às 10.17 amanhã à noite."

Então uma ideia me ocorreu. "Não há nenhum inspetor da Guarda Costeira ou algum sujeito desses que conheça a Costa Leste?"

Whittaker disse que havia, e que ele morava em Clapham. Ele saiu num carro para buscá-lo, e o resto de nós sentou-se na salinha e falou de qualquer coisa que viesse às nossas mentes. Acendi um cachimbo e examinei a coisa toda de novo até que meu cérebro ficasse cansado.

Em torno da uma da manhã chegou o homem da Guarda Costeira. Era um bom e velho camarada, com a aparência de um oficial naval, e foi extremamente respeitoso com o grupo. Deixei o Ministro da Guerra interrogá-lo, pois sentia que ele consideraria um atrevimento da minha parte se eu falasse.

"Queremos que nos diga os lugares que conhece na Costa Leste onde há falésias, e onde vários conjuntos de degraus descem até a praia."

Ele pensou por algum tempo. "A que tipo de degraus se refere, meu senhor? Está cheio de lugares com estradas cortando as falésias, e muitas têm um ou dois degraus. Ou quer dizer escadarias normais... só com degraus, por assim dizer?"

Sir Arthur olhou para mim. "Queremos dizer escadarias normais", disse eu.

Ele pensou por um ou dois minutos.

"Não sei se consigo pensar em alguma. Espere um segundo. Há um lugar em Norfolk – Brattlesham – ao lado de um campo de golfe, onde há algumas escadas, para permitir que os cavalheiros peguem uma bola perdida."

"That's not it", I said.

"Then there are plenty of Marine Parades, if that's what you mean. Every seaside resort has them."

I shook my head. "It's got to be more retired than that", I said.

"Well, gentlemen, I can not think of anywhere else. Of course, there's the Ruff..."

"What's that?", I asked.

"The big chalk headland in Kent, close to Bradgate. It's got a lot of villas on the top, and some of the houses have staircases down to a private beach. It's a very high-toned sort of place, and the residents there like to keep by themselves."

I tore open the Tide Tables and found Bradgate. High tide there was at 10h27 p.m. on the 15th of June.

"We're on the scent at last", I cried excitedly. "How can I find out what is the tide at the Ruff?"

"I can tell you that, Sir", said the coastguard man. "I once was lent a house there in this very month, and I used to go out at night to the deep-sea fishing. The tide's ten minutes before Bradgate."

I closed the book and looked round at the company.

"If one of those staircases has thirty-nine steps we have solved the mystery, gentlemen", I said. "I want the loan of your car, Sir Walter, and a map of the roads. If Mr MacGillivray will spare me ten minutes, I think we can prepare something for tomorrow."

It was ridiculous in me to take charge of the business like this, but they didn't seem to mind, and after all I had been in the show from the start. Besides, I was used to rough jobs, and these eminent gentlemen were too clever not to see it. It was General Royer who gave me my commission. "I for one", he said, "am content to leave the matter in Mr. Hannay's hands."

By half-past three I was tearing past the moonlit hedgerows of Kent, with MacGillivray's best man on the seat beside me.

"Não é isso", disse eu.

"Então há muitas calçadas junto ao mar, se é isso o que quer dizer. Todo balneário tem uma."

Balancei a cabeça. "Tem que ser mais retirado do que isso", disse eu.

"Bem, cavalheiros, não consigo pensar em nenhum outro lugar. Há o Ruff, é claro..."

"O que é isso?", perguntei.

"O grande promontório de greda em Kent, perto de Bradgate. Tem muitas mansões no topo e algumas das casas têm escadarias para uma praia privada. É o típico lugar pomposo e as pessoas que residem lá gostam de ficar por conta própria."

Abri correndo as tábuas de maré e achei Bradgate. A maré cheia ali era às 10h27 da noite, no dia 15 de junho.

"Estamos na pista, afinal", exclamei excitado. "Como posso descobrir qual é a maré do Ruff?"

"Eu posso lhe dizer isso, meu senhor", disse o homem da Guarda Costeira. "Uma vez alguém me emprestou uma casa lá neste mesmo mês, e eu costumava sair à noite para pescar em alto-mar. A maré cheia é dez minutos antes de Bradgate."

Fechei o livro e olhei em volta para o grupo.

"Se alguma dessas escadas tiver trinta e nove degraus teremos resolvido o mistério, cavalheiros", disse eu. "Quero que me empreste seu carro, Sir Walter, e um mapa das estradas. Se Mr. MacGillivray me conceder dez minutos, acho que podemos preparar alguma coisa para amanhã."

Era ridículo de minha parte me encarregar do negócio assim, mas eles não pareciam se importar, e afinal eu fizera parte do espetáculo desde o início. Além do mais, estava acostumado a trabalhos duros e estes eminentes cavalheiros eram espertos demais para não perceber isso. Foi o general Royer quem me deu a autorização. "Por mim", disse ele, "fico contente de deixar tudo nas mãos de Mr. Hannay."

Pelas três e meia eu passava apressado pelas sebes enluaradas de Kent, com o melhor homem de MacGillivray sentado ao meu lado.

146

CHAPTER TEN

VARIOUS PARTIES CONVERGING ON THE SEA

A pink and blue June morning found me at Bradgate looking from the Griffin Hotel over a smooth sea to the lightship on the Cock sands which seemed the size of a bell-buoy. A couple of miles farther south and much nearer the shore a small destroyer was anchored. Scaife, MacGillivray's man, who had been in the Navy, knew the boat, and told me her name and her commander's, so I sent off a wire to Sir Walter.

After breakfast Scaife got from a house-agent a key for the gates of the staircases on the Ruff. I walked with him along the sands, and sat down in a nook of the cliffs while he investigated the half-dozen of them. I didn't want to be seen, but the place at this hour was quite deserted, and all the time I was on that beach I saw nothing but the sea-gulls.

It took him more than an hour to do the job, and when I saw him coming towards me, conning a bit of paper, I can tell you my heart was in my mouth. Everything depended, you see, on my guess proving right.

He read aloud the number of steps in the different stairs. "Thirty-four, thirty-five, thirty-nine, forty-two, forty-seven", and "twenty-one" where the cliffs grew lower. I almost got up and shouted.

We hurried back to the town and sent a wire to MacGillivray. I wanted half a dozen men, and I directed them to divide themselves among different specified hotels. Then Scaife set out to prospect the house at the head of the thirty-nine steps.

He came back with news that both puzzled and reassured me. The house was called Trafalgar Lodge, and belonged to an old gentleman called Appleton – a retired stockbroker, the house-agent said. Mr Appleton was there a good deal in the summer time, and was in residence now – had been for the better part of a week. Scaife could pick up very little information about him, except that he was a

CAPÍTULO DEZ

VÁRIOS GRUPOS CONVERGEM PARA O MAR

Uma manhã de junho rosa e azul me encontrou em Bradgate, olhando do Griffin Hotel por sobre um mar tranquilo para o farol flutuante na praia de Cock, que parecia do tamanho de uma boia de sino. Algumas milhas mais ao sul, e muito mais próximo da costa, estava ancorado um pequeno destróier. Scaife, o homem de MacGillivray, que tinha estado na Marinha, conhecia o barco, e me falou o nome dele e de seu comandante, então mandei um telegrama para Sir Walter.

Após o desjejum, Scaife obteve de um corretor de imóveis uma chave para os portões das escadarias no Ruff. Caminhei com ele ao longo da areia, e me sentei num recanto das falésias enquanto ele examinava meia dúzia deles. Não queria ser visto, mas o lugar a essa hora estava bastante deserto, e todo tempo que fiquei naquela praia não vi nada além das gaivotas.

Levou mais de uma hora para executar a tarefa, e ao observá-lo vindo em minha direção, examinando com cuidado um pedaço de papel, posso dizer que tinha o coração às mãos. Tudo dependia, vejam, de que minha suposição se provasse correta.

Ele leu em voz alta o número de degraus nas diferentes escadarias. "Trinta e quatro, trinta e cinco, trinta e nove, quarenta e dois", e "quarenta e sete", e "vinte e um", onde as falésias ficavam mais baixas. Eu quase me levantei e gritei.

Corremos de volta à cidade e enviamos um telegrama para MacGillivray. Queria meia dúzia de homens, e mandei que se dividissem entre hotéis diferentes e determinados. Então Scaife saiu para examinar a casa que ficava acima dos trinta e nove degraus.

Ele voltou com notícias que me deixaram intrigado e tranquilizado ao mesmo tempo. A casa se chamava Trafalgar Lodge, e pertencia a um idoso cavalheiro chamado Appleton – corretor de valores aposentado, segundo o corretor de imóveis. Mr. Appleton passava bastante tempo lá no verão, e estava na casa agora – há quase uma semana. Scaife conseguiu muito pouca informação sobre ele, apenas

decent old fellow, who paid his bills regularly, and was always good for a fiver for a local charity. Then Scaife seemed to have penetrated to the back door of the house, pretending he was an agent for sewing-machines. Only three servants were kept, a cook, a parlour-maid, and a housemaid, and they were just the sort that you would find in a respectable middle-class household. The cook was not the gossiping kind, and had pretty soon shut the door in his face, but Scaife said he was positive she knew nothing. Next door there was a new house building which would give good cover for observation, and the villa on the other side was to let, and its garden was rough and shrubby.

I borrowed Scaife's telescope, and before lunch went for a walk along the Ruff. I kept well behind the rows of villas, and found a good observation point on the edge of the golf-course. There I had a view of the line of turf along the cliff top, with seats placed at intervals, and the little square plots, railed in and planted with bushes, whence the staircases descended to the beach. I saw Trafalgar Lodge very plainly, a red-brick villa with a veranda, a tennis lawn behind, and in front the ordinary seaside flower-garden full of marguerites and scraggy geraniums. There was a flagstaff from which an enormous Union Jack hung limply in the still air.

Presently I observed someone leave the house and saunter along the cliff. When I got my glasses on him I saw it was an old man, wearing white flannel trousers, a blue serge jacket, and a straw hat. He carried field-glasses and a newspaper, and sat down on one of the iron seats and began to read. Sometimes he would lay down the paper and turn his glasses on the sea. He looked for a long time at the destroyer. I watched him for half an hour, till he got up and went back to the house for his luncheon, when I returned to the hotel for mine.

I wasn't feeling very confident. This decent common-place dwelling was not what I had expected. The man might be the bald archaeologist of that horrible moorland farm, or he might not. He was exactly the kind of satisfied old bird you will find in every suburb and every holiday place. If you wanted a type of the perfectly harmless person you would probably pitch on that.

But after lunch, as I sat in the hotel porch, I perked up, for I saw the thing I had hoped for and had dreaded to miss. A yacht came up from the south and dropped anchor pretty well opposite the Ruff. She seemed about a hundred and fifty tons, and I saw she belonged to the Squadron from the white ensign. So Scaife and I went down to the harbour and hired a boatman for an afternoon's fishing.

I spent a warm and peaceful afternoon. We caught between us about twenty pounds of cod and lythe, and out in that dancing blue sea I took a cheerier view of things. Above the white cliffs of the Ruff I saw the green and red of the villas, and especially the great flagstaff of Trafalgar Lodge. About four o'clock, when we had fished enough, I made the boatman row us round the yacht, which lay like a delicate white bird, ready at a moment to flee. Scaife said she must be a fast boat for her build, and that she was pretty heavily engined.

que era um sujeito idoso e decente, que pagava suas contas em dia, e estava sempre disposto a dar uma nota de cinco para alguma caridade local. Então parece que Scaife entrou pela porta dos fundos da casa, fingindo ser um vendedor de máquinas de costura. Só havia três criadas, uma cozinheira, uma copeira, e uma arrumadeira, e elas eram exatamente da espécie que você encontraria numa casa de classe-média respeitável. A cozinheira não era do tipo tagarela, e tinha prontamente fechado a porta na cara dele, mas Scaife disse que tinha certeza de que ela não sabia de nada. Ao lado havia uma casa nova, que daria boa cobertura para uma vigia, e a mansão do outro lado estava para alugar, e seu jardim era maltratado e coberto de arbustos.

Pedi emprestado o binóculo de Scaife, e antes do almoço saí para um passeio ao longo do Ruff. Mantive-me bem atrás das fileiras de casas, e achei um bom ponto de observação na extremidade do campo de golfe. De lá tinha uma vista da linha gramada ao longo do topo da falésia, com bancos colocados a intervalos e pequenos canteiros quadrados, cercados e plantados com arbustos, de onde as escadarias desciam para a praia. Vi Trafalgar Lodge com muita clareza, uma casa de veraneio de tijolos vermelhos com uma varanda, uma quadra de tênis atrás e na frente um jardim florido comum no litoral, cheio de margaridas e gerânios mal cuidados. Havia um mastro do qual uma enorme Union Jack[18] pendia frouxamente no ar parado.

Naquele momento observei alguém deixar a casa e perambular ao longo da falésia. Quando pus meu binóculo sobre ele vi que era um homem idoso, vestindo calças de flanela brancas, jaqueta de sarja azul e chapéu de palha. Ele carregava um binóculo e um jornal, e sentou-se num dos bancos de ferro e começou a ler. Às vezes ele largava o jornal e virava o binóculo para o mar. Olhou durante muito tempo para o destróier. Eu o observei por meia hora, até que ele se levantou e voltou para sua casa para almoçar, quando voltei ao hotel para almoçar também.

Eu não me sentia muito confiante. Essa moradia decente e comum não era o que eu tinha esperado. O homem podia ser o arqueólogo careca daquela terrível fazenda na charneca, ou podia não ser. Ele era exatamente o tipo de velho pássaro satisfeito que se encontra em cada subúrbio e em cada local de férias. Se você quisesse um tipo de pessoa perfeitamente inofensiva provavelmente se decidiria por ele.

Mas depois do almoço, quando me sentei na varanda do hotel, eu me recuperei, pois vi aquilo que havia esperado e que temera perder. Um iate veio do sul e lançou âncora bem em frente ao Ruff. Parecia ter cerca de cento e cinquenta toneladas, e vi que pertencia à esquadra da bandeira branca. Assim, Scaife e eu descemos para o porto e contratamos um barqueiro para uma tarde de pesca.

Passei uma tarde cálida e pacífica. Pegamos, entre os dois, uns dez quilos de bacalhau e pescada, e lá naquele mar azul ondulante tive uma visão mais animadora das coisas. Sobre as falésias brancas do Ruff via o verde e vermelho das casas, em especial o grande mastro de Trafalgar Lodge. Em torno das quatro horas, quando já tínhamos pescado bastante, fiz o barqueiro remar em volta do iate, que jazia como um delicado pássaro branco, pronto para fugir a qualquer momento. Scaife disse que devia ser um barco rápido, pelo modo como fora construído, e que seu motor era bem potente.

---

18 Como é conhecida a bandeira da Inglaterra.

Her name was the Ariadne, as I discovered from the cap of one of the men who was polishing brasswork. I spoke to him, and got an answer in the soft dialect of Essex. Another hand that came along passed me the time of day in an unmistakable English tongue. Our boatman had an argument with one of them about the weather, and for a few minutes we lay on our oars close to the starboard bow.

Then the men suddenly disregarded us and bent their heads to their work as an officer came along the deck. He was a pleasant, clean-looking young fellow, and he put a question to us about our fishing in very good English. But there could be no doubt about him. His close-cropped head and the cut of his collar and tie never came out of England.

That did something to reassure me, but as we rowed back to Bradgate my obstinate doubts would not be dismissed. The thing that worried me was the reflection that my enemies knew that I had got my knowledge from Scudder, and it was Scudder who had given me the clue to this place. If they knew that Scudder had this clue, would they not be certain to change their plans? Too much depended on their success for them to take any risks. The whole question was how much they understood about Scudder's knowledge. I had talked confidently last night about Germans always sticking to a scheme, but if they had any suspicions that I was on their track they would be fools not to cover it. I wondered if the man last night had seen that I recognized him. Somehow I did not think he had, and to that I had clung. But the whole business had never seemed so difficult as that afternoon when by all calculations I should have been rejoicing in assured success.

In the hotel I met the commander of the destroyer, to whom Scaife introduced me, and with whom I had a few words. Then I thought I would put in an hour or two watching Trafalgar Lodge.

I found a place farther up the hill, in the garden of an empty house. From there I had a full view of the court, on which two figures were having a game of tennis. One was the old man, whom I had already seen; the other was a younger fellow, wearing some club colours in the scarf round his middle. They played with tremendous zest, like two city gents who wanted hard exercise to open their pores. You couldn't conceive a more innocent spectacle. They shouted and laughed and stopped for drinks, when a maid brought out two tankards on a salver. I rubbed my eyes and asked myself if I was not the most immortal fool on earth. Mystery and darkness had hung about the men who hunted me over the Scotch moor in aeroplane and motor-car, and notably about that infernal antiquarian. It was easy enough to connect those folk with the knife that pinned Scudder to the floor, and with fell designs on the world's peace. But here were two guileless citizens taking their innocuous exercise, and soon about to go indoors to a humdrum dinner, where they would talk of market prices and the last cricket scores and the gossip of their native Surbiton. I had been making a net to catch vultures and falcons, and lo and behold! two plump thrushes had blundered into it.

Presently a third figure arrived, a young man on a bicycle, with a bag of golf-clubs slung on his back. He strolled round to the tennis lawn and was welcomed riotously by the players. Evidently they were chaffing him, and their chaff sounded

Seu nome era Ariadne, como descobri pelo quépi de um dos homens que poliam os acabamentos de latão. Falei com ele, e recebi uma resposta no suave dialeto de Essex. Outro trabalhador que chegou trocou palavras de saudação numa inconfundível língua inglesa. Nosso barqueiro teve uma discussão com um deles sobre o tempo e por alguns minutos paramos nossos remos perto da proa de estibordo.

Então os homens de repente nos desconsideraram e viraram a cabeça para o trabalho, quando um oficial apareceu no convés. Era um sujeito jovem, de aspecto agradável e arrumado, e ele nos fez uma pergunta sobre a nossa pescaria num inglês muito bom. Mas não podia haver qualquer dúvida quanto a ele. Seu cabelo cortado bem rente, e o corte do colarinho e da gravata nunca saíram da Inglaterra.

Isso me tranquilizou um pouco, mas ao remarmos de volta a Bradgate minhas dúvidas obstinadas não me deixaram. O que me preocupava era pensar que meus inimigos sabiam que obtera minhas informações de Scudder, e fora Scudder quem me dera a pista para esse lugar. Se soubessem que Scudder tinha essa pista, certamente não mudariam seus planos? Coisas demais dependiam do sucesso deles para que corressem qualquer risco. Toda questão se resumia a quanto eles sabiam sobre o saber de Scudder. Havia falado com confiança na noite anterior sobre os alemães sempre se aterem a um plano, mas se tivessem qualquer suspeita de que eu estava em seu encalço seriam tolos de não encobrir isso. Perguntava-me se o homem noite passada tinha visto que eu o reconhecera. De algum modo eu achava que não e me apeguei a isso. Mas a coisa toda nunca parecera tão difícil como naquela tarde, quando por todos os cálculos deveria estar me regozijando com o sucesso garantido.

No hotel conheci o comandante do destróier, a quem Scaife me apresentou, e com quem troquei algumas palavras. Então pensei em investir uma ou duas horas vigiando Trafalgar Lodge.

Encontrei um lugar mais afastado no alto da colina, no jardim duma casa vazia. De lá tinha uma visão completa da quadra, onde duas figuras jogavam tênis. Uma era o homem mais velho que eu já tinha visto; a outra um sujeito mais jovem, usando as cores de algum clube no lenço ao redor da cintura. Jogavam com extrema vivacidade, como dois cavalheiros da cidade que quisessem se exercitar duramente para abrir os poros. Não se poderia imaginar um espetáculo mais inocente. Gritaram, riram e pararam para beber, quando uma empregada trouxe duas canecas numa bandeja. Esfreguei meus olhos e me perguntei se eu não era o maior tolo da terra. O mistério e a escuridão pairavam sobre os homens que me caçaram pela charneca escocesa de aeroplano e de automóvel, e especialmente sobre aquele diabólico antiquário. Era bastante fácil ligar aquela gente com a faca que espetou Scudder ao chão e com projetos terríveis para a paz mundial. Mas eis dois cidadãos honestos fazendo seu inofensivo exercício e a ponto de entrar em casa para um jantar monótono, onde falariam de preços de mercado, os últimos escores do críquete e as fofocas da sua Surbiton natal. Estivera fazendo uma rede para capturar águias e falcões e vejam só! dois tordos rechonchudos tinham tropeçado e caído dentro dela.

Então uma terceira figura chegou, um jovem numa bicicleta, com uma bolsa de tacos de golfe atirada às costas. Deu uma volta pela quadra de tênis e foi recebido com algazarra pelos jogadores. Evidentemente que caçoavam dele e sua zombaria

horribly English. Then the plump man, mopping his brow with a silk handkerchief, announced that he must have a tub. I heard his very words: "I've got into a proper lather", he said. "This will bring down my weight and my handicap, Bob. I'll take you on tomorrow and give you a stroke a hole." You couldn't find anything much more English than that.

They all went into the house, and left me feeling a precious idiot. I had been barking up the wrong tree this time. These men might be acting; but if they were, where was their audience? They didn't know I was sitting thirty yards off in a rhododendron. It was simply impossible to believe that these three hearty fellows were anything but what they seemed – three ordinary, game-playing, suburban Englishmen, wearisome, if you like, but sordidly innocent.

And yet there were three of them; and one was old, and one was plump, and one was lean and dark; and their house chimed in with Scudder's notes; and half a mile off was lying a steam yacht with at least one German officer. I thought of Karolides lying dead and all Europe trembling on the edge of earthquake, and the men I had left behind me in London who were waiting anxiously for the events of the next hours. There was no doubt that hell was afoot somewhere. The Black Stone had won, and if it survived this June night would bank its winnings.

There seemed only one thing to do – go forward as if I had no doubts, and if I was going to make a fool of myself to do it handsomely. Never in my life have I faced a job with greater disinclination. I would rather in my then mind have walked into a den of anarchists, each with his Browning handy, or faced a charging lion with a popgun, than enter that happy home of three cheerful Englishmen and tell them that their game was up. How they would laugh at me!

But suddenly I remembered a thing I once heard in Rhodesia from old Peter Pienaar. I have quoted Peter already in this narrative. He was the best scout I ever knew, and before he had turned respectable he had been pretty often on the windy side of the law, when he had been wanted badly by the authorities. Peter once discussed with me the question of disguises and he had a theory which struck me at the time. He said, barring absolute certainties like fingerprints, mere physical traits were very little use for identification if the fugitive really knew his business. He laughed at things like dyed hair and false beards and such childish follies. The only thing that mattered was what Peter called "atmosphere".

If a man could get into perfectly different surroundings from those in which he had been first observed, and – this is the important part – really play up to these surroundings and behave as if he had never been out of them, he would puzzle the cleverest detectives on earth. And he used to tell a story of how he once borrowed a black coat and went to church and shared the same hymn-book with the man that was looking for him. If that man had seen him in decent company before he would have recognized him; but he had only seen him snuffing the lights in a public-house with a revolver.

The recollection of Peter's talk gave me the first real comfort that I had had that day. Peter had been a wise old bird, and these fellows I was after were about

soava terrivelmente inglesa. Então o homem gorducho, esfregando a testa com um lenço de seda, declarou que iria tomar um banho de banheira. Ouvi suas próprias palavras: "Vou entrar num oportuno banho de espuma", disse ele. "Isso vai derrubar minha fadiga e minha desvantagem, Bob. Eu o enfrentarei amanhã, e lhe darei um golpe de vantagem." Não se poderia encontrar nada mais inglês do que isso.

Entraram na casa e me deixaram sentindo-me um rematado idiota. Estivera latindo para a árvore errada desta vez. Esses homens poderiam estar atuando; mas se estivessem, onde estava sua plateia? Não sabiam que eu estava sentado entre azáleas a trinta jardas dali. Era simplesmente impossível acreditar que esses três sujeitos amáveis eram outra coisa que não o que pareciam – três ingleses suburbanos comuns jogando tênis, enfadonhos, se lhe agrada, mas miseravelmente inocentes.

E ainda assim havia três deles; e um era velho, outro era gorducho e um magro e moreno; e a casa deles combinava com as notas de Scudder; e a meia milha de dali estava parado um barco a vapor com pelo menos um oficial alemão. Pensei em Karolides morto e em toda a Europa tremendo à beira dum colapso, e nos homens que eu deixara para trás em Londres esperando ansiosamente pelos eventos das próximas horas. Não havia dúvida de que o inferno estava em ação nalgum lugar. A Pedra Negra vencera e se sobrevivesse esta noite de junho bancaria seus ganhos.

Só havia uma coisa a fazer – seguir adiante como se não tivesse nenhuma dúvida, e se eu fosse fazer papel de tolo, fazer isso com graça. Nunca em minha vida enfrentara uma tarefa com maior relutância. Preferiria muito mais marchar para dentro dum covil de anarquistas, cada um com sua Browning à mão, ou enfrentar um leão faminto com uma espingarda de ar comprimido, a entrar naquele lar feliz de três alegres ingleses e lhes dizer que seu jogo acabara. Como ririam de mim!

Mas de repente lembrei-me duma coisa que ouvi certa vez na Rodésia do velho Peter Pienaar. Já mencionei Peter neste relato. Era o melhor explorador que já conheci, e antes de se tornar respeitável tinha estado com muita frequência no lado tempestuoso da lei, quando tinha sido muitíssimo procurado pelas autoridades. Peter uma vez discutiu comigo a questão dos disfarces e tinha uma teoria que na época me impressionou. Disse que, exceto certezas absolutas como digitais, os meros traços físicos eram de pouca utilidade para identificação se o fugitivo realmente conhecesse o seu negócio. Ria de coisas como cabelo tingido e barbas falsas e besteiras infantis como essas. Só o que importava era o que Peter chamava de "atmosfera".

Se um homem pudesse penetrar em ambientes completamente diferentes daqueles nos quais tinha sido primeiro observado, e – esta é a parte importante – realmente fizesse parte desses ambientes e se comportasse como se nunca tivesse estado fora deles, confundiria os detetives mais espertos do mundo. E ele costumava contar uma história de como certa vez pediu emprestado um casaco preto e foi para a igreja e compartilhou o mesmo livro de hinos com o homem que o procurava. Se aquele homem o tivesse visto em companhia decente antes, ele o teria reconhecido; mas ele só o tinha visto apagando as luzes numa taberna com um revólver.

A lembrança da conversa com Peter me deu o primeiro consolo verdadeiro que tive aquele dia. Peter tinha sido um velho pássaro sábio e esses camaradas que

the pick of the aviary. What if they were playing Peter's game? A fool tries to look different: a clever man looks the same and is different.

Again, there was that other maxim of Peter's which had helped me when I had been a roadman. "If you are playing a part, you will never keep it up unless you convince yourself that you are it." That would explain the game of tennis. Those chaps didn't need to act, they just turned a handle and passed into another life, which came as naturally to them as the first. It sounds a platitude, but Peter used to say that it was the big secret of all the famous criminals.

It was now getting on for eight o'clock, and I went back and saw Scaife to give him his instructions. I arranged with him how to place his men, and then I went for a walk, for I didn't feel up to any dinner. I went round the deserted golf-course, and then to a point on the cliffs farther north beyond the line of the villas.

On the little trim newly-made roads I met people in flannels coming back from tennis and the beach, and a coastguard from the wireless station, and donkeys and pierrots padding homewards. Out at sea in the blue dusk I saw lights appear on the Ariadne and on the destroyer away to the south, and beyond the Cock sands the bigger lights of steamers making for the Thames. The whole scene was so peaceful and ordinary that I got more dashed in spirits every second. It took all my resolution to stroll towards Trafalgar Lodge about half-past nine.

On the way I got a piece of solid comfort from the sight of a greyhound that was swinging along at a nursemaid's heels. He reminded me of a dog I used to have in Rhodesia, and of the time when I took him hunting with me in the Pali hills. We were after rhebok, the dun kind, and I recollected how we had followed one beast, and both he and I had clean lost it. A greyhound works by sight, and my eyes are good enough, but that buck simply leaked out of the landscape. Afterwards I found out how it managed it. Against the grey rock of the *kopjes* it showed no more than a crow against a thundercloud. It didn't need to run away; all it had to do was to stand still and melt into the background.

Suddenly as these memories chased across my brain I thought of my present case and applied the moral. The Black Stone didn't need to bolt. They were quietly absorbed into the landscape. I was on the right track, and I jammed that down in my mind and vowed never to forget it. The last word was with Peter Pienaar.

Scaife's men would be posted now, but there was no sign of a soul. The house stood as open as a market-place for anybody to observe. A three-foot railing separated it from the cliff road; the windows on the ground-floor were all open, and shaded lights and the low sound of voices revealed where the occupants were finishing dinner. Everything was as public and above-board as a charity bazaar. Feeling the greatest fool on earth, I opened the gate and rang the bell.

A man of my sort, who has travelled about the world in rough places, gets on perfectly well with two classes, what you may call the upper and the lower. He understands them and they understand him. I was at home with herds and tramps and

eu procurava podiam ser a fina flor do aviário. E se eles estivessem jogando o jogo de Peter? Um tolo tenta parecer diferente: o esperto parece o mesmo e é diferente.

Mais uma vez, havia aquela outra máxima de Peter que me ajudara quando eu tinha sido um calceteiro "Se estiver fazendo um papel, nunca poderá mantê-lo a menos que se convença de que é aquilo." Isso explicaria o jogo de tênis. Esses camaradas não precisavam atuar, apenas giravam uma manivela e passavam para outra vida, que lhes vinha de maneira tão natural como a primeira. Soa como uma banalidade, mas Peter dizia que era o grande segredo de todos os criminosos renomados.

Já eram quase oito horas, voltei e me encontrei com Scaife para lhe dar suas instruções. Combinei com ele como posicionar seus homens e então saí para um passeio, pois não pretendia enfrentar um jantar. Dei uma volta pelo campo de golfe deserto e depois a um ponto mais distante ao norte das falésias, além da linha das casas.

Nas estradinhas arrumadas e recém-construídas, encontrei pessoas vestidas de flanela voltando do tênis e da praia, um guarda-costeiro vindo da estação do telégrafo e asnos e pierrôs caminhando para casa. Lá no mar, no crepúsculo azul, vi surgirem luzes no Ariadne e no destróier mais ao sul, e para além da praia de Cock luzes maiores dos navios a vapor se dirigindo ao Tâmisa. A cena inteira era tão tranquila e comum que ficava mais deprimido a cada segundo. Precisei de toda minha determinação para vagar em direção a Trafalgar Lodge em torno das nove e meia.

No caminho obtive um pouco de sólido consolo com a visão dum galgo que saracoteava junto aos saltos dos sapatos duma ama. Fez-me lembrar dum cão que tinha na Rodésia e do tempo em que o levava para caçar comigo nas colinas de Pali. Estávamos atrás de um rhebok, do tipo pardo, e recordava como seguíamos a besta, e tanto ele quanto eu a perdemos totalmente. Um galgo trabalha com a visão e meus olhos são muito bons, mas aquele macho simplesmente sumia na paisagem. Depois descobri como ele conseguira. Contra a rocha cinzenta dos *kopjes*[19] exibia-se nada menos como um corvo contra uma nuvem de chuva. Não precisava correr; tudo que precisava fazer era ficar parado e misturar-se com a paisagem ao fundo.

De repente, enquanto tais lembranças cruzavam minha mente, pensei no meu caso atual e apliquei a moral. A Pedra Negra não precisava fugir. Estavam discretamente absorvidos à paisagem. Estava na pista certa e lancei isso para dentro da minha mente e jurei nunca esquecer. A última palavra estava com Peter Pienaar.

Os homens de Scaife já estariam posicionados, mas não havia nem sinal de uma alma. A casa ficava tão aberta quanto um mercado, para qualquer pessoa observar. Uma grade de três pés a separava da trilha da falésia; as janelas do andar térreo estavam todas abertas e a penumbra e o som baixo de vozes revelavam onde os ocupantes terminavam o jantar. Tudo era tão público e honesto como um bazar de caridade. Sentindo-me o maior dos tolos, abri o portão e toquei a campainha.

Um homem como eu, que tem viajado o mundo em lugares inóspitos, se entende perfeitamente bem com as classes, o que se pode chamar de classe alta e baixa. Ele as entende e elas a ele. Estava em casa com o populacho e vagabundos e com cal-

---

19   Pequenos morros, muito comuns na paisagem da África do Sul.

roadmen, and I was sufficiently at my ease with people like Sir Walter and the men I had met the night before. I can't explain why, but it is a fact. But what fellows like me don't understand is the great comfortable, satisfied middle-class world, the folk that live in *villas* and suburbs. He doesn't know how they look at things, he doesn't understand their conventions, and he is as shy of them as of a black mamba. When a trim parlour-maid opened the door, I could hardly find my voice.

I asked for Mr Appleton, and was ushered in. My plan had been to walk straight into the dining-room, and by a sudden appearance wake in the men that start of recognition which would confirm my theory. But when I found myself in that neat hall the place mastered me. There were the golf-clubs and tennis-rackets, the straw hats and caps, the rows of gloves, the sheaf of walking-sticks, which you will find in ten thousand British homes. A stack of neatly folded coats and water-proofs covered the top of an old oak chest; there was a grandfather clock ticking; and some polished brass warming-pans on the walls, and a barometer, and a print of Chiltern winning the St Leger. The place was as orthodox as an Anglican church. When the maid asked me for my name I gave it automatically, and was shown into the smoking-room, on the right side of the hall.

That room was even worse. I hadn't time to examine it, but I could see some framed group photographs above the mantelpiece, and I could have sworn they were English public school or college. I had only one glance, for I managed to pull myself together and go after the maid. But I was too late. She had already entered the dining-room and given my name to her master, and I had missed the chance of seeing how the three took it.

When I walked into the room the old man at the head of the table had risen and turned round to meet me. He was in evening dress – a short coat and black tie, as was the other, whom I called in my own mind the plump one. The third, the dark fellow, wore a blue serge suit and a soft white collar, and the colours of some club or school.

The old man's manner was perfect. "Mr. Hannay?", he said hesitatingly. "Did you wish to see me? One moment, you fellows, and I'll rejoin you. We had better go to the smoking-room."

Though I hadn't an ounce of confidence in me, I forced myself to play the game. I pulled up a chair and sat down on it.

"I think we have met before", I said, "and I guess you know my business."

The light in the room was dim, but so far as I could see their faces, they played the part of mystification very well.

"Maybe, maybe", said the old man. "I haven't a very good memory, but I'm afraid you must tell me your errand, Sir, for I really don't know it."

"Well, then", I said, and all the time I seemed to myself to be talking pure foolishness; "I have come to tell you that the game's up. I have a warrant for the arrest of you three gentlemen."

ceteiros, e me sentia bem à vontade com pessoas como Sir Walter e os homens que conhecera na noite anterior. Não posso explicar por que, mas é fato. Mas o que camaradas como eu não entendem é o grande mundo confortável e satisfeito da classe média, da gente que vive em *villas* e subúrbios. Não sabe como veem as coisas, não entende suas convenções e e é tão tímido quanto uma mamba negra. Quando uma empregada bem arrumada abriu a porta, mal pude encontrar minha voz.

Pedi por Mr. Appleton e fui conduzido para dentro. Meu plano era entrar diretamente na sala de jantar e, com minha súbita apariço, despertar nos homens o sobressalto de reconhecimento que confirmaria minha teoria. Mas, ao me ver naquele vestíbulo elegante, o lugar me dominou. Eis os tacos de golfe e as raquetes, os chapéus de palha e os bonés, as fileiras de luvas, os feixes de bengalas que se encontrará em dez mil casas britânicas. Uma pilha de casacos impecavelmente dobrados e capas de chuva cobriam a tampa duma velha arca de carvalho; havia um relógio de antanho tique-taqueando; alguns aquecedores de cama de latão polido nas paredes, um barômetro e uma gravura de Chiltern vencendo St. Leger. O lugar era tão ortodoxo como uma igreja anglicana. Quando a empregada perguntou meu nome disse de modo automático e ela me indicou a sala de fumar, ao lado direito do vestíbulo.

Aquela sala era ainda pior. Não tive tempo de examiná-la, mas pude ver alguns grupos de fotografias emolduradas sobre o consolo da lareira, e poderia ter jurado que eram de escola pública inglesa ou faculdade. Dei só uma olhada, pois consegui me recompor e seguir a empregada. Mas era tarde demais. Ela já tinha entrado na sala de jantar e informado meu nome ao seu patrão, e eu havia perdido a oportunidade de ver como os três o recebiam.

Quando entrei na sala, o homem mais velho à cabeceira da mesa tinha se levantado e dado a volta para me receber. Estava em traje de noite – casaco curto e gravata preta, assim como o outro, a quem eu chamava em minha mente de gorducho. O terceiro, o camarada moreno, usava um terno de sarja azul e um colarinho branco leve, e as cores de algum clube ou escola.

As maneiras do velho eram perfeitas. "Mr. Hannay?", disse ele de modo hesitante. "Desejava me ver? Só um momento, rapazes, e volto a me reunir com vocês. É melhor irmos para a sala de fumar."

Embora eu não tivesse um pingo de confiança em mim mesmo, me obriguei a jogar o jogo. Puxei uma cadeira e sentei-me nela.

"Creio que já nos encontramos", disse eu, "e que sabe o que me traz aqui."

A luz na sala era fraca, mas tanto quanto pude ver dos seus rostos, eles representavam muito bem seu papel na mistificação.

"Talvez, talvez", disse o velho. "Não tenho uma memória muito boa, mas receio que terá que me dizer sua incumbência, senhor, pois realmente não a conheço."

"Está bem, então", disse eu, e o tempo todo me parecia que eu estava dizendo uma absoluta tolice; "vim para lhes dizer que o jogo acabou. Tenho um mandado para a prisão de vocês três, cavalheiros."

"Arrest", said the old man, and he looked really shocked. "Arrest! Good God, what for?"

"For the murder of Franklin Scudder in London on the 23rd day of last month."

"I never heard the name before", said the old man in a dazed voice.

One of the others spoke up. "That was the Portland Place murder. I read about it. Good heavens, you must be mad, Sir! Where do you come from?"

"Scotland Yard", I said.

After that for a minute there was utter silence. The old man was staring at his plate and fumbling with a nut, the very model of innocent bewilderment.

Then the plump one spoke up. He stammered a little, like a man picking his words.

"Don't get flustered, uncle", he said. "It is all a ridiculous mistake; but these things happen sometimes, and we can easily set it right. It won't be hard to prove our innocence. I can show that I was out of the country on the 23rd of May, and Bob was in a nursing home. You were in London, but you can explain what you were doing."

"Right, Percy! Of course that's easy enough. The 23rd! That was the day after Agatha's wedding. Let me see. What was I doing? I came up in the morning from Woking, and lunched at the club with Charlie Symons. Then... oh yes, I dined with the Fishmongers. I remember, for the punch didn't agree with me, and I was seedy next morning. Hang it all, there's the cigar-box I brought back from the dinner."

He pointed to an object on the table, and laughed nervously.

"I think, Sir", said the young man, addressing me respectfully, "you will see you are mistaken. We want to assist the law like all Englishmen, and we don't want Scotland Yard to be making fools of themselves. That's so, uncle?"

"Certainly, Bob." The old fellow seemed to be recovering his voice. "Certainly, we'll do anything in our power to assist the authorities. But... but this is a bit too much. I can't get over it."

"How Nellie will chuckle", said the plump man. "She always said that you would die of boredom because nothing ever happened to you. And now you've got it thick and strong", and he began to laugh very pleasantly.

"By Jove, yes. Just think of it! What a story to tell at the club. Really, Mr. Hannay, I suppose I should be angry, to show my innocence, but it's too funny! I almost forgive you the fright you gave me! You looked so glum, I thought I might have been walking in my sleep and killing people."

It couldn't be acting, it was too confoundedly genuine. My heart went into my boots, and my first impulse was to apologize and clear out. But I told myself I must see it through, even though I was to be the laughing-stock of Britain. The light from

"Prisão!", disse o velho, e ele parecia realmente chocado. "Prisão! Meu Deus, pelo quê?"

"Pelo assassinato de Franklin Scudder em Londres no dia 23 do mês passado."

"Nunca ouvi esse nome antes", disse o velho, num tom de espanto.

Um dos outros falou. "Foi o Assassinato de Portland Place. Eu li sobre isso. Deus do céu, deve estar louco, meu senhor! De onde o senhor é?"

"Scotland Yard", disse eu.

Depois disso, por um minuto houve silêncio absoluto. O velho encarava seu prato e revirava uma noz, o próprio modelo da perplexidade inocente.

Então o gorducho falou. Ele gaguejou um pouco, como um homem escolhendo suas palavras.

"Não fique perturbado, meu tio", disse ele. "É tudo um ridículo engano; mas essas coisas às vezes acontecem, e nós podemos endireitá-las facilmente. Não será difícil provar nossa inocência. Posso provar que eu estava fora do país no dia 23 de maio, e que Bob estava numa casa de repouso. Você estava em Londres, mas pode explicar o que estava fazendo."

"Certo, Percy! Claro que é bastante fácil. Dia 23! Foi o dia seguinte ao casamento de Agatha. Deixe-me ver. O que estava fazendo? Cheguei de Woking de manhã, e almocei no clube com Charlie Symons. Então... ó sim, jantei com os Fishmongers. Lembro-me, pois o ponche não me fez bem, e me senti miserável na manhã seguinte. Ora bolas, tem a caixa de charutos que eu trouxe do jantar."

Ele apontou para um objeto na mesa e riu de modo nervoso.

"Creio, meu senhor", disse o mais jovem, se dirigindo a mim respeitosamente, "que perceberá que está enganado. Queremos cooperar com a lei como todos os ingleses e não queremos que a Scotland Yard faça papel de tola. Não é, meu tio?"

"Certamente, Bob". O sujeito mais velho parecia estar recuperando a voz. "Certamente, faremos qualquer coisa que estiver em nossas mãos para ajudar as autoridades. Mas... mas isso é um pouco demasiado. Não consigo me refazer."

"Como Nellie vai dar risada", disse o gorducho. "Ela sempre disse que você morreria de tédio pois nada jamais lhe acontece. E agora você conseguiu, com tudo a que tem direito", e ele começou a rir prazerosamente.

"Por Deus, sim. Imagine só! Que história para contar no clube. Realmente, Mr. Hannay, suponho que eu deveria estar zangado, deveria demonstrar minha inocência, mas é muito engraçado! Quase o perdoo pelo susto que me deu! Parece tão carrancudo, pensei até que devo ter andado durante o sono e matado pessoas."

Não podia ser atuação, era terrivelmente genuíno. Meu coração foi até o chão, e meu primeiro impulso foi me desculpar e sair. Mas disse a mim mesmo que tinha que ver por trás disso, mesmo que acabasse me tornando o motivo de riso da

the dinner-table candlesticks was not very good, and to cover my confusion I got up, walked to the door and switched on the electric light. The sudden glare made them blink, and I stood scanning the three faces.

Well, I made nothing of it. One was old and bald, one was stout, one was dark and thin. There was nothing in their appearance to prevent them being the three who had hunted me in Scotland, but there was nothing to identify them. I simply can't explain why I who, as a roadman, had looked into two pairs of eyes, and as Ned Ainslie into another pair, why I, who have a good memory and reasonable powers of observation, could find no satisfaction. They seemed exactly what they professed to be, and I could not have sworn to one of them.

There in that pleasant dining-room, with etchings on the walls, and a picture of an old lady in a bib above the mantelpiece, I could see nothing to connect them with the moorland desperadoes. There was a silver cigarette-box beside me, and I saw that it had been won by Percival Appleton, Esq., of the St. Bede's Club, in a golf tournament. I had to keep a firm hold of Peter Pienaar to prevent myself bolting out of that house.

"Well", said the old man politely, "are you reassured by your scrutiny, Sir?"

I couldn't find a word.

"I hope you'll find it consistent with your duty to drop this ridiculous business. I make no complaint, but you'll see how annoying it must be to respectable people."

I shook my head.

"O Lord", said the young man. "This is a bit too thick!"

"Do you propose to march us off to the police station?", asked the plump one. "That might be the best way out of it, but I suppose you won't be content with the local branch. I have the right to ask to see your warrant, but I don't wish to cast any aspersions upon you. You are only doing your duty. But you'll admit it's horribly awkward. What do you propose to do?"

There was nothing to do except to call in my men and have them arrested, or to confess my blunder and clear out. I felt mesmerized by the whole place, by the air of obvious innocence – not innocence merely, but frank honest bewilderment and concern in the three faces.

"Oh, Peter Pienaar", I groaned inwardly, and for a moment I was very near damning myself for a fool and asking their pardon.

"Meantime I vote we have a game of bridge", said the plump one. "It will give Mr. Hannay time to think over things, and you know we have been wanting a fourth player. Do you play, Sir?'

I accepted as if it had been an ordinary invitation at the club. The whole business had mesmerized me. We went into the smoking-room where a card-table was set out, and I was offered things to smoke and drink. I took my place at the table in

Inglaterra. A luz dos castiçais da mesa de jantar não era muito boa, e para encobrir minha confusão eu me levantei, caminhei até a porta e acendi a luz elétrica. O clarão repentino os fez piscar, e eu fiquei parado examinando os três rostos.

Bem, não consegui nada com isso. Um era velho e careca, o outro robusto, o outro era moreno e magro. Nada em sua aparência que os impedisse de serem os três que me caçaram na Escócia, mas também nada que os identificasse. Simplesmente não posso explicar por que eu, que, como um calceteiro olhara para dois pares de olhos e como Ned Ainslie para outro par – por que eu, que tenho boa memória e razoáveis poderes de observação, não podia ficar satisfeito. Pareciam exatamente o que diziam ser, e eu não poria minha mão no fogo por um deles.

Ali, naquela agradável sala de jantar, com gravuras nas paredes, e um retrato de uma velha dama num adorno sobre o consolo da lareira, eu não podia ver nada que os ligasse aos bandidos da charneca. Havia uma cigarreira de prata ao meu lado, e vi que tinha sido ganha por Percival Appleton, Cavalheiro, do Clube de São Beda, em um torneio de golfe. Tive que me agarrar com firmeza a Peter Pienaar, para evitar que eu saísse correndo daquela casa.

"Bem", disse o velho polidamente, "ficou tranquilo com seu exame, senhor?"

Não pude encontrar uma palavra.

"Espero que ache consistente com seu dever deixar de lado esse negócio ridículo. Não tenho nenhuma queixa, mas perceberá como isso deve ser aborrecido para pessoas respeitáveis."

Meneei a cabeça.

"Ó Deus" disse o mais jovem. "Isso é um pouco estúpido!"

"Propõe que nos encaminhemos para a delegacia de polícia?", perguntou o gorducho. "Essa poderia ser a melhor saída, mas suponho que não se contentará com a delegacia local. Tenho o direito de pedir para ver seu mandado, mas não desejo lançar nenhuma calúnia sobre o senhor. Está apenas fazendo o seu dever. Mas deve admitir que é terrivelmente estranho. O que propõe fazer?"

Não havia nada a fazer, exceto chamar meus homens e prendê-los, ou confessar meu erro e sair. Eu me sentia hipnotizado pelo lugar inteiro, e pelo ar de óbvia inocência – não apenas inocência, mas franca e honesta perplexidade e preocupação nos três rostos.

"Ah, Peter Pienaar", gemi intimamente, e por um momento estive muito perto de me censurar por ser um tolo e pedir o perdão deles.

"Nesse meio tempo, proponho que joguemos bridge", disse o gorducho. "Isso dará tempo a Mr. Hannay para refletir sobre as coisas, e vocês sabem que vínhamos sentindo falta de um quarto jogador. O senhor joga, Mr. Hannay?"

Aceitei como se tivesse sido um convite normal no clube. O negócio todo me hipnotizara. Fomos para a sala de fumar, onde uma mesa de carteado estava preparada e me ofereceram coisas para fumar e beber. Tomei meu lugar à mesa numa

a kind of dream. The window was open and the moon was flooding the cliffs and sea with a great tide of yellow light. There was moonshine, too, in my head. The three had recovered their composure, and were talking easily – just the kind of slangy talk you will hear in any golf club-house. I must have cut a rum figure, sitting there knitting my brows with my eyes wandering.

My partner was the young dark one. I play a fair hand at bridge, but I must have been rank bad that night. They saw that they had got me puzzled, and that put them more than ever at their ease. I kept looking at their faces, but they conveyed nothing to me. It was not that they looked different; they were different. I clung desperately to the words of Peter Pienaar.

Then something awoke me.

The old man laid down his hand to light a cigar. He didn't pick it up at once, but sat back for a moment in his chair, with his fingers tapping on his knees.

It was the movement I remembered when I had stood before him in the moorland farm, with the pistols of his servants behind me.

A little thing, lasting only a second, and the odds were a thousand to one that I might have had my eyes on my cards at the time and missed it. But I didn't, and, in a flash, the air seemed to clear. Some shadow lifted from my brain, and I was looking at the three men with full and absolute recognition.

The clock on the mantelpiece struck ten o'clock.

The three faces seemed to change before my eyes and reveal their secrets. The young one was the murderer. Now I saw cruelty and ruthlessness, where before I had only seen good-humour. His knife, I made certain, had skewered Scudder to the floor. His kind had put the bullet in Karolides.

The plump man's features seemed to dislimn, and form again, as I looked at them. He hadn't a face, only a hundred masks that he could assume when he pleased. That chap must have been a superb actor. Perhaps he had been Lord Alloa of the night before; perhaps not; it didn't matter. I wondered if he was the fellow who had first tracked Scudder, and left his card on him. Scudder had said he lisped, and I could imagine how the adoption of a lisp might add terror.

But the old man was the pick of the lot. He was sheer brain, icy, cool, calculating, as ruthless as a steam hammer. Now that my eyes were opened I wondered where I had seen the benevolence. His jaw was like chilled steel, and his eyes had the inhuman luminosity of a bird's. I went on playing, and every second a greater hate welled up in my heart. It almost choked me, and I couldn't answer when my partner spoke. Only a little longer could I endure their company.

"Whew! Bob! Look at the time", said the old man. "You'd better think about catching your train. Bob's got to go to town tonight", he added, turning to me. The voice rang now as false as hell. I looked at the clock, and it was nearly half-past ten.

"I am afraid he must put off his journey", I said.

espécie de sonho. A janela estava aberta, e a lua banhava as falésias e o mar com uma grande maré de luz amarela. Havia luar, também, em minha cabeça. Os três recuperaram a compostura e falavam com facilidade – exatamente o tipo de conversa em gíria que se pode ouvir em qualquer clube de golfe. Devo ter feito uma figura esquisita, sentado ali franzindo as sobrancelhas e com os olhos perscrutando tudo.

Meu parceiro era o jovem moreno. Jogo uma boa mão no bridge, mas devia estar mal posicionado naquela noite. Eles viram que me deixaram confuso, e isso os deixou mais à vontade que nunca. Eu continuava olhando para os seus rostos, mas eles não me diziam nada. Não é que pareceram diferentes; eles eram diferentes. Agarrei-me desesperadamente às palavras de Peter Pienaar.

Então algo me despertou.

O velho baixou a mão para acender um charuto. Não a ergueu duma vez, mas recostou-se por um momento na cadeira, com os dedos batendo de leve nos joelhos.

Era o movimento de que eu me lembrava, quando estivera diante dele na fazenda da charneca, com as pistolas dos seus criados às minhas costas.

Uma coisinha de nada, a durar só um segundo, e as chances eram de mil contra um que estivesse com os olhos nas cartas no momento e perdesse isso. Mas não perdi, e, num instante, o ar pareceu clarear. Sombras se desprenderam do meu cérebro e estava olhando para os três homens com total e absoluto reconhecimento.

O relógio no consolo da lareira bateu dez horas.

Os três rostos pareciam mudar diante dos meus olhos e revelar seus segredos. O jovem era o assassino. Agora eu via crueldade e desumanidade onde antes tinha visto apenas bom-humor. A faca dele, eu tinha certeza, tinha espetado Scudder ao chão. O tipo dele tinha metido a bala em Karolides.

Os traços do gorducho se desmanchavam e se formavam novamente ao olhar para eles. Não tinha um rosto, apenas uma centena de máscaras que podia assumir quando lhe agradasse. Aquele sujeito devia ter sido um ator soberbo. Talvez representasse Lorde Alloa noite anterior; talvez não; não importava. Imaginei se fora ele quem primeiro localizara Scudder e deixado o cartão. Scudder dissera que ele ceceava e eu imaginava como a adoção dum ceceio poderia acrescentar terror.

Mas o velho era a fina flor do lote. Era puro cérebro, frio, impassível, calculista, tão cruel quanto um martelo a vapor. Agora que estava ciente de tudo perguntava-me onde vira benevolência. Sua mandíbula era como aço frio e seus olhos tinham o brilho desumano de um pássaro. Continuei jogando e a cada segundo um ódio maior brotava em meu coração. Isso quase me sufocou, e não pude responder quando meu parceiro falou. Só suportaria a companhia deles por mais algum tempo.

"Uau! Bob! Olhe só a hora", disse o velho. "Seria melhor se pensasse em pegar seu trem. Bob tem que ir para a cidade esta noite", acrescentou, virando-se para mim. A voz soava agora tão falsa quanto o inferno. Olhei para o relógio, e eram quase dez e meia.

"Receio que ele tenha que adiar sua viagem", disse eu.

"Oh, damn!", said the young man. "I thought you had dropped that rot. I've simply got to go. You can have my address, and I'll give any security you like."

"No", I said, "you must stay."

At that I think they must have realized that the game was desperate. Their only chance had been to convince me that I was playing the fool, and that had failed. But the old man spoke again.

"I'll go bail for my nephew. That ought to content you, Mr. Hannay." Was it fancy, or did I detect some halt in the smoothness of that voice?

There must have been, for as I glanced at him, his eyelids fell in that hawk-like hood which fear had stamped on my memory.

I blew my whistle.

In an instant the lights were out. A pair of strong arms gripped me round the waist, covering the pockets in which a man might be expected to carry a pistol.

"Schnell, Franz", cried a voice, "*Das Boot, das Boot!*" As it spoke I saw two of my fellows emerge on the moonlit lawn.

The young dark man leapt for the window, was through it, and over the low fence before a hand could touch him. I grappled the old chap, and the room seemed to fill with figures. I saw the plump one collared, but my eyes were all for the out-of-doors, where Franz sped on over the road towards the railed entrance to the beach stairs. One man followed him, but he had no chance. The gate of the stairs locked behind the fugitive, and I stood staring, with my hands on the old boy's throat, for such a time as a man might take to descend those steps to the sea.

Suddenly my prisoner broke from me and flung himself on the wall. There was a click as if a lever had been pulled. Then came a low rumbling far, far below the ground, and through the window I saw a cloud of chalky dust pouring out of the shaft of the stairway.

Someone switched on the light.

The old man was looking at me with blazing eyes.

"He is safe", he cried. "You cannot follow in time... He is gone... He has triumphed... *Der Schwarze Stein ist in der Siegeskrone.*[1]"

There was more in those eyes than any common triumph. They had been hooded like a bird of prey, and now they flamed with a hawk's pride. A white fanatic heat burned in them, and I realized for the first time the terrible thing I had been up against. This man was more than a spy; in his foul way he had been a patriot.

As the handcuffs clinked on his wrists, I said my last word to him.

---

1   "The Black Stone is in the crown of victory."

"Maldição!", disse o jovem. "Pensei que esquecera daquela besteira. Simplesmente tenho que ir. Fique com meu endereço e lhe darei as garantias que desejar."

"Não", disse eu, "você deve ficar."

Diante disso, creio que eles devem ter percebido que o jogo era perigoso. A única probabilidade deles tinha sido me convencer de que eu estava bancando o tolo, e isso tinha falhado. Mas o velho falou de novo.

"Afiançarei pelo meu sobrinho. Isso deveria contentá-lo, Mr. Hannay." Era imaginação, ou eu havia detectado uma parada na suavidade daquela voz?

Deve ter sido, pois quando olhei para ele, suas pálpebras caíram daquele seu modo de falcão que o medo gravara em minha memória.

Soprei meu apito.

Num instante as luzes se apagaram. Um par de braços fortes me agarrou pela cintura, cobrindo os bolsos nos quais se poderia esperar que um homem carregasse uma pistola.

"Schnell, Franz", exclamou uma voz, "*Das Boot, das Boot!*" Enquanto ele falava, vi dois de meus companheiros surgirem no gramado banhado pelo luar.

O jovem moreno e magro saltou para a janela, passou por ela e já pulava a cerca baixa antes que a mão de alguém o tocasse. Lutei corpo a corpo com o sujeito mais velho e a sala pareceu se encher de pessoas. Vi o gorducho ser pego pelo colarinho, mas meus olhos estavam voltados apenas para o exterior, onde Franz corria acelerado pelo caminho que dava na entrada cercada para a escadaria da praia. Um homem o seguia, mas não tinha a menor chance. O portão da escadaria fechou-se atrás do fugitivo e fiquei parado olhando, com as mãos na garganta do velho, pelo tempo que um homem poderia levar para descer aqueles degraus até o mar.

De repente, meu prisioneiro escapou de mim e se atirou contra a parede. Houve um clique, como se uma alavanca tivesse sido puxada. Então veio um ruído surdo e baixo, longe, bem abaixo do chão, e pela janela vi uma nuvem de pó calcário emanando do poço da escada.

Alguém acendeu a luz.

O velho estava me olhando com olhos ardentes.

"Ele está salvo", exclamou ele. "Você não pode segui-lo a tempo... Ele se foi... Ele venceu... *Der Schwarze Stein ist in der Siegeskrone.*[20]"

Havia mais naqueles olhos que qualquer triunfo comum. Haviam sido encobertos como uma ave de rapina e agora ardiam com o orgulho de um falcão. Um calor alvo e fanático queimava neles e percebi pela primeira vez a coisa terrível que eu enfrentara. Este homem fora mais que um espião; do seu modo sujo, ele havia sido um patriota.

Assim que as algemas se fecharam em seus pulsos, eu disse as últimas

---

20 "A Pedra Negra está na coroa da vitória."

"I hope Franz will bear his triumph well. I ought to tell you that the Ariadne for the last hour has been in our hands."

Three weeks later, as all the world knows, we went to war. I joined the New Army the first week, and owing to my Matabele experience got a captain's commission straight off. But I had done my best service, I think, before I put on khaki.

THE END

palavras que diria a ele.

"Espero que Franz desfrute bem do seu triunfo. Devo lhe dizer que desde a última hora o Ariadne encontra-se sob o nosso controle."

Três semanas depois, como o mundo inteiro sabe, entramos em guerra. Alistei-me no Exército Novo na primeira semana, e devido à minha experiência em Matabele consegui de pronto a patente de capitão. Mas havia prestado meu melhor serviço, creio eu, antes de vestir o uniforme cor de cáqui.

FIM

GRANDES CLÁSSICOS EM EDIÇÕES BILÍNGUES

A ABADIA DE NORTHANGER
JANE AUSTEN
A CASA DAS ROMÃS
OSCAR WILDE
A DIVINA COMÉDIA
DANTE ALIGHIERI
A MORADORA DE WILDFELL HALL
ANNE BRONTË
A VOLTA DO PARAFUSO
HENRY JAMES
AO REDOR DA LUA: AUTOUR DE LA LUNE
JULES VERNE
AS CRÔNICAS DO BRASIL
RUDYARD KIPLING
AO FAROL: TO THE LIGHTHOUSE
VIRGINIA WOOLF
BEL-AMI
GUY DE MAUPASSANT
CONTOS COMPLETOS
OSCAR WILDE
DA TERRA À LUA : DE LA TERRE À LA LUNE
JULES VERNE
DRÁCULA
BRAM STOKER
EMMA
JANE AUSTEN
FRANKENSTEIN, O MODERNO PROMETEU
MARY SHELLEY
GRANDES ESPERANÇAS
CHARLES DICKENS
JANE EYRE
CHARLOTTE BRONTË
LADY SUSAN
JANE AUSTEN
MANSFIELD PARK
JANE AUSTEN
MEDITAÇÕES
JOHN DONNE
MOBY DICK
HERMAN MELVILLE
NORTE E SUL
ELIZABETH GASKELL
O AGENTE SECRETO
JOSEPH CONRAD
O CORAÇÃO DAS TREVAS
JOSEPH CONRAD
O CRIME DE LORDE ARTHUR
SAVILE E OUTRAS HISTÓRIAS
OSCAR WILDE
O ESTRANHO CASO DO DOUTOR
JEKYLL E DO SENHOR HYDE
ROBERT LOUIS STEVENSON
O FANTASMA DE CANTERVILLE
OSCAR WILDE
O FANTASMA DA ÓPERA
GASTON LEROUX

O GRANDE GATSBY
F. SCOTT FITZGERALD
O HOMEM QUE QUERIA SER REI E
OUTROS CONTOS SELECIONADOS
RUDYARD KIPLING
O MORRO DOS VENTOS UIVANTES
EMILY BRONTË
O PRÍNCIPE FELIZ E OUTRAS HISTÓRIAS
OSCAR WILDE
O PROCESSO
FRANZ KAFKA
O RETRATO DE DORIAN GRAY
OSCAR WILDE
O RETRATO DO SENHOR W. H.
OSCAR WILDE
O RIQUIXÁ FANTASMA E OUTROS
CONTOS MISTERIOSOS
RUDYARD KIPLING
O ÚLTIMO HOMEM
MARY SHELLEY
OS SOFRIMENTOS DO JOVEM WERTHER
JOHANN WOLFGANG VON GOETHE
OS SONETOS COMPLETOS
WILLIAM SHAKESPEARE
OS 39 DEGRAUS
JOHN BUCHAN
OBRAS INACABADAS
JANE AUSTEN
ORGULHO E PRECONCEITO
JANE AUSTEN
ORLANDO
VIRGINIA WOOLF
PERSUASÃO
JANE AUSTEN
RAZÃO E SENSIBILIDADE
JANE AUSTEN
SOB OS CEDROS DO HIMALAIA
RUDYARD KIPLING
SUAVE É A NOITE
F. SCOTT FITZGERALD
TEATRO COMPLETO - VOLUME I
OSCAR WILDE
TEATRO COMPLETO - VOLUME II
OSCAR WILDE
JUDAS, O OBSCURO
THOMAS HARDY
UM CÂNTICO DE NATAL
CHARLES DICKENS
UMA DEFESA DA POESIA E OUTROS ENSAIOS
PERCY SHELLEY
VIAGENS EXTRAORDINÁRIAS
JULES VERNE
WEE WILLIE WINKLE E OUTRAS
HISTÓRIAS PARA CRIANÇAS
RUDYARD KIPLING